彼此的全世界

Each other's World

乔雪言 著

花山文艺出版社

图书在版编目（CIP）数据

彼此的全世界 / 乔雪言著. — 石家庄 ：花山文艺出版社，2018.9
 ISBN 978-7-5511-4147-5
 Ⅰ．①彼… Ⅱ．①乔… Ⅲ．①长篇小说－中国－当代 Ⅳ．① I247.5
 中国版本图书馆CIP数据核字（2018）第177362号

书　　名：彼此的全世界
著　　者：乔雪言

责任编辑：梁东方
责任校对：李　伟
美术编辑：陈　淼
出版发行：花山文艺出版社（邮政编码：050061）
　　　　　（河北省石家庄市友谊北大街330号）
销售热线：0311-88643221/29/31/32/26
传　　真：0311-88643225
印　　刷：涿州汇美亿浓印刷有限公司
经　　销：新华书店
开　　本：620×889　1/16
印　　张：16
字　　数：160千字
版　　次：2019年8月第1版
　　　　　2019年8月第1次印刷
书　　号：ISBN 978-7-5511-4147-5
定　　价：46.00元

（版权所有　翻印必究·印装有误　负责调换）

依赖是一种毒,找到自己,世界才能找到你。

代序：素心所向，以爱为马

有些爱，一生中大概就一次，不如把它发挥到极致。

有些人，以后大概再也遇不到，所以一定要抓牢了。

这个故事的策划做得有点慢，思考的时间远远多于下笔的时间，这是令我惭愧的地方，以后我会注意控制一下速度，不能让读者等着急了。

另外，随着年龄一年一年地增长，心境也被洗涤得越来越通透，生命里重要的事情越来越多，它们逐渐占据我很多时间。写作是我生命里不可或缺的一部分，但我不希望，离开写作后我的生命里什么都不剩，那对于一个人来说也是件很可怜的事情。不写故事的时候，我花了不少的时间去充电。以前，我想做一个冲刺力很强、爆发力很大的短跑选手，现在，我更希望做一个能涨抗跌、穿越牛熊的长跑健将，在写作这条路上走得远一点，更远一点，用一生去点亮那颗闪烁的星。

这本书不是一本简单的青春爱情小说，它探讨了2016—2017年的明星婚变话题。

在这个物欲过剩的时代，我们还能不能相信爱情，还能不能相信婚姻？我想为迷茫忧愁的年轻一代做点什么，尤其是年轻的女孩们，于是，这样一个故事就应运而生，它会让你在看清爱情和婚姻的本质后，依然对它们保有信心，不忘初心。

其实，讲故事只是我跟你交流的一个方式，就像一个朋友在深夜跟你絮叨，而她絮叨的初衷由始至终都是美好的。

　　这本书褪去爱情和婚姻这两层华丽的外衣，还有人生的哲学，人性的思考，亲情和友情的剖析，梦想的坚定和升级，对"物质时代的膨胀、精神追求的淡薄"的见解，等等。

　　每一章的标题和引言，每一小节的标题和引言，穿插在这个故事里的字里行间的那么多金句，都是我很认真写下的，都有大大的智慧。它们就像一颗颗晶莹剔透的珍珠，串成了一个完整的故事，相信能懂的人自然会懂。

　　这本书是独一无二的，我写它时的心情也不可能再复制。你可以把它留在你的枕边，放进你的书架，或者送给你最重要的那个人，它是一份有价值的礼物。如果你能从这本书里得到一点点快乐、共鸣、启发，或者力量，哪怕只有一点点，我也就心满意足了。

　　最后说一句，你不要慌，爱情还是可以相信的，幸福依然是绝对地存在，像这本书的女主阮静梨和男主岳皓森一样带着勇敢、善良、真诚的心去寻找幸福，哪怕遭遇了挫折和伤害依然相信爱，依然回报这个世界以善意，坚持自己的初心，幸福的大门就一定会为你轰然打开。

　　我等着你幸福，然后来微博 @ 乔雪言，告诉我。

乔雪言

2018 年 5 月写于长沙

目 录

Chapter 1
婚姻：你是不是拿错了号码牌

1. 我们离婚吧 /002
2. 软　禁 /006
3. 我专门在这里等你 /009
4. 我死了吗 /012
5. 臭不要脸的小三 /014
6. 梦　醒 /016

Chapter 2
遇见：如梨花一般的人

1. 想起了最重要的人 /020
2. 重温过去 /023
3. 第一次见面就带他回家 /029
4. 高薪招陪读 /032
5. 我要她 /033

Chapter 3
告白：你是我少年时代所有的梦

1. 三年陪读合约 /038
2. 秘　密 /040
3. 关于母亲 /042
4. 大闹婚礼 /046
5. 高考失利 /051
6. 梨花林的告白 /054

Chapter 4
受挫：不是爱一个人就能得到回应

1. 以爱的名义努力 /060
2. 初遇席卓逸 /061
3. 奇葩养父母 /064
4. 女神的主动拥抱 /067
5. 最残忍的拒绝 /069
6. 再遇席卓逸 /073

Chapter 5
初恋：彼此的全世界

1. 席卓逸的表白 /078

2. 步步为营 /079

3. 阮岳交往 /081

4. 想勇敢一次 /084

5. 初　吻 /086

Chapter 6
幸福：身心合一，爱无反顾

1. 以好故事换好茶 /092

2. 施舍者与被施舍者 /095

3. 这部电影为你而拍 /098

4. 怒吃电影票 /102

5. 第一次 /103

Chapter 7
执念：得不到，亦忘不了

1. 你就是我最美味的早餐 /110

2. 重　病 /113

3. 被　拒 /115

4. 开水房谈话 /119

5. 终于同居了 /122

Chapter 8
风暴：人生绝非一马平川

1. 不能再温柔地等下去了 /126
2. 唱双簧 /128
3. 为　邻 /133
4. 阴谋开始 /134
5. 破　产 /139

Chapter 9
分手：爱的期限已到

1. 我养你啊 /144
2. 来自朋友的力量 /148
3. 岳皓森变了 /151
4. 伤人的真相 /156
5. 我们分手吧 /161
6. 弄丢了自己的爱人 /163

Chapter 10
套路：步步为营掠美记

1. 强　吻 /166

2. 占　有 /169

3. 失　忆 /170

4. 悔不当初 /176

5. 不如不见 /179

Chapter 11
改变：世界很大，勇敢向前

1. 结婚生子，物是人非 /182

2. 有情人终相认 /184

3. 丁美萱 /187

4. 寂寞的交易 /190

Chapter 12
小三：醒来，还是继续迷失？

1. 天生的情人 /196

2. 不准你爱上我 /198

3. 重获信任 /202

4. 大叔，我爱你 /205

5. 我希望他离婚 /208

Chapter 13 / 重生：置之死地而后生

1. 车祸真相 /212
2. 我还爱你 /214
3. 揭开伤疤 /217
4. 大叔，我怀了你的孩子 /221
5. 爱之幻觉 /225

Chapter 14 / 结局：我守你百岁无忧

1. 离　婚 /228
2. 余生，请多指教 /230
3. 赎　罪 /234
4. 新婚之夜 /237
5. 未知数 /238
6. 全家福 /241

Chapter 1

婚姻：你是不是拿错了号码牌

婚姻里最容不得的，就是出轨二字。

被最爱的人伤害，就像铠甲忽然长满了倒刺。

你有没有原谅过一个人？原谅了一二三次，他又来个第四次。

婚姻不是终点，如果不爱了，请放手。

依赖是一种毒，找到自己，世界才能找到你。

如果拿错了婚姻的号码牌，勇敢说拜拜。

相信自己，你终会遇到那个人，那个能让你不用再咬着牙逞强，憋着泪倔强的人。

他会来，你要等。

1. 我们离婚吧

也许一个人要走很长的路，经历过生命中无数突如其来的繁华和苍凉才会变得成熟。

2017年，北国的初春，微风徐徐。

今天是阮静梨的生日，而她收到的礼物却是意想不到的，她纤细秀美的指尖透着凉意。

窗外梨花开得正盛，雪白雪白的，是人间最纯净的色彩。

一团团，一簇簇，一层层，就像挂满枝头的皑皑白雪，又似云锦一般漫天铺去，在和暖的春光下，如玉如银，洁白万顷，流光溢彩，璀璨晶莹，漂亮至极。

梨花的香味传入鼻端，甜美之后，阮静梨闻到了深刻见底的苦涩，她站在丈夫席卓逸的办公室内，流着泪对他说："我们离婚吧。"

办公桌上放的报纸和手机屏幕上显示的均是这样的头条新闻："著名导演席卓逸被曝与妙龄女子酒店过夜，疑似出轨"，这是狗仔拍的，并有视频为证。

这个新闻闹得满城风雨，全国都知道了，网友们都在怒斥席卓逸是渣男，同情阮静梨，舆论一边倒地支持阮静梨踹掉渣男。而阮静梨刚参加完一个封闭式的真人秀节目，回来看了新闻才知道，她是全世界最后一个才知道的。

她来找丈夫对质，问他有没有出轨，丈夫供认不讳，她才痛不欲生地说出那五个字。

坐在办公皮椅上的席卓逸抬头看着她,眼里露出惊讶。

无法否认,他是一个很帅的男人,是那种成熟有魅力有男人味的帅,精雕细琢的面孔,深邃的眸中沉淀着岁月的优雅,嘴唇的弧角非常完美,身材伟岸结实,穿着得体的黑色西服,手上一枚金闪闪的戒指显示着高端贵气,一举手,一投足,都是风景。

就如同他的名字,席卷八荒,卓尔不凡,飘逸出尘。

席卓逸没有想到阮静梨会提离婚,他用大提琴一般低沉醇厚的嗓音吐出三个字:"为什么?"

"为什么?你还问我为什么?你不知道自己错在哪里吗?"阮静梨的眼泪不停往下落,滑在她瘦削清丽的脸颊上,比记忆里哪一次都滚烫。

"只是出个轨而已,真没必要闹到离婚那么严重。"席卓逸英俊的脸上毫无愧色。

"不严重?只是你这么以为!"阮静梨感觉自己的心已经沉到了冰凉幽暗的河底。

"静梨,你已经原谅过我三次了,为什么不能原谅这第四次?"席卓逸站起身来,更显身材高大威猛,他想伸出手去安抚阮静梨,却被她飞速躲开。

"我的底线只有三次!"她的声音不大,但是很坚决。

阮静梨今年30岁,是当红影星,玉女天后,以清纯气质闻名,塑造了无数善良美丽纯洁干净的荧幕形象。其丈夫席卓逸今年32岁,是著名导演,才华横溢,有不少大卖的影视代表作,阮静梨在最美的年华嫁给席卓逸,两人育有一子,一直被娱乐圈誉为模范夫妻。

而在去年,有媒体爆料过席卓逸深夜密会妙龄女孩,当时阮静梨还站出来力挺丈夫,澄清媒体爆料之事全是误会,化解了公关危机。

其实去年那次是真的，只是阮静梨选择了原谅才帮丈夫公关。

在去年之前，席卓逸还有两次出轨，是阮静梨自己抓到的。每一次的出轨对象都不同。这是第四次了，而他居然还毫无悔改之心。

"静梨，我不同意离婚，我觉得你应该也不是真心想跟我离婚，只是一时气话而已。外人说什么都不重要，你如果真的爱我就要理解我。"席卓逸说。

阮静梨冷着一张脸，没有说话。

席卓逸继续说："我知道外面和网络上有很多谣言，那些人什么都不懂，狗仔也就是想陷害我、针对我，要不然娱乐圈那么多私底下出轨的人为什么只拍我？只要你支持我，开个记者发布会表明相信我，那些风言风语自然会散去，我们的生活又能回归平静。"

"席卓逸，你脸皮有多厚，你真的还好意思让我去睁眼说瞎话地公关吗？"阮静梨说。

"你不是个演员吗？演场戏对你来说一点都不难。再说，娱乐圈本来就真真假假的，反正狗仔的视频只拍到了我深夜在酒店穿着浴袍开门让女孩进入，女孩一晚没出我房间，也没拍到抓奸在床，我可以不承认，说一整晚在对剧本、讨论工作什么的。"席卓逸说。

"可是事实上你什么都做了。我已经为你欺骗过世人一次，我不想再欺骗世人第二次。演员的演技应该用在拍戏上，而不是用在行骗上。"阮静梨的眼泪模糊了视线。

"你能不能不要这么死脑筋？我是你老公，你不帮我帮谁？"席卓逸看着她说。

"你很快就不是我老公了，我们现在就去离婚。"阮静梨拿起办公桌上的手机就要走。

从他前年第一次出轨到现在，三个年头，他每一次出轨就磨掉一点她爱他的心，到现在，已经磨到所剩无几，尤其出轨四次还是这种态度，让她太过寒心。他太自信了，他真的以为一个女人结婚生子了就被套牢了吗？她的心也是肉长的，也会疼的。

"我不同意离婚。你很适合做老婆，我又不傻，当初也是费了好大的劲儿才娶到你的，我为什么要放手？"席卓逸高大的身躯拦在她面前。

"既然知道当初娶我不容易，为什么娶到了又不珍惜？现在说什么都晚了。"阮静梨将头扭到一边，痛苦地说道。

"你离婚的心真的就那么坚决吗？"席卓逸的脸色阴沉下来。

"对。"阮静梨回答。

"如果你要离婚，我会让你拿不到儿子的抚养权。我的经济实力胜过你，法院一定会判我来抚养儿子，我会让你永远见不到儿子。"席卓逸褪去温柔，好听的嗓音开始变得冷硬。

阮静梨扭过头来看着他，漂亮的眼睛里涌上惊讶和愤怒："你这是在拿儿子要挟我吗？"

"我没有任何要挟的意思，我只是不想离婚，想给儿子一个完整的家。"席卓逸俊脸上的表情又切换成了温柔模式。

"那你觉得自己出轨错了吗？"阮静梨带着最后一丝希望问他。

"我没有错,是你的观念太保守,你身在娱乐圈,但心好似在道观。"席卓逸大言不惭地说。

"所以如果我们不离婚，你以后还有可能会出轨？"阮静梨问。

"我不能担保。我以为你很聪明，为什么你跟其他女人一样，愚蠢地想男人要专一？"席卓逸说。

"你胡说八道！我不相信所有男人都跟你一样！你太无耻了！"阮静梨的眼泪疯狂往外涌，怒火攻心，她的分贝明显加大，拿起桌上的报纸就朝他摔了过去。

然而席卓逸敏捷地一闪身，躲过了那些摔来的报纸。

"席卓逸，我要离婚！我真的从来没见过你这么无耻的男人！你不断地背叛我们的婚姻和爱情，且没有任何悔改之意，却还不肯离婚，你贪心地想要港湾，又想要欢场。你以为全世界都是你说了算吗？我真的不愿意再陪你玩下去了。"阮静梨最后的一点希望也死了。

"我们去办离婚，我可以净身出户，我只要儿子。"阮静梨把这句话坚定地撂出来。

"老婆，别闹了，听话，有什么话我们回家再说。"席卓逸好言相劝，拉着阮静梨回家。阮静梨被他看似温柔实际强势地拉扯下楼，拉进了车里。

2. 软　禁

时间一定会检验所有的事情，不要着急。

席氏庄园别墅。

豪华宽大自不用说，三层的别墅，大门大户，围墙回廊，中西结合，尖塔形斜顶，抹灰木架与柱式装饰，自然建筑材料与攀附其上的藤蔓相映成趣，经典而不落时尚。大厅里全是名人字画、古董珍玩。整个别墅花园、泳池、球场、健身馆等一应俱全，富丽堂皇又高雅庄严。

在 B 市这种一线城市买到这样的房子，是金字塔顶端的人才能办到的。

这是阮静梨和席卓逸的婚宅，是他们结婚后的家。

两人驱车回家，管家和保姆出来迎接，阮静梨下车后的第一句话就是："帅帅呢？"帅帅是她儿子的名字，今年四岁。

"啊，小少爷他……"保姆刘嫂看了一眼席卓逸，支吾着不知道该怎么回答。

"我自己进去找他。帅帅，帅帅！"阮静梨思子心切，边唤着儿子的名字，边小跑着往屋里走。然而从大厅找到房间找到花园，到处都没有找到。

席卓逸走到她身后，淡定自若地说："不用找了。刘嫂你告诉她。"

刘嫂连忙对阮静梨说："夫人，早几天小少爷就被老太太带去美国了。"

阮静梨的心唰地往上提，又惊又怒又慌，转头看向席卓逸："这到底是怎么回事？为什么不经我同意就让你妈把儿子带出国？儿子要上幼儿园的。"

"你之前在上封闭式的真人秀节目，根本联系不到你，儿子跟幼儿园请了假的。另外，我最近负面新闻和众多狗仔缠身，不想儿子受影响，才让我妈把儿子带出国避避风头的。"席卓逸回答。

"我想儿子，你让你妈马上把他带回来吧。"阮静梨说。

"那你还想不想离婚？如果你还是要离婚，我不会让儿子回国的。"席卓逸说。

阮静梨感觉有股凉意从脚底板直往上蹿，她的声音开始颤抖："我明白了，你把儿子带出国就是想要挟我。你真狠。"她的眼泪流下来，"我要离婚，我也要儿子！你不让他回国，我可以出国去找他。"

她飞快地冲进自己房间翻出护照，然后就欲冲出门去找儿子，席卓逸一把抱住她："你不要胡闹。"

"你放开我。"阮静梨哭着挣扎。

席卓逸一把将她整个人扛起来，扛进房间，拿走她的手机，断了房间与外面的一切联络方式，对她说："你现在很不冷静，待在这里好好反省几天吧，等你打消了离婚和出国这样疯狂的念头，我再放你出来。"

他说完就走出去欲锁上门。这是要软禁她的节奏吗？

"不！"阮静梨往门口冲去，被席卓逸挡住了，他打了她一巴掌，把她粗暴地摔在地上，阴森着一张俊脸说："不要试图挑战我的耐心。如果你再不听话，我非但让你见不到儿子，我还会让你求生不得，求死不能。"

阮静梨趴坐在地上，捂着被打的脸，看着眼前熟悉又陌生的丈夫，眼泪汹涌流淌："你打我？你这是家暴。你为什么这么狠？你以前不是这样对我的，你究竟有没有真心爱过我？"

席卓逸居高临下地看着阮静梨，漂亮深邃的眸子里是谁都看不透的黑暗和孤傲。他一改众人面前的温和优雅形象，无比冷酷地说："我曾经很爱你，但是现在不爱了。爱情这种东西不是一成不变的，它就像河水一样在慢慢地流动，有些人有这个能力，可以相爱一生，有些人没有这个能力。我属于后者。我已经厌倦了你，你现在对我而言，就只是一个可以维护我好男人名声的工具和孩子的妈。"

这段话就好像一把锋利的匕首咔嚓插入她的心脏，她捂着自己的胸口，泪水满布的小脸上掠过好似模糊的微笑，她的脸因为彻骨的疼痛而变形了。她感觉连最后一点坚持这场婚姻的理由都失去了，在婚内屡次出轨、又不再爱她的男人，她就算再爱，留着又有什么用？

阮静梨哭得很绝望："既然是这样，你别关着我，放我走，我们马上去民政局离婚，把婚离了之后你就自由了，你爱搞多少女人都是你的自由，我管不着，这场婚姻里我什么都不要，我只要儿子。"

"我跟你说过很多次了，我不同意离婚，我要家庭和儿子。"席卓逸的态度很坚决。

阮静梨从地上爬起来，对他说："你既然不同意协议离婚，那我会去法院起诉离婚，你出轨在先，你是婚姻过错方，儿子不一定会判给你。"

席卓逸眸光一寒，逼近她道："你敢！"

阮静梨在他的目光下瑟缩，连连后退，席卓逸收回那种吓人的目光，把她一个人扔在房内。他丢下一句："关你几天让你好好清醒清醒，等你想明白自己哪里做错了，我再放你出来。"然后反锁上房门，把保姆刘嫂和管家章叔唤来交代几句，便走了。

对着怎么都打不开的房门，阮静梨忍不住自己的眼泪，那些温热的液体，带着悲伤的心情，弄脏了她美好清纯的脸。

她觉得很可笑，她需要想明白自己哪里做错了，错的不是席卓逸吗？

她不知道自己的人生哪里出错了。她明明贤惠、善良、温柔，有美貌有事业又顾家，还给席卓逸生了个儿子，她一直是按完美女性的标准去要求自己的，甚至她还包容了他前几次的出轨。

之前她以为自己做得不够好他才会出轨，他出轨后她对他更好了，希望他能有所反省。她对这个家付出的够多了，然而她还是不幸福，席卓逸只会变本加厉地对她，她到底哪里做错了？难道不离婚，在全世界都知道丈夫出轨了之后，还无底线地包容丈夫的出轨，就是个好女人吗？

她现在终于明白了，男人的出轨只有两种，零次和无数次。他第一次出轨时就不应该原谅的，她现在成了全世界最大的一个笑话。

3. 我专门在这里等你

我们每个人的心里都住着一个摆渡人。

阮静梨不甘被这样关着，欲伺机逃出，自己逃过几次未遂，便想智取，多次哀求游说送饭的刘嫂放她出去。刘嫂一开始很为难，不敢答应："抱歉，夫人，如果被发现，会殃及我的。"

阮静梨被关了三天后的晚上，再一次泪眼婆娑地求刘嫂："请你看在五年的情分上，帮帮我吧！我这五年待你不薄，我最相信的就是你了，我被关在这里真的生不如死，我现在感觉自己已经有抑郁症了，你也不忍心看我死在这里吧？我这几年拍戏赚了不少钱，我出去后一定会重重报答你的。"

刘嫂见她眼睛哭肿了，才关了几天就憔悴得不成人形，模样太可怜，终于还是软下心来，决定冒险一次。趁着席卓逸不在家，章叔和两个看门保安又睡着了，刘嫂用送饭开门的钥匙偷偷放她出来。

阮静梨又向刘嫂打探："帅帅在美国哪个地方？"

刘嫂低声告诉她："小少爷其实并没有被带去美国，是席总让我骗你的。他实际被藏在本市郊区一座山野别墅里。"

阮静梨开着自己的车逃出去，她太想念儿子了，按着刘嫂给的路线第一时间去找儿子。

那条路很偏僻，人烟稀少，路上的路灯不知怎么坏了，又正值夜晚，还下起了大雨，她只能用车头灯照明，偶尔有一两片树叶从灯光里飞过，然后被风又吹进潮湿的黑暗里。

在一个路段转弯处，突遇一辆大卡车，阮静梨急忙掉转车头回避，但大卡车还是朝她撞了过来……砰！一阵刺耳的碰撞声后，阮静梨人事不知。

等她醒来后，发现车子熄火了，车头灯不亮了，周围是无边无际的黑暗，伸手不见五指。

她闻到浓烈的焦糊味道，却看不到火焰，应该是大雨把本来燃烧着的车子浇灭了，她摸索着从破烂的车里出来，摸过的地方都是黏糊糊的一片，她不敢想这是她的血还是卡车司机的血。

她第一反应是打120或110，才发现自己没有手机，手机在她被软禁前就被席卓逸拿走了，她大声喊了几下："有没有人？"回复她的只有凄厉的风声和雨声。

她淋着雨，冷得发抖地在黑暗中摸索着走了很长一段时间。

她猜想自己肯定受伤了，但奇怪的是，她感觉不到疼痛，唯一的解释是痛得麻木了，眼前黑漆漆的一片，她也没法检查自己哪里受伤了。

后来，终于走到了有路灯的路段，她看到路灯下有个人打着一把伞，颀长优雅的身材，一动不动地站在那里，好像在等她一样。

"嗨，你好。"她犹豫着，终于还是朝他喊出了声。

打伞人听到她的声音，伞檐抬起来，她看到伞下一张异常明艳的脸，在路灯的照耀下发着光，白得近乎透明的肌肤，眉目俊朗得不像话，眼睫毛一动一动的像蝴蝶的翅膀，外表无可挑剔的一个年轻男子。看着年龄比她小，顶多25岁，眼神却一点都不稚嫩，有着跟年轻面孔完全不符的沉稳成熟，少年老成的样子，很吸引人。

很陌生，她确定自己完全不认识这个人。

她像看到救星一样冲过去："太好了，真的好幸运碰到了你，这条路这么偏僻，现在又这么晚了，我还以为路上不会有人了呢。可不可以麻烦你借手机给我用一下吗？我刚刚遭遇了车祸，我要打个急救电话再打个报警电话，也许卡车司机还在车上，我要救他。"

年轻男子定定地望着她，很平静地慢慢说道："你不用打电话了，你已经死了，你现在是孤魂，我是摆渡人，专门在这里等你，护送你去往另一个世界。"

他的声音，像从几万年前穿越过来的，带着魔力一般，被风席卷着，在偌大的空荡世界回响。

4. 我死了吗

你总要一个人，走过一些艰辛。

阮静梨笑："你别开玩笑了，你以为在拍玄幻剧吗？我这不是好好地站在你面前吗，哪里死了？"

年轻男子告诉她："因为你被撞死的时候正处黑暗中，所以你看不到自己的灵魂从身体里出来的那一刻。"

"我还是不信。"阮静梨连连摇头。

"我带你回去再看看。"年轻男子说。

阮静梨跟着他回去，回到她发生车祸的地方，那段路现在还是很黑，年轻男子优美地做了个手势，他的手上就生出了一道明亮的白光，那道白光像一盏没有灯罩的灯一样，照亮了眼前的车祸现场。

现场只有她那辆轿车，没有卡车，更没有卡车司机，卡车司机应该是肇事逃逸。阮静梨看到一个跟自己长得一模一样的人躺在驾驶座上，闭着眼睛，满头都是血，她去摸那个人，却发现自己的手能穿越她的身体，她吓坏了，终于相信自己死了。

阮静梨跪在地上放声痛哭："为什么我这么轻易地就死掉了？我才30岁呀。"

摆渡人很平静地说："既然已经死了，怎么伤心都没用，这个世界上每天都有很多人因为各种原因死去，你30岁了，好歹也活了半生，比你年轻就死了的人多得很，还是早点赶路吧，早点送你去另一个世界，你就能早点投胎，早点迎来转世。"

"那在我去另一个世界投胎前，能不能见见我的儿子席帅帅、丈夫席卓逸、我的父母和公公婆婆？"阮静梨哭着说。

"只能一个个排着序来见，你要先见谁？"摆渡人说。

"我要先见儿子，儿子是我在这个世界上最放心不下的一个人了。"阮静梨泣不成声。

"你儿子现在在美国，太远了，没有时间去见他了，我只能带你去见见在这个城市的人。"摆渡人说。

"不会吧？保姆刘嫂告诉我，儿子明明就在本市郊区的山上。"阮静梨说。

"保姆骗了你，骗你的目的就是将你引入这条路，好让卡车司机撞死你。你以为她真那么好心放你出来？"摆渡人很淡定地说。

"我不相信你说的，保姆为什么要骗我？你为什么什么都知道？"阮静梨说。

"因为我是摆渡人，我不是人类，我活了几万年了，我的眼睛可以记录这世间的一切，人间万象我都看得很清楚。"摆渡人说。

"那保姆为什么要害我？我对她一直很好，她对我也一直很好。我真的不敢想象她会害我。"阮静梨的声音里满满都是悲痛和不可置信。

"这个就要问你丈夫了。我先带你去见你丈夫。"摆渡人卖起了关子。

5. 臭不要脸的小三

有些人你恨得牙痒痒，但就是干不掉。

摆渡人带阮静梨直接进了一处豪宅，他说："我们都不是人，现在人类看不见我们，我们能看见他们，我们可以自由出入。"

阮静梨跟着摆渡人进了豪宅的客厅。

此刻，宽敞华丽的客厅里正放着美妙的音乐，在空中迂回流转，客厅里有两个人，成熟帅气的席卓逸和一个非常漂亮的陌生女孩。

女孩看着很年轻，不超过20岁的样子，脸上满满的胶原蛋白，青春无敌，打扮得性感，烈焰红唇，海藻般的长卷发垂至胸前，身材火辣，前凸后翘，加上个子高挑、皮肤白皙，很有网红和嫩模的既视感。

两人在优雅地跳着交谊舞，身高很搭，席卓逸一手握着女孩的小手，另一手放在女孩的小蛮腰处，而女孩的一只手紧紧搭在席卓逸宽阔的肩膀上，两人随音乐而舞，动作幅度不大，舞步也很慢，但跳得很稳很美。

女孩仰视着席卓逸的眼睛里满满都是深情和崇拜，整个人都要贴到他身上去了，席卓逸虽是不动声色，但身体也没有做出任何拒绝的动作。

阮静梨看着这一幕，一股醋意本能地在胸腔里升腾，眼前的男人好歹还是自己的丈夫，虽然她已经提出离婚但毕竟还没办离婚手续。眼前的女孩不会就是出轨新闻上所报的跟他酒店过夜的妙龄女子吧？

如果她的猜测没错，那这两人也太胆大了，风口浪尖上还敢顶风作案？

"她叫什么名字？"阮静梨压着醋意和怒火问身旁的摆渡人。

"她叫丁美萱，一个靠男人赚钱的女人。"摆渡人非常平静地回答。

"你怎么什么都知道？那你知道她现在在跟我的丈夫干什么吗？"阮静梨问。

"在跳舞。"摆渡人回答。

"错，他们在偷情！"阮静梨加重了最后那两个字的读音。

"那你接下来准备做什么？"摆渡人说。

"我要去打那个臭不要脸的小三！"阮静梨飞快地冲过去抬起自己的手打丁美萱，却发现自己像一道透明的光一样直接穿过了丁美萱的身体——她打不到丁美萱！

她惊呆了，看着自己的手，不相信地又冲过去，又一次穿过，她用尽最大的力气想去分开跳舞的两个人，依然是一样的结果，她根本就触碰不到他们。

"阮静梨，别白费力气了。你忘了吗？你现在只是一个孤魂，而他们是人类，你根本就碰不到他们。"摆渡人上前去提醒她。

一股无力的悲伤涌上来，填满四肢百骸，化成泪水从阮静梨的眼中夺眶而出。她捂住双眼，哭得不能自抑。

"摆渡人，都怪你，如果你什么都知道，你也一定早就知道我丈夫在这里跟别的女人偷情，那你为什么还要带我来见他？"

"阮静梨，是你说你想见他的。"

"如果我知道是这样，我宁愿这死后最后一眼都不要见！"眼泪大滴大滴从指缝间流出，湿透了阮静梨纤细的双手。

"你哭也没用，因为除了我，谁也看不见你的眼泪。"摆渡人俊美年轻的脸上没有任何表情，对于已经活了几万年的他而言，人类的情感和悲欢离合已见得太多，不会再有任何人能影响到他的情绪。

6. 梦　醒

好好活着，这世上没有什么比好好活着更重要。

阮静梨擦着眼泪，和摆渡人一起离开了豪宅。然后，阮静梨去看了自己的父母。再然后，她就正式踏上了去往另一个世界的路。她没有去看公公婆婆，因为婆婆带着帅帅去了美国，而公公在澳大利亚出差。

路上，阮静梨问摆渡人："我要去往的另一个世界是哪里？"

摆渡人边走边说："人死后，有两个世界可以去，天堂和地狱，为善者上天堂，为恶者下地狱，你生前没有做过坏事，我会护送你去天堂，到那里等待投胎转世。"

阮静梨说："生前不幸福，死后去了天堂又有什么意义？我明明一直那么努力，也按照世俗的道德标准活着，为什么却这么不幸，一夜之间失去了所有？这个世界上是不是真的没有公平和正义可言？是不是活得最好的都是那些最坏的人？是不是人变得越坏才会越成功？因为越善良别人只会越欺负你。我到底是哪里做错了？"

"你没有做错。"摆渡人停下脚步，回头看她，"那些恶人终有报应，只是时候未到。"摆渡人继续说。

"是吗？"阮静梨也停住脚步，抬起头，不相信地看着眼前俊美非凡的摆渡人，年轻的模样，个子却很高大，168cm 的她还需要仰视。

"是。"摆渡人点头，然后顿了顿，看着她，继续说道，"你唯一的错误，就是爱错了人，如果你现在跟另一个男人在一起，应该会过得很幸福。"

"另一个男人？"阮静梨不解，"哪有什么另一个男人？在我的记忆里，我就只有我丈夫席卓逸这一个男人。他是我的初恋，也是我唯一的男人。"

"你错了，你丢失了几年的记忆，自己好好想想。"摆渡人的回答很是沉稳笃定。说完，摆渡人就径自继续走，一个人在前面走得飞快。

"喂，你慢点走，你等等我，你给我说清楚，什么另一个男人？另一个男人是谁？"

梦到这里就醒了。眼前是刺目的白光，满室的白色，浓重的消毒水味，头上裹着的厚厚纱布，头部传来清晰的疼痛，身上盖着的白色被子上印的鲜明的"圣民医院"字样和LOGO。一切都在提醒阮静梨，她刚刚是在做梦。

原来她并没有死，那只是个梦，死亡、孤魂和摆渡人都是梦，丈夫和陌生女人在跳舞也是梦，被卡车撞昏后发生的一切都是梦境，她出了车祸，但福大命大，没被撞死，只是受了伤。

她觉得很讽刺，现实里遭遇丈夫四度出轨，在梦里竟然又梦到了丈夫出轨，本以为在梦里可以逃离现实，但连梦也不愿放过她。

她醒来后，看到床头柜上的花瓶里插有一束新鲜的梨花，眼里瞬间放出喜悦的光芒，梨花是她最爱的一种花，这束梨花像少女般静美，花瓣晶莹剔透，仿佛轻轻一弹，便要弹出水来，她忍不住凑过去闻了闻，花香清丽怡人，真好闻，她心情一下好了很多。

视线一转，她发现病床边有个人，是个年轻男人，他趴在那里睡着了，睡相很迷人，浓密的栗色头发，长长的眼睫毛，光滑的肌肤，挺拔的高鼻梁，坚毅的下巴上面是紧闭的唇角，男人味中还带着一丝孩子气。更重要的是，她从他身上看到了一种特殊的气质，这种气质，不是普通环境能熏陶出来的。很出众的男人，是人群里一眼就能被发现的那种。

唯一的小小不足可能就是他脸上露出的疲态，睡眠状态下也掩饰不住的疲态让他完美脸上的精气神打了点折扣，他有多久没睡了？

心里有一种东西激荡起来，那种久违的感觉穿破几年的时光姗姗来迟，阮静梨认出了他，欣喜地喊他的名字："岳皓森。"

Chapter 2

遇见：如梨花一般的人

每个单身的人都在等一场遇见。

他们用尽力气生活，只为等待那一场注定的遇见。

它可能会早到，也可能会迟到，但当它到来时，并不是每一个人都能抓住。

岳皓森是幸运的，他在最早的年纪遇见了最好的人。

一个如梨花一般的人。

那是他一生中所见过的最美的梨花。

霏霏如雪，素洁淡雅，白清若钻，玉骨冰肌。

宛若爱情彰显的风柔。

1. 想起了最重要的人

有些事曾以为尘埃落定退无可退,但在某个十字路口它又突然花开千朵,如若缘分未尽,惊回眸,如何才能再爱你一次?

岳皓森在睡梦里听到一个熟悉的声音在唤他,他悠悠醒转,睁开俊美的眼睛,从病床边抬起头,看到阮静梨坐在病床上睁着眼睛看他,他狂喜不已,眼眶一下子红了,凑上前去,眼里泛泪:"静梨,你终于醒了!"

"对,我醒了。岳皓森,你先告诉我,我怎么会在医院呢?你又怎么会在我身边?"阮静梨以一副很熟络的口气问他。

"四天前的晚上你出了车祸,也许是老天开恩,我那时候正好路过车祸现场救了你,我发现你时你已经昏迷不醒,头部出了好多血,把我吓死了。我真的好担心你,我在病床边守了你四天四夜,一刻都不敢离开,刚刚也不知道怎么的就睡过去了。"岳皓森说。

阮静梨想起来了,她四天前逃出席氏庄园别墅,按保姆给的路线驾车去找儿子,那晚下着大雨,和一辆大卡车撞上了,之后她就人事不知。是她倒霉。

阮静梨凑近岳皓森,看着他满眼的红血丝和难以掩饰的疲态问:"岳皓森,你不会为了守着我,这四天四夜都没睡吧?"

"没事,我是个年轻力壮的男人,几天不睡没关系的,我身体扛得住,以前我还经常熬夜玩游戏呢。再说我刚刚不是打了下盹吗?看到你醒了，我现在好精神，一点都不困了！"岳皓森笑着说。他笑起来很阳光，很好看，整齐白净的牙齿闪闪发光。

"等一下！"岳皓森终于反应过来，觉出哪里不对劲，"静梨，你刚刚叫我什么？"

"岳皓森啊。"阮静梨又重复了一遍他的名字。

岳皓森眼睛亮亮地看着她，眼里带着震惊的、狂喜的又难以置信的光芒，那种表情很难形容。

"你干吗这么看着我？我难道叫错了吗？从醒来后，我都叫了好几遍岳皓森了。"阮静梨有点丈二和尚摸不着头脑地看着他。

"你没叫错，只是我发现你这次受伤醒来后对我的态度改变了。你终于愿意理我了？五年了，五年了你都不曾叫过我的名字。"岳皓森深情地看着她，眸中透出的情感千头万绪，几乎带着哽咽。

他还记得，五年前阮静梨以陌生冰冷的眼神看着他说："这位先生是谁？我不认识他。我困了，我们进屋吧。"转身就与席卓逸亲密地牵手进屋了。当时他以为她很恨他，因为是他先提出分手，是他先抛弃了她，所以她故意装作不认识他。之后，她与席卓逸迅速结婚，在电视上、新闻里经常秀恩爱，俨然一对模范夫妻。

那个时候他痛苦得快要死了，后悔自己之前那么冲动地提分手，他为自己的冲动付出了沉重的代价，他没有办法忘记她，五年来他一直单身未娶。今年听说了她丈夫出轨的新闻，他心里慌得很，有不好的预感，没想到就碰到了她出车祸。

她出车祸以后，他原本应该通知她的家属，可是想到她丈夫出轨，这场车祸又来得这么突然，没准中间跟她丈夫有什么瓜葛，他就谁也没通知。

鉴于阮静梨现在的身份是当红影星，医院不少医生认识她，为了防那些媒体，岳皓森找了个很熟的医生，把消息压了下来，就一个人默默守着她。

阮静梨怔了怔，摸了摸自己受了伤现在还在隐隐作痛的脑袋，认真地回答岳皓森："对不起，我五年不理你，并不是我真的不想理你，是因为我那时候脑袋受伤，失忆了，把你忘了，现在，我想起来了。"

听到这个回答，岳皓森一脸的震惊。

他想起了前几天圣民医院阮静梨主治医生的话："除了这次车祸的创伤，病人阮静梨在五年前头部还受过一次比较严重的创伤。她五年前受伤时凑巧也是在我们医院治疗的，我们留有五年前她的病历档案，那时候她还不是当红演员，只是一个普通人。五年前的病历档案显示，那次的伤愈合得挺好，就是丧失了部分记忆，而家属也没有要求医院帮她恢复记忆就出院了。"

医生说那番话时，岳皓森就推测，她五年前突然变化那么大，是不是因为忘了他？只是不敢确定。

现在，他终于确定了。

他无法形容这种喜悦又复杂的心情，还有惶恐和紧张，总觉得还有好多的担心，好多的问题没有解决，所以开心是开心，但不敢放开了透彻地开心，他要先稳住自己，把一切慢慢梳理清楚。

岳皓森压抑住自己激动的心情，小心翼翼地问："静梨，过去丧失的所有记忆，你现在是不是全部想起来了？"

阮静梨摸着自己的头说："大部分想起来了，但还有一部分比较模糊。岳皓森，你愿不愿意帮我重新温习一遍我们俩以前的记忆？你如果帮我重新温习，也许我就能全部都想起来了。"她说到最后两句话时，眼睛抬起来，认真地看着他。

岳皓森也看着她的眼睛，那是一双比梨花更干净比月亮更明丽的眼睛，那双眼睛曾承载着他的全部世界，记录着他年少时所有的悲喜情感。曾经为了让这双眼睛看自己一眼，他什么傻事都做过。

他一直觉得阮静梨的眼睛是这个世界上最美的一双眼睛，就像苍茫夜空里万千繁星中最亮的那一对星星，就像繁华都市里满目珍珠中最透的那一对珍珠，无论是以前、现在、以后，他都如此以为。

现在，这双绝世无双的眼睛看着他，问他愿不愿意帮她重新温习一遍他们俩以前的记忆，他当然愿意，一百个愿意，一千个愿意。

然而他早已不似少年时会那么肆意张狂地表达自己的情感，他也再没有年少时那么满溢的自信以为可以毫无悬念地赢得她的全部，他只能温暖地笑着，安静地点头。

2. 重温过去

跳下来，我接住你。如果时光倒流，回到最初的那一刻，我依然是这句话。

属于他们的故事是从梨花开放之日开始的，这故事便也带上了清浅淡雅的梨花香。

B城郊区有一座远近闻名的梨花林，到了春天梨花开遍，如雪如画，异常壮丽，且甜香四溢，总会吸引大批踏青的游人，阮静梨也无法抵抗。不过，她去梨花林可不是单单赏花只图贪玩，她是带着正经任务去的，她要去采摘梨花来做梨花糕。阮静梨很擅长做梨花糕，她父母都很喜欢吃她做的梨花糕，而新鲜梨花是制作梨花糕的重要原材料之一。

阮静梨进了梨花林后，选定一棵高大花繁的梨树，挎着篮子，有点费劲地爬上了高高的梨花树。

爬树的过程并没有那么美好，但是爬上去的感觉还是挺好的，上面的视野和空气都很好，关键是被梨花包围，触手可摘，想象着摘了满满一篮子回去的样子，已经很有成就感了。

  阮静梨眉眼弯弯地笑着，横坐在大树枝上开始摘梨花，摘一朵就放进篮内，她还臭美地摘了一朵梨花别在自己的耳后发间，更衬得她肌肤胜雪。

  梨花中少女如玉，四肢纤长，白花白裙，日光柔和了她的面部曲线，七分娴静三分俏丽，一动一静间都有自己的韵味，真真的是人比花娇，那场景非常美。

  梨花林的另一边，一个少年站在支起的画板前，对着满林的美丽梨花写生。少年长得俊秀无比，高高瘦瘦的身材，加上梦幻般的蒙眬双瞳，仿佛秋水为神、玉为骨变幻成这般模样。放在校园里，一定是校草级别引女生围观尖叫的人物。

  美少年就是岳皓森。

  一看他就是个好动的主儿，边写生还边哼着歌，耳朵上戴着耳机，脚随着音乐的节拍一动一动地打着拍子。可能是因为人帅，所以做什么动作都帅，看他哼歌写生的模样，远远瞧着竟然与这满林的梨花毫无违和感地相融。

  "喵……"画着画着，岳皓森仿佛听到了猫叫声，颇有一丝凄惶的味道，他扯下了耳朵上的耳机，开始东张西望。

  "喵喵……"猫叫声更大了，岳皓森循着声音的方位终于找到了那只猫，就在附近一棵很高的梨花树上。

  那是只品种为布偶猫的小猫，脑袋圆圆的，顶着一对尖尖的小耳朵，个头小小的，很娇弱，应该才几个月大，浑身的毛应该是白的，只是脏脏的，上面沾了一些灰和土。它的眼睛最特别了，一只眼是蓝色，一只眼是黄色，应该就是传说中的鸳鸯眼了吧，宝石一样亮晶晶的，大大地瞪着，即使灰头土脸也遮挡不住它眼睛的光芒，很漂亮。

  此刻它的眼睛看着树下，用爪子紧紧地抓着树枝，又试探性地伸出一只爪子，探探下面，快速伸出又快速缩回去，眼睛里透出害怕、惊慌，着急又无奈，嘴里喵喵地叫着。

"哈，小猫咪，你是下不来了吗？"岳皓森仰头冲着树上那只猫大声说。

小猫听到他的声音，仿佛能听懂他的话似的把目光转向了他，冲着他喵呜喵呜地不停叫，这叫声，好像在说：是的，好心人，求求你把我救下树吧。

"哈哈，你是在求本少爷，让我把你救下树吗？活该啊，谁叫你不知轻重爬那么高的。"岳皓森逗猫。

"喵呜喵呜，喵呜。"小猫不死心地呜咽求救。

"好吧，谁叫本少爷我宅心仁厚呢。"岳皓森终于还是嗖嗖嗖爬上去把那只小猫抱了下来。他爬树真厉害，跟猴子似的，那么高的树，从上树到下树没用几分钟。

救了猫之后，岳皓森收拾好画架、画板、画笔，背到背上，抱着猫往回走，今天的写生也差不多了，这只猫看着又饿又渴又脏的，得带它回去吃东西洗澡。

走了一阵，走到另一棵梨树下时，岳皓森突然听到从头顶传来扯着嗓子喊的女声："喂，小弟弟！"

岳皓森不悦地边质问边抬起了头："谁啊？谁叫我小弟弟？我最讨厌别人叫我小弟弟了！"

然后他就看到了阮静梨，那是他第一次见到她，美丽干净的面庞就那么突兀地跳跃进他的眼睛里，她坐在高高的梨树枝上，一手挎着装满梨花的篮子一手撑着树干，低头俯视着他，黑发粉唇，素衣白裙，白色帆布鞋，裙摆长至脚踝，随风轻扬，白皙精致的面庞仿佛浸泡在清水中的梨花，清凉美好，眸如点漆，熠熠生辉。

原来一个女孩可以美得这么让人惊讶，美得这么让人移不开眼睛，不是那种艳丽世俗的美，但美到了人心里。岳皓森突然觉得，如果她有一对翅膀,将会多么的漂亮。甚至有一瞬间,他以为看到了梨花仙子。

就算多年以后岳皓森再次站在那棵树下回忆这个初遇的画面,依然清晰深刻,久久无法释怀。

惊艳过后,岳皓森很快恢复他平常高傲的少爷样子,大着嗓门没好气地说:"是你在叫我?你看清楚啦,我这么威武高大,才不是什么小弟弟!"

"哈哈,"阮静梨发出了银铃般的笑声,"我觉得我并没有叫错呀,你看着就比我小。我不会看错的,我敢打赌你肯定比我年纪小,我又不知道你的名字,所以只能叫你小弟弟了。"

"什么我年纪比你小?我今年已经18岁了,肯定比你大。"岳皓森满口胡诌。把自己的真实年龄多报几岁,也亏他想得出。

"哈哈,你18岁?"阮静梨当然不信,"算了,我不想再跟你讨论年龄的事了,我们萍水相逢,这些不重要,重要的是,我需要请你帮我一个忙。"

"什么忙?"岳皓森皱眉仰头看着她。

"我之前爬上树摘梨花,采了一篮子后想下来,才发现自己爬太高,一看下面就头晕,恐高症作祟,下不去了。我在这里等来等去也没看到有人经过,看到了你,我就感觉救星来了。能不能麻烦你把我弄下树去?谢谢了。"阮静梨冲着树下很认真地大声说。

"真是邪门,刚刚碰到一只猫从树上下不来,现在又碰到一个人从树上下不来,你不会是猫妖变的吧?"岳皓森看了一眼自己怀里的猫,冲着阮静梨说。

"你才是猫妖变的呢。你见过这么漂亮的猫妖吗?"阮静梨说。

"见过呀,你不就是吗?而且我知道你们妖精专门喜欢勾引人,吸人血,吃人肉,挖人骨髓……"岳皓森越说越离谱。

"你……"阮静梨词穷。

"什么下不去树,你能爬上去就不能爬下来吗?我才不信呢。你该不会是看我长得帅,所以故意找借口想跟我搭讪吧?祝贺你,你成功地引起了本少爷的注意,不过我并没有打算要救你,我很忙,拜拜。"岳皓森说完就抱着猫往前走。

"喂!喂喂,小弟弟!"眼看他越走越远,阮静梨喊他几次都不理,她急了,生怕他走掉,脱下自己的一只鞋子就朝他后背扔去。

"啪!"

鞋子不偏不倚正好砸中他的后背,岳皓森吃痛转身,怒气冲冲走回来,仰头伸着手指冲她吼:"你敢砸本少爷,你死定了!你叫什么名字?"

"我叫阮静梨,对不起,我不是故意要砸你的,我只是不想让你走,麻烦你把我弄下树。请你帮帮忙好不好?我真的会很感激你的。"阮静梨双手合十地拜托他。

"你预备怎么感激我?先说来听听看。"岳皓森干脆抱着猫一屁股坐到了树下。

阮静梨转了转眼珠子想了想说:"我会,我会做梨花糕,如果你把我弄下了树,我就做梨花糕给你吃,我做的梨花糕可好吃了,凡是吃过的人还没有说不好吃的,保准你吃了会很喜欢的。"

"梨花糕?"岳皓森听到这三个字,眼睛突然亮了起来,俊美的脸上浮现出不一样的神采。

"那就一言为定。"岳皓森居然马上改变态度,从地上跳了起来。

他把小猫和画板都放在地上,伸展开自己的长手长脚,冲着树上的阮静梨喊:"来吧,跳下来,我接住你!"

"什么,这么高让我跳下来?万一摔到了怎么办?你,你真的能接住我吗?你就没有别的更好的办法了吗?"阮静梨各种纠结不放心。

"你放心,我可是我们学校的体育健将,举重冠军,别看我瘦,力气大得很。何况你那么瘦,接住你对我来说是小菜一碟,你大胆放心地跳吧,如果你摔到了我负全责。"岳皓森拍着胸脯说得信心满满的。

"那……我跳了哦！"阮静梨鼓起勇气，眼睛一闭，就抱着那篮子梨花跳了下去。

一阵风过，急速下降……

当她睁开眼睛，发现自己稳稳当当地被岳皓森接住了，而且还是公主抱，两人离得那么近，她能看到他灿若星辰的漂亮眼睛，能感受到他手掌的力度和温度，能闻到他独有的正在猛烈生长的少年味道，甚至仿佛听到了他加快的心跳声，她从来没有被男生抱过，从来没有跟男生这么亲密接触过，她脸一红，本能地大声尖叫："啊！"

岳皓森被她这一声突如其来的"啊"给吓到了，瞬间脸一红手一松，像扔烫手山芋一样把她扔到了地上。

"扑通！"

"啊呀，好疼，我的屁股。你，你既然接住了又干吗扔我？你这个坏人，你叫什么名字？"阮静梨被四脚朝天扔在地上，气极了。

"我叫岳皓森。谁叫你没事乱叫的，别人还以为我把你怎么了呢。离地面这么近，又是草地，扔一下连皮都不会破，放心。"岳皓森盛气凌人地站在那里，朝她翻白眼。

"哼，我走了，没有梨花糕了。"阮静梨把那些晃出去的梨花小心捡回篮中，爬起来，拍了拍屁股上的泥土，抱着花篮就走。

"你站住，你说过我弄你下树你就给我做梨花糕吃的，答应了我的事不许耍赖。"岳皓森把她拽回来。

"你摔疼我了。要吃梨花糕是吧？跟我回家。"阮静梨本想要赖掉，谁叫他扔她，她不高兴了。可是看岳皓森那么固执的模样，只怕不会善罢甘休，她只能带他回家了。

3. 第一次见面就带他回家

梨花糕对他的意义并不仅仅是一道能满足口舌之欲的美食，美食背后的故事更深刻，只是那时她不知，他亦未言。

阮静梨带岳皓森回到自己家时，家里并没有人，她父母不在家。

她家房子不大，装修也很一般，两室两厅一厨一卫一阳台，房子所处的地段和小区环境都不算好，是B市最为普通的人家。

阮静梨系上素色围裙，从今日采的这篮梨花中拿出一小碗，洗净泡在蜂蜜里，再用白糖、提糖、糯米粉、熟油、熟粉、纯牛奶等原料，一番烦琐的制作步骤，最后放进蒸笼蒸30分钟，蒸好脱模，待凉后用刀蘸水切块，放在漂亮精致的白瓷盘中，摆好形状，撒上之前家里储存的晒好的干梨花和芝麻，浇上蜂蜜水便完成了。

岳皓森看梨花糕的整个制作过程看得一愣一愣的，阮静梨那纯熟专业的样子像是考了一级资格证的糕点师，不过她当然没考什么证，她只是从小就学做这个已经做得很熟练罢了。

做好的梨花糕像艺术品一般，无论模样、色泽和香味都无可挑剔，当阮静梨端到岳皓森面前时，他眼睛都直了。迫不及待地尝了一块，香、软、甜、黏、糯、凉，味道绝美又熟悉，沁入心底，毫无预兆地他湿了眼眶。

"喂，你干吗？不会是哭了吧？至于吗，只是吃了一块梨花糕而已，难道你家穷得连梨花糕都没吃过？"阮静梨对岳皓森的反应很是惊讶。

"我没哭！你什么眼神，只是因为，因为梨花糕太辣了，我被辣到了。"岳皓森赶紧转过身去擦干眼睛。

"哈哈，你胡说些什么？我这个梨花糕的配方里根本就没辣椒。"阮静梨笑着说。

"那就是……那就是我眼睛里进了沙子。"岳皓森又说了个理由。

"眼睛里进了沙子，那要我帮你吹吗？"阮静梨说。

"不用了，现在已经好了。"岳皓森又擦了一下眼睛，然后转回身来。

接着，他默不作声地一口气吃完了整盘的梨花糕。

"我的猫呢？"他这时候想起了那只猫。

"它也在吃梨花糕呢。"阮静梨指着客厅里的一个角落。可不是，小猫对着地上的一碟梨花糕正吃得津津有味，看来它也喜欢梨花糕，而且应该是饿极了，所以吃得很快。它的边上还放了一杯水，它吃几口梨花糕便会去喝点水。

"我说，岳皓森，这不是你的猫吧，你不是说是在梨花林的树上捡到的流浪猫吗？"阮静梨说。

"我捡到了它，它就归我了。它原来的主人肯定不要它了，否则它也不会脏兮兮的到处瞎流浪然后被我给捡着。给我的猫想个名字吧。"岳皓森说。

"既然你是在梨花树上捡到的它，那就叫它梨花好了。"阮静梨说。

"梨花当名字太娘了，它是只雄性猫，而且这名字会跟树上的梨花搞混。这样，它叫的时候是喵喵喵，那就在梨花后加个喵字，叫他'梨花喵'吧，怎么样？"岳皓森说。

"那你觉得'梨花喵'这个名字不娘吗？"阮静梨问。

"不娘啊，很洋气很有个性啊。萌萌哒。"岳皓森做了个卖萌的表情。

"那就叫梨花喵吧。"阮静梨笑道。

等梨花喵吃饱喝足，阮静梨抱着梨花喵，同岳皓森一起给它洗了个澡，洗得干干净净的，它一身毫无杂色的白毛就显露出来，真的很漂亮。

岳皓森蹲在地上用电吹风给梨花喵吹毛的时候，他牛仔裤后面袋子里的学生证露出了一个头，阮静梨从他身后顺手偷偷抽出，一看学生证上的信息，差点笑倒："哈哈，你之前说你18岁了？可是这学生证上面写的怎么才……？"

岳皓森一惊，关掉电吹风站起身去抢证："把学生证还我！我个子高长得早熟，我不说真实年龄大家都以为我是高中生呢。你别笑我，你也没多大。"

"我比你大，你得叫我姐姐。"阮静梨把自己的学生证亮给他看。

"你比我矮，我才不叫你姐姐呢，阮静梨阮静梨阮静梨，我只会叫你阮静梨。"岳皓森吐舌给她做了个鬼脸。

"幼稚鬼，原来你也是龙腾中学的呀，初中部二年级。我在高中部一年级，难怪我没见过你咯。"阮静梨看着岳皓森的学生证说。

岳皓森把自己的学生证抢过去："既然我们这么有缘，以后我会经常去高中部串门的。"

他也顺手把阮静梨的手机抢过去，哔哔哔地把自己的号码输入阮静梨的通讯录，又拨通了自己的手机，这样，阮静梨的手机号便到了他手机上，他飞快存上。

"喂，岳皓森，你干吗？你不用去高中部串门，更不用留我电话，我答应你的梨花糕你已经吃了，我们俩只是萍水相逢，以后肯定不会再见面了。"阮静梨说。

"那可不一定哦。"岳皓森把阮静梨的手机扔回去，得意地扬了扬自己手里的手机，冲她招招手，狡黠而帅气地一笑，背着画板闪人了。

接下来，阮静梨才发现那只流浪猫梨花喵还落在她家，她赶紧打电话给岳皓森："喂，你还没走多远吧？你赶紧折返一趟，你忘了把你的猫带走啦。"

"嘿嘿，我没有忘，我是故意落下的。"电话里传来岳皓森狡猾又赖皮的声音，"我爸对猫毛过敏，所以我家不方便养猫，你先帮我养着呗。"

"喂，岳皓森，你不能这样。虽然我也很喜欢猫，但我家也不方便养，我爸妈不会允许我养的。"阮静梨一脸的为难。

"你这么聪明美丽，肯定能说服你爸妈的。就这么说定了啊，我挂了，拜拜。"

"喂，岳皓森，喂喂……"

对方已经挂了电话，阮静梨深感无奈。她怎么就遇上了个小无赖呢？

4. 高薪招陪读

命运牵线，猫为媒。

阮静梨担心的没错，阮静梨的父母阮中民和宋怡下班回家看到那只流浪猫梨花喵，便一脸嫌弃地要把它赶走。

宋怡说："死丫头，你从哪里找来的这只野猫？你不会不知道我们家里不宽裕吧？养你一个已经够辛苦了，根本没有多余的粮食再养这只猫。"

阮静梨说："爸，妈，我求你们别赶走梨花喵，它无处可去很可怜的。我可以课余打工赚钱支付养猫的费用。"

听到阮静梨最后一句话，宋怡灵光一闪，突然想起前几天看到的一个招聘信息。

B市富豪岳家正在给少爷高薪招陪读，陪读要求是跟少爷年龄差不多的高中生、大学生，因为岳家老爷岳天胤平时工作很忙，基本不在家，家里只有管家、保姆、司机、做饭阿姨陪着少爷，他们都上了一定年纪无法与少爷沟通，岳天胤考虑到儿子会很孤单所以才决定给他找个年纪差不多的陪读。

那少爷是个混世魔王，成绩差不爱学习，且格外淘气捣蛋、顽劣挑剔，家里给他前后找了五十多个陪读都被他赶跑了，那些陪读做的最长的也不超过三个月。

陪读不是那么好做的，陪读的工作内容不仅仅是家教，还包括当保姆，除了必须督促、辅导少爷完成作业，还要给他做饭洗衣服，当好他的后勤，甚至陪他玩。

宋怡觉得阮静梨是高中生，学习成绩好，家务也做得好，适合这个职位，如果能应聘上，除了能赚养猫费还能贴补家用，一举两得，于是便对她说：" 你既然想做兼职赚钱，我给你推荐一个，过几天我带你去应聘。绝对是很好的兼职机会，你如果能聘上，这猫我就允许你养了。"

"好。谢谢妈。" 得知梨花喵有机会留下，阮静梨松了一口气。

5. 我要她

我见过夏天的绿荫，秋天的麦浪，冬天的花火，却都抵不过春寒料峭里摔我一脸鞋子的你。

周一放学后，阮静梨被宋怡带去岳家。

宋怡之前递交了阮静梨的应聘资料，阮静梨凭借过硬的条件通过了初试，被唤到岳家公司大楼进行了一个笔试，笔试也通过了，才被通知进入岳家进行复试和终试。

岳家是B市有名的富豪之家，大门大户，住的是庞大的庄园别墅，上上下下各种职务的用人和保安就有几十个。此刻他们排成两排，而别墅里的主人只有老爷和少爷两个人，奢华之程度震慑到了阮静梨。她长这么大，从未见过如此有钱的人家，也算是开了眼界了。

阮静梨进了大门后，被带到一个房间进行复试，对她复试的是岳家管家，问了她很多问题。复试通过的人，才有资格进入终试，终试是岳家老爷岳天胤亲自面试。

阮静梨凭借自己的聪明得体顺利进入最后一轮，被安排到了岳家宽大豪华的客厅里。

她见到了岳老爷岳天胤，那是一个英俊严肃的中年男子，气度不凡，不怒自威，衣服一丝不皱，头发一丝不乱，几米之外都能感觉到他的强大气场，他就是活在电视剧和新闻里的那种成功人士的形象，她在新闻和财经报纸、杂志上看到过他，据说是在商界呼风唤雨的人物。

这次见到了真人，阮静梨很紧张，他坐得离她并不远，身后站着管家和秘书，而她仍然觉得他们俩很遥远，无法跨越的那种遥远，这就是所谓的距离感吧。

"你叫阮静梨？"岳天胤看了看秘书递过来的简历，快速打量了她一番说。

"对。"阮静梨双手交叠，手心里要冒出汗了。

"你怎么会想到来应聘这种兼职？一旦应聘上，这份工作会占据你很多时间，也很辛苦，需要你严格平衡好跟学业之间的关系。"岳天胤严肃地问她。

"因为，因为我缺钱。"阮静梨说出了心里话。如果不是为了让父母答应养那只流浪猫，赚取养猫的费用，她也不会来呀。虽说那猫是岳皓森硬塞给她养的，但她也不好意思问他要养猫的费用，也许他家比她家还穷呢。

"虽然你这个回答没什么深度，不过，很诚实。我这个儿子不喜欢学习，如果你当了他的陪读，你有什么办法让他喜欢上学习？"岳天胤又抛出了下一个问题，阮静梨开始紧张地应对，她根本不知道楼上有一道明亮的目光已经注视她很久了。

那道目光是岳皓森的。阮静梨并不知道她要陪读的少爷是岳皓森，岳皓森也不知道她会来应聘，只是刚刚他在自己房间听打扫的用人提起今天又有一波面试陪读的人来家里了，他出于看热闹的心理跑出来看，才发现在面试的那个人是他前几天在梨花林遇到的阮静梨。

看到阮静梨那张脸，岳皓森莫名兴奋，悄悄叫用人搬来一张椅子，坐在二楼的楼道里看一楼的阮静梨面试。

看了一会儿后，他觉得很闷，父亲很严肃，阮静梨也很严肃，父亲的下属更是雕塑一般屁都不敢放一个，两人的对话简直比上数学课还枯燥，他想打破这种沉闷的气氛，心血来潮，想到了一个玩法。

他悄悄从椅子上站起来，脱下自己脚上的一只拖鞋，趴在二楼的栏杆上，将拖鞋对准下面阮静梨的后背，"嗖"，毫不犹豫地甩了下来。

"啪！"沉闷的终试对话终于被这声音打破了，阮静梨感觉到后背的疼痛，回头发现原来是一只男生拖鞋砸到了她，听到头顶有咻咻的笑声，她抬起头，看到岳皓森趴在二楼栏杆上带着一脸得逞的笑，她又震惊又气愤。

震惊的是没想到在这里碰到了岳皓森，联想到他姓岳，这是岳家别墅，难道他就是那个传说中的岳少爷吗？岳家除了主人就是用人，不可能有童工吧？

气愤的是他为什么用拖鞋砸她？她哪里招惹到他了？她现在可是在进行很重要的终试，这一砸，不是要破坏她终试吗？也太不尊重人了。

阮静梨从沙发上站起来，但又沉默着坐下了，这是在别人家，还是在面试，她忍气吞声不敢造次。

"阿森，你这是在干什么？不得无礼！"岳天胤发话了。

"不好意思啊，老爸，拖鞋是我不小心掉下去的，没想到会砸中她这位终试的同学，能不能麻烦你帮我把拖鞋送到二楼来？"岳皓森居然提出了这种要求。

原来他真是岳家的少爷，如果阮静梨应聘上，陪读的对象就是他。原来他家这么有钱，亏她之前还误以为他家穷连梨花糕都没吃过。

如此嚣张狂妄，她根本不想做他的陪读。她不吭声，也没有任何动作。

原本坐在一旁的宋怡见这阵势，担心她得罪少爷而导致应聘不上，赶紧站起身来催她："丫头，还不听少爷的话，把拖鞋捡起来送上去？"

阮静梨不敢忤逆母亲，很不情愿地捡起拖鞋送上二楼。

岳皓森的玩心却更大了，故意捉弄她，伸出那只光着的脚丫子，理直气壮地说："你现在蹲下，给我穿上拖鞋。既然你想应聘陪读，以后这种事你都是要做的。"

阮静梨感觉一股又怒又羞的热血冲上脑顶，把她的脸都给涨红了，她觉得自己受到了侮辱，她把那只拖鞋朝他脸上狠狠摔去："你有病吧？我根本不屑做你的陪读！"

之后她便飞快跑下楼跑出了岳家，宋怡怎么叫都叫不住她。

宋怡赶紧给岳天胤和岳皓森道歉："对不起，岳少爷，对不起，岳老爷，我家那丫头太混账了，她平时挺乖的，今天也不知道抽了什么风。对不起对不起，希望你们大人不记小人过。我回去就收拾她。"

宋怡一边道歉一边心想：完了完了，这事儿肯定黄了，哎哟，那么高的工资就这么打水漂了，心痛啊。

岳皓森却一反常态，抬起漂亮修长的食指，指着门口阮静梨消失的方向，一字一顿地说："我要她。我要她做我的陪读。"

Chapter 3

告白：你是我少年时代所有的梦

10 岁之前，童年。18 岁之前，少年。35 岁之前，青年。
人生最美好的三个年龄段，却是须臾而过。
只有还身在其中的人才不自知。
人与时间的一场邂逅就是我们短短几十年的生命。
一转身，可能就是一世，就是天涯。
一分别，可能隔山隔水，就是一辈子。
所以，如果想爱，就去爱。
所有的爱情都值得全力以赴。

1. 三年陪读合约

你还没有资格，和这个世界赌气。

宋怡听了岳皓森的话大喜，管家让她先出去等消息。

客厅里只剩下岳家人的时候，岳天胤旁边的秘书说话了："少爷，这个阮静梨终试还没进行完就跑了，按照常规流程，不能录用她。"

站在二楼的岳皓森居高临下地瞪他："呸！你这是放屁！我看上的人，要走什么流程？就当她终试通过了。"

"这个……我觉得你还是问问老爷的意见比较好……"秘书看了看岳皓森，又敬畏地看了一眼岳天胤，小声说。

岳天胤坐在那里没有说话。

"老爸！"岳皓森撒娇地喊，啪啪啪飞快地走下二楼，坐到岳天胤旁边，"你觉得阮静梨当我的陪读怎么样？我觉得很不错，我们应该父子同心，眼光一致对吧？"

"你很满意她？"岳天胤看着儿子的目光满满都是宠爱。

"对，我就要她做我的陪读，你看她的学习成绩和家务能力都很好，人聪明，模样漂亮讨喜，综合素质高，年纪跟我相差不大，有共同话题，我们还都是龙腾中学的，再合适不过了。其他应聘的人都推掉，不用再面试了，就说合适的已经找到了。"岳皓森很笃定地说。

岳天胤慈爱地笑了："既然你满意，那就依你吧，难得你能找到一个满意的陪读，希望有了她，你能上进点。"

他转而又对管家说："管家，你现在去通知阮静梨的监护人，让她马上签合同。"

"是，老爷。"管家答应着，出去了。

"耶，谢谢老爸！"岳皓森乐得一蹦三尺高。

在外面等候的宋怡得知结果，仿佛捡了大便宜，高兴坏了，立马毫不犹豫地签了陪读合同，生怕岳家反悔。

宋怡一回到家，就冲着丈夫阮中民报喜："中民，大喜事，我们家梨丫头应聘上了岳家陪读，工资挺高呢，你看看这合同上的数字，以后我们的日子要好起来了。"

"真的吗？太好了！"阮中民也是一脸高兴，"看来养她还是有点好处的，终于可以赚钱了，哈哈。"

"那梨丫头现在在哪儿，回来了吗？"宋怡问。

"在她自己房里呢，一跑回来就抱着猫进自己房间了。"阮中民朝阮静梨的房门方向努努嘴。

宋怡敲开门，把被聘上的事跟阮静梨讲了，让她明天放学后就开始去做陪读。

阮静梨没有任何欣喜之色，低着头说："妈，我不想做岳皓森的陪读，我可以再去找别的兼职，您能不能跟岳家人说说，把合同解约？"

"你脑子坏掉了吧？"宋怡戳了下她的头，"合同签了岂是说解约就解约的，这三年的合同，我们是乙方，岳家是甲方，合同上写得明明白白，你工作期间岳家如果不满意可以随时解约，但我们乙方没有提前解约的权利。再说这么好的兼职哪里去找，机会难得，别人想聘都聘不上，高薪的工作不是这么容易找的，现在赚钱多不容易，你要知足。"

"您还签了三年？妈，您签合同前怎么就不先问问我的意见，问我愿不愿意？要做陪读的人是我。"阮静梨说。

"我干吗要问你的意见,我是你的监护人,我可以全权做决定。你脑子笨,我可不会跟你一样笨。我和你爸把你养到这么大容易吗?如果不是我们收养你,你现在还在孤儿院待着呢,哪里有书读有自己的房间,是你回报我们的时候了。还有,那只流浪猫你还想不想养了?没得商量,明天放学后就给我去岳家做陪读!"宋怡说完就气冲冲地摔门出去了。

阮静梨无语,内心充满悲伤。

她从床底下翻出一个小木匣子,木匣子里装满了她最珍贵的东西,其中有一本老旧破损的相册,她翻着相册上亲生父母的照片,眼泪无声地滴落在父母善良慈爱的脸上。

"爸爸,妈妈,我想你们了。"

2. 秘　密

青春期的男生,总有那么一两个羞于启齿的秘密。

接下来,无可奈何的陪读生涯开始了。

除了上课的日子,周一到周五17:30—22:00,周六、周日9:00—22:00全天,都是她的陪读时间。她除了要督促、辅导岳皓森做作业,还要给岳皓森做饭(周一到周五只做晚饭,周六、周日做三餐)、洗衣服、洗袜子,还要陪他玩。

原本最开始不用她做饭的,有一次岳家做饭的阿姨家里有事请了一天假,她义务帮忙给他做了一顿饭,阮静梨从小做家务,饭菜做得很棒,他吃出了某种熟悉的味道,吃上瘾了,便再也不吃阿姨做的饭,只吃她做的。并且每天晚上还要阮静梨给他做饭后甜点——梨花糕，他一天不吃梨花糕就不习惯。

阮静梨不说什么，就默默给他做，谁叫她是人家的陪读，拿着人家发的工资呢？

有一次，岳皓森大口大口地吃着饭菜问她："哎，你怎么不问我为什么喜欢吃你做的饭菜？"

"为什么？"阮静梨顺着他的话走。

"因为你做的饭菜有我妈妈饭菜的味道。"岳皓森说。

"你怎么不问我为什么喜欢吃你做的梨花糕？"见阮静梨没作声，岳皓森又继续问。

"又是妈妈的味道？"阮静梨说。

"对。我妈妈心灵手巧、贤惠勤快，虽然家里有很多用人，她还是经常亲手给我做饭、做梨花糕，那时候我觉得自己很幸福。她走后，我就再也吃不到那种味道了，直到我遇见了你。所以有时候我会觉得你是不是我妈妈专门派来照顾我的。"岳皓森俊美无瑕的脸上浮现忧伤。

"我肯定不是你妈妈派来的啊，我根本就没见过你妈妈，像我这种出身的人怎么可能认识像你们这么有钱的人。味道雷同，只是因为巧合，你别想多了。"阮静梨说。

"你怎么从来不问我妈妈去哪儿了？"岳皓森说。

"那她去哪儿了？"阮静梨问。

"嘿，不告诉你，这是个秘密。"岳皓森鬼灵精怪地朝她吐了吐舌头。阮静梨一脸无奈。

岳皓森不是个好伺候的主儿，他会用各种各样的方式捉弄她，喝水要她倒，吃饭要她盛，不喜欢吃的葱要她一点一点挑出来，放学时把自己的书包扔到她身上让她背回去，课间十分钟经常跑来高中部骚扰她，在她的课桌里放癞蛤蟆、鬼娃娃、无毒的蛇等各种奇奇怪怪的东西，甚至夜里一两点她睡着了，他还会打电话叫她起床买夜宵送过去。

阮静梨做这个陪读虽然很累，但只当岳皓森是个不懂事的小弟弟，尽量包容忍让他，不跟他计较。

而岳皓森却不是这么想的。他捉弄她其实都是少年人的心思，想引起她的注意和重视。

有一天晚上他梦到了阮静梨，第二天早上起床发现自己身上一塌糊涂。他躲在被窝里羞红了脸，生平第一次自己关着门像做贼似的洗完了内裤，全程红脸。

那时候他年纪太小不自知，只是懵懵懂懂地意识到，自己对阮静梨的感觉跟对别的女孩子不一样。

3. 关于母亲

母亲是佛前燃着的一炷香。

两人之间有趣的事情也有，岳皓森隔三岔五会去阮静梨家看那只流浪猫梨花喵，每逢周末，他们俩还会带梨花喵去梨花林玩。

某天放学后，庾司伏在教室里对岳皓森说："皓森，我们去溜冰场滑冰吧，好久没去了，我请客。"

庾司伏是岳皓森的同班同学，也是他的好朋友，同为富二代，长得又高又帅，两人的父母有交情，从小就认识。

"不了，兄台，我要回家吃晚饭，你听我的肚子都已经咕噜咕噜地在叫了。吃完饭后我还要做功课，所以真没时间陪你玩。"岳皓森边利索地收拾书包边笑着说。

"你小子最近转性了？你以前吃饭哪按时过呀？我记得你以前最讨厌回家吃饭和做功课的了，怎么现在变这么乖？难道跟你们家新招的那个陪读有关系？到底是何方神圣把你治得服服帖帖的？"庾司伏说。

"错，不是她治我，是我治她好吧，她什么都得听我的。我带你去看看她。"岳皓森得意地笑着说。

于是，岳皓森把庾司伏带到了龙腾中学高中部一年级五班的教室，阮静梨还没走，岳皓森把自己的书包甩到她课桌上："帮我背回去。"

"嗯。"阮静梨拿起他沉沉的书包斜挎到了自己瘦削的肩膀上，加上自己的，她背了两个书包。

"帮我在路上买20串羊肉串，再买只冰激凌带回去。我想做晚饭后的点心吃。"岳皓森又吩咐。

"嗯。"阮静梨点头。

庾司伏看看阮静梨又看看岳皓森，笑着说："你这个陪读看着不错哦，又漂亮又听话。咱们是好兄弟，借我用一个月呗。"

"去你的！滚！"岳皓森踹了他一脚。

"哈哈，我只是开个玩笑而已，你这么紧张干吗？"庾司伏调皮地笑道。

"少爷，如果没什么事我先走了。"阮静梨对岳皓森说。高中部现在也已经放学了。

"去吧去吧。"岳皓森朝她摆摆手。

阮静梨便背着两个书包，同郑柠一道出了教室门。

郑柠是阮静梨的好朋友，比阮静梨要高，细高细高的个子，清瘦高挑，亚麻色短发，十指修长，五官有点偏西欧人，很立体，打扮很中性，从不穿裙子，长得比男生还要帅，经常被人误会是男生。从背后远远看去，帅酷有个性，能让女孩看到脸红。

两人是在孤儿院认识的，那时阮静梨性格内向经常被人欺负，是郑柠像男孩子一样挡在她前面保护她，为她打架，为她抢饭、抢菜、抢糖果。

　　那时候宋怡、阮中民夫妇本来看中了郑柠，要收养郑柠，她推荐了阮静梨，把收养机会留给了她。因为让掉这次机会，郑柠在孤儿院又待了两年，才被酒吧老板娘郑曼收养。阮静梨被收养后两人就失联了。

　　读初一时，因为都上了龙腾中学，阮静梨和郑柠幸运重逢，同为孤儿，命运相似，惺惺相惜，虽说各自被不同的人领养，但比起亲生父母毕竟还是有隔阂，于是这两个女孩子反而成了心灵最靠近的人。

　　阮静梨早就告诉郑柠给岳皓森做陪读的事了，所以每次看岳皓森去教室找阮静梨，郑柠也见怪不怪了，两人走在出校园的路上，边走边聊天。

　　岳皓森每天上学放学有专车司机接送，而阮静梨做陪读以来每天都坐公车去岳家，陪读不能与少爷同坐一辆车，这是规定。

　　"那个岳少爷的书包一定很沉吧？我帮你背。"郑柠说着就要去夺阮静梨肩上那多出的书包，被阮静梨拦住了。

　　"不用了，郑柠，我背得动，就当是锻炼。如果岳皓森看见你帮我背，以他的性格肯定会不爽，然后指不定想出什么别的法子来惩罚我。"阮静梨说。

　　"有钱人家的少爷是不是都这么嚣张跋扈啊？明明有车接送还让你背书包，跟你说话的口气就像使唤丫头似的。他那个朋友看起来也不像是什么善类，说什么借用，一丘之貉。"郑柠说。

　　"哈哈，郑柠，你不用放心上，他们就是两个幼稚的小孩子而已。"阮静梨微笑着说。

　　阮静梨眼里的幼稚小孩子发育得很快，光阴飞逝，一年过去，岳皓森阮静梨足足高了一个头。

虽说签了三年合约，但以岳皓森古怪挑剔的脾气，岳天胤和岳家上上下下的用人都以为阮静梨做不过三个月就会被赶走，却没想到过去一年了她还在。阮静梨创下了岳皓森陪读的最长时间纪录，岳皓森虽然喜欢捉弄她，但从未想过辞退她。

阮静梨的陪读做得很有成效，岳皓森的成绩越来越好，从原本全年级的倒数第一进了全年级的前四十名，也变得遵守纪律、不怎么逃课了，岳天胤省心多了。

有一次，老师说岳皓森一天没去上课，晚上很晚了他也没有回家，打他电话也打不通，岳天胤和岳家上上下下都找不到他，以为他失踪了。阮静梨也帮着到处找，找来找去，结果在一个桥洞下看到了疑似他的身影。

阮静梨着急地跑过去大喊："岳皓森，是你吗？"

那人抬起头，俊眉星目，但是满眼的泪水。看他的样子，哭了估计挺长时间了。

"真的是你，岳皓森。你怎么跑到这里来了？知不知道大家都在找你，大家都很担心你。你，你怎么哭了？"阮静梨说。

"今天，是我母亲的忌日。"他低低地说，声音里仿佛浸满了泪水。

阮静梨深感震惊，原来他妈妈死了，他妈妈去哪儿了的答案就是去了天堂。

"我母亲在我小的时候就因病去世了，我一直很想她，她是我最爱的人，她给我的爱和温暖是最多的，我父亲虽然也爱我但他太忙了，根本没有多少时间陪我。每年我母亲的忌日是我最难过的时候，难过到什么事情都没心思做，只想躲起来大哭一场。"岳皓森边哭边说。

她从未见过他如此脆弱的模样，哭得像一个失去一切的孩子。

她拿出自己的手帕给他擦眼泪，轻轻握住他的手，跟他说："我很理解你的心情。如果你想哭，你就哭吧，我会一直陪着你。"

她的话和她手掌传来的温暖奇异地安慰了他。

有时候，人和人之间距离的拉近就在于一个细节，一个瞬间，比起那些费尽心机的讨好简单多了。

从这以后，两人成了朋友，岳皓森对阮静梨的态度好了一些。

4．大闹婚礼

有时，不是世界太虚伪，只是我们太幼稚。

岳皓森的父亲岳天胤再婚的日子到了，张灯结彩，大摆宴席，来岳氏庄园别墅道贺的各路宾客数不胜数，好不热闹。

新娘子凤紫鸢既漂亮高贵又大方得体，豪门千金气质彰显无遗，她家里有钱，自己也能干，开了好几家公司，手里有不少股份，因忙于事业38岁都没结婚，后遇到岳天胤，有眼缘且门当户对，一拍即合，就答应了他的求婚。

鉴于岳天胤和凤紫鸢尊贵的身份，来的宾客里有很多大人物，各界名流。

台上，一对新人在婚礼司仪的主持下抓着话筒满脸笑容地幸福分享两人相识相恋的故事；台下，上百桌的宾客脸上都是一派喜气洋洋，唯有身穿西装系着领结的岳皓森冷着一张俊脸，坐在那里一声不吭地猛灌酒，一杯接着一杯。

"喂，皓森，你少喝点。如果在你老爸的婚礼上醉得人事不知不太礼貌吧？"坐在他旁边的庾司伏夺过他的酒杯，担心地劝。

岳庾两家是世交，岳老爷再婚，庾司伏和父母当然是作为贵宾受邀出席了。他比岳皓森幸福，他的父母都健在，家庭很完整。

岳皓森又把酒杯抢回去："干你屁事！本少爷爱喝多少就喝多少！"

他已经有些醉了，双眼蒙眬，脸颊酡红，但这些醉意还是掩饰不住他脸上明明灭灭的悲伤，庾司伏不好再劝，也明白他心里难过。

继续喝了几杯后，岳皓森嫌弃酒杯太小了，索性拿着酒瓶喝。

这时候，婚礼司仪说："下面，有请岳总唯一的宝贝儿子、帅气无敌的岳少爷岳皓森上台说几句话，你父亲再次找到了幸福，你有没有什么祝福想要对他和新娘子说？"

"有，当然有。我这就上台。"岳皓森灿烂地笑着，拿着手里刚开的一瓶酒站起身来，有些趔趄地上台了。

庾司伏看着他的笑容，心里莫名地起了一丝凉意，他总觉得岳皓森的这个笑容没那么简单。

岳皓森上台，接过话筒，看着父亲和凤紫鸢，大声说："我的祝福是，我希望你们俩不要结婚。我父亲身边的位置，永远只能是我母亲的，就算她已经死了，这个位置也没有任何人可以顶替。老爸，我对你太失望了，你不是说此生只爱我妈一个人吗？为什么现在又娶别的女人？凤紫鸢，你算哪根葱，你连我妈一根脚指头都不如，你凭什么站在这里？"

没人想到岳皓森会噼里啪啦说出这样一串话，被大厅的音响扩音出来，每个角落都能听得清清楚楚，整个婚宴现场的人都呆了。

岳天胤反应过来后赶紧去抢儿子手里的话筒："阿森，你在胡说八道些什么，你肯定是喝醉了，别说了。"

"我还没说完！"岳皓森灵敏一闪，岳天胤没抢到他的话筒。

"老爸，我希望你今天站在这个台上给我一个态度，向所有人宣布：取消婚礼，并且发誓：以后再也不结婚，再也不娶别的女人，此生只爱我母亲一人。"岳皓森的这段话更加让众宾客瞠目结舌。

穿着漂亮白色婚纱的凤紫鸢站在台上，脸红一阵白一阵的，她生平从未遭遇过如此难堪的场面。

"荒唐！你反了你！你知不知道你在说些什么？"岳天胤大喝，他终于恼了，"岳皓森，你平时怎么任性顽劣我都由着你，但今天是我大婚的重要日子，我绝对不允许你捣乱。我告诉你，婚礼绝对不可能取消，我更不可能发那样的誓。成人的世界你一个小孩子根本就不懂。"

"来人，给我把他拉下去，关进他自己房间好好醒酒，婚宴结束前不准放他出来！"岳天胤在台上威严地一吼，立刻跑上来两个人高马大的保安去架岳皓森。

"滚开一点，别靠近我！"岳皓森挣脱开那两个保安，啪的一声把自己手里的那瓶酒打碎了，抓着碎了的酒瓶，拉过凤紫鸢，把那个锋利的碎酒瓶架在凤紫鸢的脖子上，冲着岳天胤红着眼大声吼："你敢关我，我就敢伤害她！"

"岳天胤，你一直把我当小孩子，所以你根本就不尊重我，我事先就说过我不喜欢凤紫鸢，我不高兴她做我的后妈，你只当是小孩子在无理取闹，完全不听我的意见。这是你的家，但也是我的家，家里平白无故要多出一个人，还是一个要我叫她妈的人，我凭什么没有发表意见的权利？"岳皓森的眼泪涌了出来。

他是醉了，但他的神志还是清醒的。

"你疯了，赶紧放下碎酒瓶，你这样会出人命的。"岳天胤大吼。碎裂的酒瓶，对着人的那一截边边角角都很锋利尖锐，无异于一把匕首。

"我不放！除非你答应我，取消婚礼！"岳皓森大声说。

"你敢威胁我？我不会答应你的！"岳天胤毫不退让，他堂堂商界枭雄怎么可能会受自己儿子的威胁？传出去都是笑话。

"哼，那这个碎酒瓶今天一天会架在她的脖子上，至于会不会伤到她，我也不敢保证了。"岳皓森也是倔强得很。这当中有酒精作祟，也有本性使然。

场面僵持住了，台下宾客看戏一样议论纷纷，整个现场炸开了锅。

坐在台下的庾司伏急坏了，怎么办，怎么办？他想到了阮静梨。平时只有阮静梨的话岳皓森能听进去几句，也许她来了能救场。没有别的办法了，他迅速给阮静梨打了个电话，把事情的紧急度说了下，让她马上赶过来。

今天是阮静梨高考的日子，现在是中午，阮静梨刚结束一场考试正在吃午餐，下午的那场考试三点开考，她觉得有时间去处理，便马上扔下还没吃完的午餐赶往婚礼现场。

当阮静梨到场时，岳皓森还在用碎酒瓶对着新娘凤紫鸢，岳天胤严肃着一张脸还在与他僵持。

"岳皓森。"阮静梨大叫着他的名字跑上了台。

"阮静梨，你是来劝我的吗？别浪费口舌了。"岳皓森看到她，惊讶之后一脸冷酷。

"我不是来劝你的，我是来跟你提前告别的，我怕以后没机会说再见，因为我不知道这是不是我最后一次见你了。如果你今天用这个碎酒瓶刺伤了她或者刺死了她，你会蹲大牢，我以后就见不到你了。如果情况乐观一点，你没伤到她，只是控制她让你父亲的婚礼无法举行，你父亲不会原谅你，会用停掉你的卡、取消你的陪读等各种方式做惩罚，那以后我肯定也见不到你了。"阮静梨说。

她没有用话筒，只有台上几个站得近的人能听清楚她说的话。

"我做了你两年的陪读，看着你一点一点长大，一点一点成熟，长得越来越高越来越帅，我越来越了解到，你只是表面嚣张聒噪，其实内心又脆弱又孤独，你没有安全感，所以你想要的东西你会拼命地抓住，哪怕用霸道蛮横无理任性的方式。"阮静梨边说边慢慢地不动声色地走近他。

"岳皓森，这两年我其实挺开心的，我跟你一样是孤独的人，但你的出现让我的生活变得热闹和充实了不少。最开始做陪读我只把你当发我工资的主子，对你也没什么好感，后来我慢慢了解了你，就把你当朋友了。你对我而言，是一个高贵的朋友，我很羡慕你，不是羡慕你有钱，而是羡慕你还有亲生父亲。"

"阮静梨，你什么意思？你爸妈不都在吗？应该是我羡慕你才是。"岳皓森边架着凤紫鸢边说。

"我告诉你一个秘密，我现在的爸妈不是我亲生的爸妈，我其实是一个孤儿，我亲生父母死于一起煤气中毒事故，那天我在幼儿园，所以幸免于难。我还记得那天早上我在幼儿园门口跟亲生父母招手再见，他们满脸慈爱宠溺的笑容，回去之后就只能看到他们冰冷的尸体了，他们再也不会笑，再也不会睁开眼睛看看我。所以你看，生离死别这种东西，很多时候都不会提前通知你的。"阮静梨红了眼睛。

岳皓森震惊地看着她。

"之后我在孤儿院待了2年，后被一户普通人家领养，也就是我现在的养父母。但是你知道，养父母跟亲生父母肯定是不同的，我感觉寄人篱下，我不敢再撒娇，不敢再任性，我必须小心翼翼很懂事地讨好他们，因为我怕他们不养我了，我怕无处可去。所以我很羡慕你，你现在之所以还能这么张狂地站在这里大闹婚礼，是因为你还有个爱你的亲生父亲。如果我亲生父亲还在世，我一定舍不得像你这样对他，只要他开心，我会支持他再婚，我会支持他去做他一切想做的事情，因为没有什么比他的笑容更珍贵了。如果你母亲在天有灵也会希望你父亲幸福，不想看他孤孤单单地过下半辈子。"

阮静梨的这番话，像细密的针一样一根一根扎到了岳皓森的心上，他走入死胡同的心开始松动了，他的手也开始松动了，抓着碎酒瓶的手没有那么用力了。

说时迟那时快，阮静梨看准时机，飞快冲上去灵敏地去夺他手里的碎酒瓶，岳皓森本能反击，阮静梨怕他伤到凤紫鸢，赶紧用自己的身体挡住凤紫鸢,岳皓森的反击顺势到了她身上。

"啊!"阮静梨惨叫一声。凤紫鸢是救下来了,但阮静梨被那个碎酒瓶伤到了右手,手掌被划开一条好大的口子,鲜血直流。

"静梨,静梨你怎么了?天,这么大的口子!你痛不痛啊,不要紧吧?你这个笨蛋,不会躲开吗?你以为你是女英雄啊!我马上送你去医院!"岳皓森看到她受伤,心突然又慌又痛,比自己的手被划开了还难受,赶紧背起她去医院。

在经过他父亲身边时,他低声地扔下一句:"随便你再不再婚了,反正不是我结婚。"然后就飞快地背阮静梨去医院了。

岳天胤当场宣布:"刚才只是一点小插曲,对不住大家,让大家受惊了,现在,我宣布:婚礼照常进行。"

5. 高考失利

一次失败并不可怕,可怕的是失去了再次战斗的勇气。

所幸阮静梨的手伤并不太严重,没有伤到骨头,在医院进行了清创缝合治疗,缝了几针,注射了一些抗毒素,不用住院,坚持每天上药换药,过几天伤口就会愈合。

岳皓森虽然没多说,但其实很自责,满脸都写着自责、愧疚和凝重,阮静梨却安慰他:"没事,你不用放在心上,现在不疼了。我用这点伤换你免蹲大牢,换你父亲的爱人安然无恙,换你父亲的婚礼如期举行,换你们家至少两人的幸福,我觉得还是很值得的。"

"你真的觉得凤紫鸢能够给我老爸带来幸福吗?我真的是对她喜

欢不起来，她看着就很风骚，这种女人应该很容易变心吧？"岳皓森担忧地问。

"人不可貌相。没有人可以轻易地说永远，毕竟这个世界瞬息万变，至少当下他们是相爱的，是幸福的，这就够了呀。"阮静梨说。

"哎，你怎么说话一套一套的，你也没谈过恋爱啊，哪来的这些心得？"岳皓森问。

"嘿嘿，我看书呀，书可是个好东西。"阮静梨难得地露出了俏皮的笑容。

"什么书上会有这种心得呀？"岳皓森歪着头问。

阮静梨凑近他的耳朵小声说："爱情小说。"

"好啊，阮静梨，你现在就看爱情小说了，看我不告诉你们老师。"岳皓森故意逗她。

"你敢，如果你告诉我们老师，我就不给你做梨花糕吃了。"阮静梨说。

"如果不给我做梨花糕吃，我就扣你的陪读工资。"岳皓森说。

"如果你扣我工资，我就跟梨花喵讲你的坏话，说你克扣它的伙食费让它吃不饱，然后它就会用它的小爪子来抓你，还会跑到你们家去，整晚在你的床上喵喵叫，让你睡不着。"阮静梨说。

"好啦好啦，我投降。你别让梨花喵来攻击我，我不扣你工资，也不会给你老师打小报告，行了吧？算你赢了。你是伤员，我不欺负你。"岳皓森举起双手，缴械投降。

阮静梨露出了美丽干净的笑容。

因为去阻止岳皓森大闹婚礼，又在医院处理手伤，阮静梨耽误了下午的那场考试，当她匆匆赶到考场，考试已经快结束了，根本不可能再进去，接下来的两天高考虽然都参加了，但右手的手伤也影响了发挥。

高考成绩出来，一向成绩优异的阮静梨由于缺了一门考，虽然其他科目成绩不错，总分还是落后一截，才勉强上三本线，远远低于养父母对她的期望。

宋怡、阮中民痛斥了她一顿："死丫头，你怎么会考得这么烂？你怎么还有脸站在这里？养你有什么用？原本指望你上一个好大学出人头地，让我们过上好日子，现在没指望了，也没有钱再让你复读了，你还是别上大学了，去打工算了。"

岳皓森得知消息后赶来，对宋怡、阮中民说："听着，你们谁敢不让她上大学去打工，我第一个削了他！静梨是因为我才误了一门考的，不能怪她。让她复读，复读一年的学费我出。"

说着，把一大沓现金砸在宋怡和阮中民面前。

两个见钱眼开的人眼睛都直了，连忙扑上去抱住钱，对着岳皓森一脸谄媚的笑："呵呵，好说，好说。岳少爷，只要有钱，一切都好说。就听您的，让她复读。"

"不过，复读的学费你们别告诉静梨是我出的，我怕她心里有负担，不会接受。"岳皓森说。

"岳少爷，一定，一定，我们就跟梨丫头说复读的钱是我们两口子偷偷攒的积蓄就成了。"宋怡笑着说。

郑柠没有缺考却比阮静梨考得更差，连高职专科线都没上，她在酒吧待久了，见惯了各色社会百态，早已没有读书的心，打算自我放弃了。

她的养母、风情万种的酒吧老板娘郑曼对她说："柠儿，你考得不好我不怪你，想我学生时代也是个不喜欢读书的主儿，我一看书就头痛，一上考场就感觉跟上刑场似的，天生没有那个读书的细胞，所以我能理解你。但我不希望你走我没文化的老路，我不差钱，你再复读一年如何？"

这番话说得可比宋怡、阮中民说的有人情味多了。

在B市开着一家酒吧、以酒吧为家的郑曼，在郑柠10岁时从孤儿院领养了她，之后一直一个人带着郑柠，她没结婚，没有合适的人也不想将就，坚持自我地活着，看着倒也洒脱。郑柠被她收养了还是挺幸运的。

阮静梨也鼓励郑柠："听你郑妈妈的，复读吧。一次失败并不可怕，可怕的是失去了再次战斗的勇气。我也准备复读了，我们俩正好一起有个伴啊。再说，我功课比你强，我一定会辅导你学习的，你不用担心。"

"那好，听你们的，我复读一年。"郑柠想通了，同意了。

"耶，加油！"三人击掌。

6. 梨花林的告白

你是我少年时代所有的梦，我喜欢你，做我的女朋友吧。

阮静梨和郑柠在龙腾中学复读高三，岳皓森和庾司伏则读高二了。

这年年初，阮静梨的三年陪读合同到期了，依岳皓森现在的成绩也不需再请陪读了。

岳皓森发育得很好，长成了半大小伙子，身姿挺拔，高大帅气，一双眼如皓月朗朗，无论从哪个角度看都帅得肆意，当他风一般从校园穿过时，女生们的眼睛便齐刷刷地变成了夜间山谷中穿行的车灯。

他的个子比阮静梨高出很多了，和阮静梨站一起仿佛同龄人，根本不会有人觉得他比她年纪小。

两人生日只差3天，都在梨花盛开的时节。

阮静梨的养父母从来不会给她过生日，他们根本不会去记她的生日，只有好朋友郑柠帮她过，再加上岳皓森和庾司伏，还有收养的那只梨花喵，四人一猫一起过，倒也挺好的。

2005年岳皓森生日这天，岳天胤想像以往一样办酒席、大宴宾客给他热闹隆重地过，岳皓森却说："老爸，这个生日我只想安安静静地过，我自己已经有安排了，您就不用费心了。"

"那好吧。你大了，能做决定的就自己决定吧，我也不会再过多干涉了。"岳天胤说。

他是怎么安安静静地过生日的呢？他只邀请了阮静梨一个人，在梨花林里过生日。那片梨花林，就是B城郊区他们初次相遇的梨花林。

正好又是一年中梨花开放的时节，满林的白色梨花如漫天飞雪，树树芬芳，花团锦簇，花浪起伏，花深似海，很多或自然凋零或被春风吹落的梨花瓣铺了一地，像花毯一样，美不胜收，好似进入了梦幻仙境，让人心旷神怡，流连忘返。

阮静梨一身白色的连衣裙赴约，黑如瀑的长发自然垂落肩头，鞋子依然是她喜欢穿的平底帆布鞋，脸上未施粉黛，干干净净简简单单，美得不食人间烟火。

只是，当她到了梨花林，看到除了岳皓森就只有她时，左右张望，纳闷地说："陪你过生日的其他人呢？怎么就只有我一个？"

"嘿嘿，是就只有你一个啊，因为我就只邀请了你一个人。"岳皓森灿烂笑道。

"什么？为什么只邀请我一个人？"阮静梨惊讶地问。

"因为你是我最好的朋友啊。"岳皓森笑着说。

"我没听错吧，庾司伏不才是你最好的朋友吗？"阮静梨说。

"对，以前他是我最好的朋友，不过，自从去年我老爸的婚礼上你跟我讲了那么多话，还因为我受了伤后，他就排第二位了，你才是第一位。"岳皓森说。

"哦。那现在我要送礼物了，噔噔噔噔，这是我送给你的生日礼物，我亲手做的蛋糕，生日快乐，祝你永远开心。"阮静梨把一个精心打包好的大蛋糕捧到他面前。

"好棒的蛋糕，谢谢你。"岳皓森一把抱住蛋糕，然后打开盖子，精致漂亮的蛋糕露了出来，上面还用巧克力写了"岳皓森生日快乐"的字。

"哇，真的很漂亮，静梨你做蛋糕的水平完全不输西点师呀，好厉害，我太崇拜你了。"岳皓森赞不绝口，然后又用手指戳了一点蛋糕放进嘴里，"好好吃，人间美味呀，我要沦陷了。"

梨花林里有硕大的树墩做的桌子和凳子，方便游人休憩，同梨花林古色古香的风格很是搭调，岳皓森把那个蛋糕放在树墩桌上。

"呵呵，你不要这样夸我，我会骄傲的。"阮静梨被他夸得有点不好意思了。

阮静梨先帮岳皓森戴上寿星帽，然后两人一起在蛋糕上插了15根蜡烛，点燃了蜡烛后，阮静梨拍着手唱生日快乐歌，歌毕，岳皓森一口气吹灭所有的蜡烛，然后，他闭上眼睛、双手合十、一脸虔诚地在蛋糕面前许愿。

岳皓森许完愿睁开眼睛后，阮静梨便迫不及待地好奇地问他："你刚刚许的是什么愿望？"

"我许的愿是，希望今年能有一个女朋友。"岳皓森深深地看着她说。

"那你现在有目标了吗？"阮静梨问。

"有。"岳皓森回答。

"那是谁？"阮静梨问。

"你。"岳皓森毫不犹豫地坚定回答。

"什么？我？"阮静梨被吓到了，后退一步，"你开什么玩笑？"

岳皓森走近她，俊美的眼里深情满溢，表情是前所未有的认真："静梨，我没有开玩笑，我很认真的。我现在很认真地告诉你，我从第一次在这里遇见你就对你有好感了，只是那时候我太小了还不明白那是爱，长得越大那种感觉就越强烈。你会做我喜欢吃的所有食物，你有办法把话说到我心里去，跟你在一起我不孤独了，我从身体和精神上都依赖你，我越来越觉得离不开你。三年的时间，我终于完全确定了自己的心意，你是我少年时代所有的梦，我喜欢你，做我的女朋友吧。"

阮静梨又后退一步，摇摇头，不太相信地说："你今天受了什么刺激吗？你怎么会喜欢上我？我比你大了三岁，在你眼里我应该是个老女人才对。再说，我一直只把你当弟弟看。"

岳皓森又走近一步："我根本不想做你的弟弟。三岁的年龄差根本不算什么，现在流行姐弟恋。我认为你也一直是喜欢我的，这三年你耐心陪伴，夜里起床去为我买夜宵，握住我的手陪我哭，冲到婚礼现场开导我，被我伤了手也不怕，为了我高考缺了一门考，我不相信你对我没有一点感觉。"

"岳皓森，你误会了，这三年我所做的一切只是因为陪读工作，高考缺考也不是有意的。"

阮静梨说着又想后退，岳皓森一把抓住她的肩膀，阻止她再后退，然后他突然稍用力，把她整个人霸道地拥进了自己宽阔的怀中，与此同时他的话在她的耳边喷薄而出："你撒谎！我不信！我不信你对我一点感觉都没有！"

Each other's World

Chapter 4

受挫：不是爱一个人就能得到回应

未曾长夜痛哭者，不足以语人生。

未曾被爱拒绝者，不足以言坚强。

不是每个人都那么幸运，你爱的人恰好也愿意跟你在一起。

要知道，人一生会遇到2920万人，而两个人相爱的概率只有0.000049。

爱情就是一场对赌。

在爱情中受挫不是失败，是在增长经验值。

如果被拒后依然念念不忘，那就继续去追。

内心强大的人才能拥有最终的幸福。

1. 以爱的名义努力

等你考上 Q 大，我们就在一起。

岳皓森的胸膛宽阔又温暖，带着少年人特有的干净清香，如同他的告白一样热烈坦诚。

扑通扑通，阮静梨的心跳加速，震惊于自己对岳皓森的拥抱有强烈的感觉，她羞红了脸，连忙挣扎挣脱。

阮静梨挣脱之后就转身要逃，岳皓森却再一次紧紧地抱住她，这一次是从身后顺势抱住她，边抱着她边说："我刚刚听到了你的心跳声，如雷如鼓的，你的心跳得那么快，你还不承认吗？你对我有感觉。做我的女朋友吧，我会让你成为全世界最幸福的人。"

阮静梨沉默了很久，然后轻轻拉开他拥在自己腰部的手，从他的怀中出来，转过身面对着他，缓缓地说："皓森，现在我们还是高中生，应该以学业为重，不适合谈恋爱，我怕我谈恋爱分心，更怕你谈恋爱分心，如果因为我影响到你的学业，我会很有罪恶感。等你考上 Q 大，我就答应做你的女朋友。"

岳皓森曾说过 Q 大计算机系是他的梦想，他喜欢玩游戏，计算机系出来可以做游戏开发工程师，而 Q 大是全国最好的大学之一，很难考。

岳皓森看到了希望，欣喜地说："好。不过，你也得答应我要考 Q 大，你的成绩考 Q 大绝对没问题，如果我们俩考上了同一所大学，就能天天在一起了。"

阮静梨看着他，沉默了半晌，低声回答："好。"

"耶，太棒了！"岳皓森很开心，笑得跟个孩子一样天真烂漫，那张脸明亮阳光，照耀着阮静梨。

阮静梨看着他，也浅浅地笑，只是单纯的他看不到她眼里隐忍的心事。

2. 初遇席卓逸

一见钟情，毋庸置疑。

宋怡所在的公司叫亿能技术有限公司，是一家生产销售通信设备的民营通信科技公司，说白点儿，是做手机的，亿能品牌手机。

宋怡是这家公司的保洁员，每周上六天班，公司虽然很大，但是作为一个保洁员，做的是体力活儿，工资并不高，是这家公司里工资最低的群体，但是福利待遇比小公司好一点。

宋怡没读过多少书，加上快五十岁了，只能做保洁员了。

这个星期六，宋怡身体不舒服，找不到人代班，刚好阮静梨周六不上课，于是就让阮静梨帮她代班一天。

阮静梨听话地去了亿能技术有限公司，认认真真地搞卫生。她不是第一次帮养母代班了，之前养母有事情的时候她也代过几次班，所以对这个公司并不陌生。

彼时席卓逸是B城B大导演系大二的学生，187cm的身高，墨黑短发，五官端正，温柔优雅，俊逸不凡，还有超出他那个年龄的成熟稳重，标准的白马王子形象，很符合大家对于男人的传统审美，与像个孩子般单纯阳光率性而为的岳皓森完全是两种风格。席卓逸跟岳皓森一样是独生子，家世优渥，家族历代从商，但席家的有钱有势更胜于岳家。这个亿能技术有限公司就是他父母开的，他在这个公司进出自如。

席卓逸去亿能公司找父亲谈事情，便毫无预兆地遇见了阮静梨。

席卓逸先看到了阮静梨，他在玻璃墙的办公室里，刚跟父亲谈完了事情，正告辞出来，一转身就看到了阮静梨。她在玻璃墙外面，拿着拖把、提着半桶水从台阶上一步一步走下来，白色T恤，浅灰运动裤，黑色帆布鞋，乌黑的长发扎成一个高高的马尾巴，素面朝天，一副认真干活儿的模样，普通的装束掩不住她的天生丽质，飘逸出尘。

在那一瞬间，席卓逸像被点了穴一样整个人都定住了，呆呆地挪不开眼睛，觉得玻璃墙外面的这个女孩惊为天人。

他很少看到这么漂亮的女孩子却勤快地干这种活儿，她真的很特别。很多年以后，他依然能记得这个刻骨铭心的午后。

阮静梨以这么突然的方式闯进了他的心里，他初初萌生的爱情，像一朵挂在枝头的蓓蕾，陡生的力量从根部滋长膨胀，啪的一声，鲜花开放。

阮静梨起初并没有看见席卓逸，从台阶走下来后，是一条又长又宽的走道，走道左边是一排玻璃墙办公室，她只是专心地用拖把拖走道的地面。

席卓逸隔着玻璃墙壁静静地看了好一阵，才回过神来走出了办公室。

之后他并没有往公司大门走，而是去茶水间泡茶，找不到茶叶，才走到正在拖地的阮静梨面前，微笑着问她："你好，能不能请问下茶叶放在哪里？"

阮静梨抬头，看到一个陌生年轻的男人，她不认识他，不知他是公司的少东家，但看他的穿着气质不像是普通人，亿能是有保安和门禁的，闲杂人等进不来，这个年轻男人能进来，阮静梨猜想，不是新员工就是客户吧。

"放在茶水间的一个柜子里,你可能找不到,我帮你去找。"阮静梨温和礼貌地说着,将拖把放进桶里,便进了茶水间。

她先在水龙头下洗干净了手,才打开柜子,从第二个隔间拿了茶叶,茶水间她来过几次,所以很熟,茶叶的位置是之前宋怡告诉她的。

然后,她拿出一个玻璃杯,熟练地泡了一杯绿茶,端给席卓逸:"给你。"

席卓逸端过茶,惊喜地说:"谢谢,我只是问你茶叶在哪儿,你却帮我把茶都泡好了,我真是很感动。亿能的员工都像你这样周到吗?"

"不用客气,这没什么,举手之劳而已。"阮静梨淡淡一笑,"还有,我不是亿能的员工。"

"你难道不是新来的保洁员吗?"席卓逸惊讶。

"不是,我妈才是亿能的保洁员,因为我妈今天身体有点不舒服,我才给她代班一天。"阮静梨如实回答。

"哦,原来是这样。你年纪轻轻就孝顺勤劳,让我对你好感更增。"席卓逸绅士地微笑着说。

"过奖了,我还要去搞卫生,就先失陪了。先生你可以出茶水间左拐去前面的会客厅喝茶,那里喝茶更舒服。"阮静梨浅笑着说。

"好的。"席卓逸点头,看着她转身,但马上又喊住了她,"请留步。"

"还有什么事?"阮静梨站住,转身。

"能不能请问下你叫什么名字?"席卓逸问。

"阮静梨。"

"我叫席卓逸。我们就算认识了。"

"嗯。"阮静梨清浅一笑,转身走了。

3. 奇葩养父母

有些事情，会以最欢乐的节奏开始，但它的结局，你未必愿意承受。

几天后的晚饭时间，阮静梨在厨房娴熟地炒菜，阵阵香味从厨房飘出来。

阮静梨很小时，家里就是她做饭，她放学时间比养父母下班早，所以放学后都直接背着书包去菜市场，买了菜回家做饭。只有做岳皓森陪读的那三年，因为每天放学后要去岳家给岳皓森做饭，就没有给家里做晚饭。

这时候，宋怡下班回来了，笑得一脸反常的灿烂，给了她一点钱，对她说："梨丫头，你现在先别炒菜了，赶紧去菜市场买只烧鸡和几个好菜，今天加餐。"

"哦，好。"阮静梨关了燃气灶和抽油烟机，解下围裙。

这时候，阮中民也下班回来了，给她点钱对她说："顺便去买瓶好的葡萄酒。"

"哦，好。"阮静梨照办。

该买的买了回来，阮静梨炒好菜，三人上桌后，宋怡和阮中民举着酒杯，兴奋地先后嚷着："我要宣布一个好消息。""我也要宣布一个好消息。"

"你先说。"阮中民笑着看向自己的妻子。

"今天发工资了，我涨工资了，月薪涨了足足八百元呢。领导说我表现好，卫生搞得干净也从来不迟到，所以给我加薪了。"宋怡兴高采烈地说。

"呀，好巧，我也是今天发工资时发现涨工资了，我的月薪涨了一千元，领导说我最近工作业绩好，所以加薪了，这样一算，我一年会多出一万二。太开心了！"阮中民笑开了花。

"哈哈，真的是好消息，比我还多了两百，这么一算，我一年多九千六，你一年多一万二，加起来的话，我们家的收入一年会多出两万一千六百元。哇哇哇，真是想想就开心啊，公司对我们真好！"宋怡的眼睛都笑弯了。

"恭喜爸妈。"阮静梨替他们高兴。

"不过，老婆，你不觉得这个工资涨得有点突然和奇怪吗？我委婉地打听了一下我们技术部其他同事的工资情况，他们好像都没涨，就我涨了。而且公司也从未宣布过本月有给员工涨薪的计划。"阮中民说。

"是啊，我也觉得有点奇怪，我们保洁部也就我一个人涨了。"宋怡说，然后想了想，又继续说："不用奇怪，涨工资反正是好事，而且领导不是说我们表现好才加薪的吗？"

"可是表现好的员工有很多呀，像我们技术部的张哥和王姐，每天都是最早去公司的，却是每天最晚下班的，他们经常加班，简直都要把公司当成家了，每个月都是全勤，业绩上也很厉害，他们每月的绩效考核都是110分，100分是满分，那多出的10分是超额完成了任务。我既没有超额完成任务也没有全勤，我这个月请假2次，迟到4次，前几年我表现更好都未加薪，突然一下加薪，这工资涨得让我有点心虚……"阮中民说。

"心虚什么，公司发的你就收着，绝对是好事。我们谁都不要跟钱过不去。"宋怡说。

"嗯嗯。"阮中民边喝酒边点头。

"对了，今天我在公司见到少东家了，不仅长得帅谈吐也好，听说还是独子，以后亿能那么大的公司就是他继承，如果哪个姑娘能嫁给他，她们一家就都发达了。"宋怡说。

"嗯,我也见到他了,又年轻又高大,气质很好,看到我们还会微笑,没有什么架子，果然有钱人家养出来的孩子就是不一样。今天上班的时候听到公司好多同事在讨论他，全是赞美，还有几个年轻的女员工问他有女朋友没有。"阮中民说。

"那些女员工真是癞蛤蟆想吃天鹅肉，也不想想自己是什么出身。如果我年轻个二十岁，我肯定也会喜欢少东家那一款的，如果是这样，那就没你什么事儿了。"宋怡说。

"老婆子你照照镜子吧，真是不害臊，你就算年轻个二十五岁，少东家也肯定看不上你。也就我这样的能看上你了。"阮中民说。

"哼，你这样的，我现在都后悔了，跟着你就是吃苦受穷的命。"宋怡不太爽了。

"你还嫌弃我穷？我是没什么钱，但我起码在 B 市有这套 70 平方米的小房子，这种全国一线大城市，这套房子卖了也值不少钱。"阮中民说。

"这房子又不是你自己买的,是你爸妈死之前传给你的,就是啃老,也算不得你的本事。你看都这么老的房子了，离市中心又远，破破烂烂的，连重新装修的钱都没有。"宋怡说。

"我爸妈传给我的就是我的，你有本事让你爸妈也传一套给你啊。我还觉得亏了呢，娶了个不会生蛋的母鸡，结婚前早知道你不会生，我就不娶你了。如果不是你不能生，怕老无所依，我们也不至于领养这丫头。"阮中民说。

"不能生都怪我咯，医生说你自己的身体也有问题。"宋怡瞪眼看他。

"说不定我另外再找一个试试就能生了。"阮中民说。

"你敢！如果你这么不想过，那就离婚吧，现在就离婚。"宋怡站起来，大声说。

一见宋怡来气了，阮中民的声音软下去了："算了算了，离婚成本太高，还得分你一半的房子，这吃亏的事情我可不干。"

"瞧你就这点出息，人穷不说，还是个守财奴、抠门鬼。"宋怡重新坐下来，但脸色还没好。

"爸，妈，今天不应该是个高兴的日子吗？你们都涨工资了。来，我敬你们一杯。"阮静梨举起酒杯，想缓和气氛。

宋怡、阮中民没理她，阮静梨有点尴尬地放下酒杯，她在这个家里果真没什么地位。

过了一会儿，宋怡又开口说："梨丫头，我跟你说，你这张漂亮脸蛋别浪费了，以后一定要钓个有钱的金龟婿，不是金龟婿不准嫁，我会帮你严格把好关的。我跟着你爸受穷了大半辈子，我是指望不上他了，我以后老了能不能过得好，就指望你和有钱的女婿了。"

"哦。"阮静梨很敷衍地应了一声，然后埋头吃饭，不再发声。

4．女神的主动拥抱

爱是一道光，照亮我们年轻生动的脸庞。

自从上次在梨花林阮静梨承诺等他考上Q大就做他女朋友，岳皓森开始发奋苦读。

阮静梨今年高三，他才高二，他不想再多等一年才考上Q大，为了能跟阮静梨同级同班，努力苦读了半年，成绩升到年级第一，申请跳级成功，两人就变成了同班同学，这让阮静梨对他很是刮目相看。

岳皓森还让老师把他安排跟阮静梨同桌，两人一起学习，互相打气，半年同桌感情升温不少。

同年，两人同时参加高考，一同参加高考的还有郑柠。

庾司伏还在高二，他没有那么好的成绩能跳级。

高考之后，龙腾中学举办毕业晚会，高三生最后的聚会、最后的狂欢。

岳皓森拉着阮静梨进入舞池跳了一支舞，那时候的阮静梨前所未有的温柔温顺，像一只猫一样被他轻轻搂着，灯光浪漫旖旎地洒下来，岳皓森觉得他们俩此刻就是恋人，他很幸福。

岳皓森边搂着她的腰跳舞，边跟她说："静梨，我高考发挥得很好，我考后估了分，估分很高，我觉得我考上Q大肯定没问题，到时录取通知书一下来我就会第一个跟你报喜的。我的第一志愿、第二志愿、第三志愿都是填的Q大，因为我对自己很有信心。"

"嗯，那就好。"阮静梨边跳舞边回答。她的舞步，好像有点沉重。

"那你高考发挥得怎么样，一定也很好吧？你的成绩一向优异。"岳皓森问她。

"我不想给自己估分，现在也不想去想成绩会怎样，我怕自己会判断失误，还是等成绩出来吧。"阮静梨说。

"哦，我觉得你一定会考得很好，我对你有信心。"岳皓森说。

"啊！"这时候现场突然黑漆一片，大家尖叫起来。

有人喊："停电了，停电了，大家别慌，已经有电工去处理了。"

这时候，阮静梨突然踮起脚尖轻轻拥抱住了岳皓森，虽然在黑暗中岳皓森看不见她，却能感受到她的温柔和爱意，还有她发丝传来的芬芳，他幸福到晕眩，整个人都僵住了，这可是阮静梨第一次主动拥抱他。怎么，他的初恋女神终于开窍了吗？

等到他想伸出手去用所有的爱回拥她时，眼前唰地一片光明，来电了，阮静梨迅速松开他，一溜烟儿地跑了。

他跑出去追，却发现怎么都找不到她了。她什么时候学会跑这么快啦？

正准备打电话给她，手机却收到她的短信：皓森，你不用找我了，我先回家了，再见。

岳皓森痴痴地看着那条短信，呵呵地笑了。

他心里想：静梨肯定是因为刚刚主动拥抱了他，害羞了，不好意思再见他，所以才躲回家了，毕竟她是那么传统的女孩。

他带着大大的阳光笑容回她：好的，再见。

回完之后，他抱住手机，倚靠着门，又一个人傻傻地笑了。心里仿佛灌了一坛子的蜜，甜腻得能抽出丝来。

阮静梨的拥抱让岳皓森觉得她是爱自己的，他觉得自己离幸福越来越近，只要Q大的录取通知书一来，他们俩就可以在一起了。

但他不知道，独自离开后的阮静梨，满目泪水，梨花带雨。

至于她为什么哭，没有人知道。

5. 最残忍的拒绝

爱情本来就是愿赌服输，哪有那么轻而易举能得到的幸福。

高考成绩出来，岳皓森拿到了Q大的录取通知书。

他狂喜地第一个打电话通知阮静梨，电话里却传来这样的声音："对不起,您拨打的电话已停机……"

"怎么会停机呢?"他不相信地又继续拨了几遍,还是一样的结果。

他预感到有什么不对,赶紧让他家的司机开车,载着他去阮静梨家。

"静梨!静梨!"岳皓森下了车之后还没进她家的门,隔着老远就不停地大喊。

往常,听到他的声音,可爱的梨花喵会抢先一溜烟跑出来迎接,无比热情地伸出爪子抱住他的裤脚,在他的脚边蹭来蹭去,然后是阮静梨轻盈地走出来,冲着他温柔地甜笑,说出一句:"你又跑来看梨花喵啦。"

但今天,梨花喵没出来,阮静梨也没出来,出来的是阮静梨的养父母宋怡和阮中民,今天是星期天,这两口子都不上班。

"哎呀,是岳少爷啊,真是贵客啊,您一来,我们顿感蓬荜生辉。快快快,赶紧屋里坐。"宋怡和阮中民一看到岳皓森,脸上堆满了笑容。

"我先问一下,阮静梨和梨花喵呢?怎么没出来?"岳皓森纳闷地问。

"哦,梨丫头啊,她已经去南方读农业大学了,把猫也带走了。那只猫她肯定得带走,我跟她爸可没时间也没精力照顾那只野猫。她没跟你说吗?我以为她告诉你了。"宋怡说。

"什么?!"听到这个消息,岳皓森犹如当头棒喝,眼前一片眩晕。

他好不容易才稳住自己,一把抓住宋怡的手臂问她:"你是不是在骗我?她怎么可能会去南方读农大?她之前明明答应我的,会跟我一起读Q大。"

"哎哟,岳少爷,我怎么会骗你。不信的话你去屋里找找。"宋怡说。

"哼,找就找。"

岳皓森不相信地跑进阮静梨家里,每个房间找了一遍,都没有找到她,也没有看到梨花喵,他跑进她的卧室仔仔细细地看,甚至把她的衣柜都打开找了一遍，他居然天真地想她会藏在衣柜里。衣柜里当然没有，衣柜里的衣服少了很多，显得衣柜很空，原先一直放在门后的那个米白色的行李箱也不见了。

"岳少爷，现在相信了吧？她真的走了。"宋怡和阮中民跟在他身后说。

"你把她的新号码给我，我要亲自打电话问她。她之前的手机停机了。"岳皓森说。

"对不住，岳少爷，她前几天才去的南方，还没来得及办新手机号，所以我们暂时也没有她的号码，她说办了新号码就会第一时间告诉我们，到时候我们再告诉您，您看成吗？"宋怡说。

"成。她的分数线是不是没达到Q大的录取标准，所以才退而求其次上的农大？"岳皓森问。

"不是，她这次考得很好，超出一本线很多分，她的分数是能上Q大的。但她的高考志愿根本就没填Q大，B市的大学她一个都没填，她填的全是离B市很远的南方大学。为此我们还骂了她一顿。不过后来想想，农大也是一本大学，也不算差，总不可能让她再复读一年，所以也只能这样了，没办法了。"宋怡说。

"阮静梨，你到底是怎么想的？"岳皓森看着阮静梨书桌上巧笑嫣然的照片，对着照片难受地怒吼。

"对了，岳少爷，这封信是梨丫头走之前叫我转交给你的，她知道你肯定会来找她。也许你能从这封信里找到答案。"阮中民把一封未拆封的信交给岳皓森，这封信的口子一直封得好好的，他和宋怡都没看过。

岳皓森迫不及待地拆了信来看，一看到那些熟悉秀美的字迹就呆了。

皓森：

　　当你拆开这封信的时候，我已经和梨花喵身在遥远的南方农大。

　　对不起，我骗了你，之前在梨树林答应你考上Q大就在一起，只是我的缓兵之计，我不想伤害你，也不想影响你的学习和高考，所以只能先这样拖延着。

　　我们俩的年龄、家世都不合适，我比你大三岁，我家那么穷，你家那么有钱。除此之外，我们俩的梦想也是有差距的。我很自卑，我不能接受姐弟恋，也不想攀高枝，这样的感情让我很没有安全感。

　　别怪我不辞而别，其实，我已经用我的方式提前跟你告别了，只是你那时候没有察觉。

　　谢谢你的错爱，你会有更好的人生和更好的女孩来配。

　　忘了我，以后别再来找我。

静梨

　　岳皓森又愤怒又痛苦，感觉整个世界突然变暗，视线模糊了，心脏也变得异常沉重。脑子里一片迷蒙，身体开始失重，似乎要飘起来。一种掉入黑洞般的感觉变成泪水从他发红的眼中夺眶而出。

　　原来，被心爱的人欺骗和拒绝的感觉是这样的。

　　原来，高中毕业晚会的那个拥抱，不是爱的表白，而是告别，无言又狠心的告别。

　　他最怕的就是这种，给了他希望，又狠狠地让他失望。

　　"阮静梨，你真残忍！"他红着眼流着泪把那封信撕得粉碎，扬长离去。

6. 再遇席卓逸

有些你并不在乎的人,却会对你以后的人生造成重大影响。

南方 G 市,也是一个漂亮的大城市,有自己独特的风情,空气比北方 B 市要湿润多了。

暂时还未开学。阮静梨和郑柠在各自的大学宿舍安顿好了,便出来聚一聚。自然少不了梨花喵,两人一猫一起在外面的小饭馆里吃饭。

阮静梨选择的是农大果树种植专业,这是她的梦想。

郑柠考上的是南方的三本大学 D 大的音乐系,对她来说已经很不错了,而且和阮静梨的大学挨得很近。

郑柠和阮静梨在桌上吃饭,梨花喵就在阮静梨的脚下吃饭,阮静梨放了一碟子符合它口味的饭菜在它的脚边,梨花喵吃得很欢,吃两口就喵喵地朝阮静梨叫两声,好像在说:"好吃,真好吃,谢谢我美丽的主人。"

郑柠边吃饭边说:"静梨,有时候我不太懂你是怎么想的。我来 G 市读 D 大是没办法,因为我的分数只达到这一个志愿里的大学的分数线了。但你分数那么高,完全可以选择 B 市的任何一所好大学,为什么要跑这么远来读农大?你不要说是为了跟我在一起。"

"想跟你这个好姐妹在一起是一个原因,另一个原因,我说过,农大果树种植专业是我的梦想,毕业后我想做个果农,以种香梨为生。"阮静梨说。

"恐怕不止这两点原因吧？我看你的眼角眉梢有点心事，从你前几日上车的时候我就看出来了，现在还没散呢。"郑柠边吃菜边说。

"第三点原因，G市是我的家乡，我是在这里出生的，被人收养才去了北方B市，我的根还是在这里，养父母对我不算好也不算坏，但始终觉得跟他们有隔膜，寄人篱下的感觉挺压抑的，来这里读大学，离养父母远一点，我会更轻松自在。"阮静梨夹了一筷子菜说。

"这倒是。我跟你不同，我倒挺想念我的郑妈妈的，她对我是真好，我还舍不得离开她呢，你看她在车站送我的时候都哭了。你养父母也真是，都没去车站送你，你走的时候不冷不热的。"郑柠说。

"我已经习惯了。我又不是他们亲生的，人家凭什么对我好？人家愿意领养我，让我有饭吃、有衣穿、有书读、有地方住就已经不错了。"阮静梨说。

"那第四点原因呢？第四点原因肯定就是你眼角眉梢藏着的那点儿心事了。你该不会是在躲什么人吧？"郑柠说。

"既然被你发现了，说了也无妨，在躲岳皓森。"阮静梨喝了一口汤说。

"我怎么觉得你心里也有他？"郑柠说。

"心里有他又如何？做人还是要理智一点，两个人不是光有爱就能在一起，还要考虑现实，我们俩各方面的差距都太大，我跟他是不可能有未来的。"阮静梨忧伤地说。

"我明白。你虽然外表看着文静温柔，柔柔弱弱的，其实心里很有主意。感情的事难说。我们不讲这些不痛快的了，来，我以茶代酒，预祝我们即将到来的大学生活一切顺利。"郑柠说到最后，举起了倒满茶的茶杯。

"好，预祝大学生活一切顺利。"阮静梨也举起茶杯，跟她干杯。

碧绿的茶水荡漾中，大学生活缓缓拉开帷幕。

阮静梨将梨花喵养在学生宿舍，经常和邻校的郑柠见面小聚，大学生活过得很充实。

而岳皓森那边，还没开始恋爱就失恋了，感觉被人抛弃了，从看到阮静梨那封信起，到Q大大学生活开始了很久，他都很痛苦，总是一副世界末日的表情。读高三的庚司伏就经常去他的大学看他，安慰他。

其实岳皓森去阮静梨的大学找过她两次，都被她躲掉了。那时候，她看着岳皓森孤独离去的背影，决绝地想：既然是看不到未来的恋爱，还不如不要开始，长痛不如短痛。

阮静梨所在的农大和邻校Ａ大搞联谊，意外地在联谊会上遇见了席卓逸。

起初阮静梨没有认出他，是席卓逸先认出她来，主动打招呼："阮静梨？好巧啊。你还记得我吗？"

"你……你是……席卓逸。"阮静梨认真想了一下，才想起了他。

"对，是我，真高兴你还能记起我。"席卓逸笑得既优雅又温柔。

"怎么会在这里遇见你？你难道在Ａ大读书？"阮静梨问。

"是，我现在是Ａ大导演系大三的学生。"席卓逸说。

"离我们学校好近。导演这个专业也很有前途。"阮静梨说。

"既然这么近，我以后可以经常去你们学校玩，你欢不欢迎？"席卓逸微笑道。

"嗯，欢迎。"阮静梨停顿了一下说。

"那留个电话给我如何？如果以后我去你们学校，方便联系你。"席卓逸很真诚地说。

"好，我的电话是……"两人就这么聊开了，聊得还挺投机。

Each other's World

Chapter 5

初恋：彼此的全世界

世界上最干净的爱情，是初恋。

我是你的第一个，你也是我的第一个。

世界上最完美的爱情，是初恋走到永远。

青葱年少时陪你的人，到白发苍苍时依然在身边。

阮静梨是岳皓森的第一个，岳皓森也是阮静梨的第一个。

他们把最好的喜欢和时光都给了对方。

然而，美丽总有人觊觎，

五年等来的甜蜜，究竟能持续多久？

1. 席卓逸的表白

你愿不愿意给我个机会，让我做你那只猫的男主人？

席卓逸经常去农大看阮静梨。

他给她买好吃的，给她买好用的，能帮上的大忙小忙事无巨细地帮她，给她修台灯修电脑修各种坏掉的东西，甚至还帮她打开水、洗饭盒，对她无比温柔无比好。郑柠和周围的同学都看出来了，席卓逸在追求阮静梨，也都很羡慕阮静梨有这么优秀的追求者，好事者更是怂恿她赶紧接受，否则会被别人抢了去。

阮静梨也感觉到了席卓逸的情意，但她一直装糊涂，并且纠结着。

她知道席卓逸很优秀，年龄性格等也与她般配，如果以后结婚，也许是合适的人选，她不想那么快拒绝席卓逸，怕再也找不到更好的人；但一时间又难痛下决心接受他，因为她心里始终忘不了岳皓森。

有一天，梨花喵晚上突发急病，那天正好周末，宿舍一个同学都没有。阮静梨正在愁要找谁帮忙时，席卓逸凑巧打了电话过来，她就顺便说了这个事情。席卓逸二话不说，立马顶风冒雨地开车过来，帮她一起将梨花喵送到兽医院急诊。

原来梨花喵得了急性阑尾炎，动了一个切除阑尾的小手术，手术时席卓逸和阮静梨全程陪着。手术后兽医说要住几天院，席卓逸便像阮静梨一样天天下课后去看梨花喵。

梨花喵康复出院那天，席卓逸开车接阮静梨和梨花喵回去。

告别前，席卓逸看着怀抱梨花喵的阮静梨，试探性地问她："静梨，你一个人照顾梨花喵很累吧？你不觉得，应该给梨花喵找个男主人吗？"

阮静梨低下头，沉默了半晌。她心里冒出的男主人的名字是岳皓森，这只猫本来就是岳皓森捡到的，她只是帮他养着，可是她生生地拒绝了岳皓森，逃离了他的世界。说她是理智，其实是不够勇敢吧？

席卓逸看她一直沉默，索性坦白，开诚布公地说："冰雪聪明如你，肯定知道的，我一直喜欢你，从我第一次看到你，我就爱上你了，美丽的女孩子很多，但你是最特别的一个。我的条件不差，爱我的女孩很多，但活到这么大，我只对你一人动心。你愿不愿意给我一个机会，让我做梨花喵的男主人？哪怕交往之后你觉得我不合适，我也可以退出。"

"我……"阮静梨不知道该怎么回答。

"我不逼你，我给你时间考虑。什么时候你想好了答案，再来告诉我。再见。"席卓逸很有风度地微笑着，开车走了。

2. 步步为营

都说套路得人心，这也得看对方是谁了。

阮静梨还在考虑要不要接受席卓逸时，宋怡和阮中民就打电话到她的宿舍来了。他们俩在电话里你一句我一句地说开了。

宋怡说："哈哈，梨丫头，告诉你一个好消息，我跟你爸都在公司升官了，我做了保洁部的主管，你爸做了技术部的主管，我们俩现在直接从基层变成中层干部了，哈哈哈，乐死我了。"

阮中民说："呵呵，是的，我们的工资相应地也涨了，这次可不是涨个八百一千的,这次的月薪直接涨了一倍,翻番了,呵呵呵。"

"呀,真好,恭喜爸妈。"阮静梨开心地笑道。

"不过,我们能有今天,全仰仗公司少东家席卓逸,听说席卓逸跟你是好朋友,就在农大邻校就读,你一定要好好对人家。"宋怡说。

"什么?你们公司少东家是席卓逸?"阮静梨深感震惊。第一次遇见席卓逸确实是在亿能公司,但那时候真没往少东家的身份去猜测。

"是的是的,他父母还开了好多公司,老有钱了,亿能只是他们家的产业之一。他没跟你说过他富二代的身份吧?那是他低调,这种品格非常好。"宋怡说。

"对,现在像席卓逸这样低调的富二代已经很少见了。"阮中民也是大加赞赏。

"你们在北方,我在南方,隔这么远,你们从哪儿听说的席卓逸跟我是好朋友?我们俩关系真没这么好,很普通。"阮静梨说。

"哎哟,我们想知道的事情,打听一下不就知道啦。好朋友就是好朋友,还撇什么关系,人家没嫌弃你就已经是好的了。"宋怡在电话里说。

宋怡接着说:"梨丫头,再告诉你一个消息,席卓逸原本在B城读更好的B大,后来突然转到南方的A大来,中间的原因你自己好好想想。这样对你用心,家里又这么有钱的男孩子哪里去找,你要好好对人家,不要辜负人家,总之我跟你爸认定了他是我们的未来女婿。"

"对,未来女婿!"阮中民强调。

"转学?未来女婿?这信息量太大了。爸,妈,你们在胡说些什么?未来女婿哪有这么草率认定的。"阮静梨惊恐地说。

"不草率,我们已经想得很清楚了,现在我们家贴满了一墙壁的席卓逸的资料,了解得透透彻彻,他是一个完美的孩子,我们从来没见过那么完美的孩子。如果席卓逸追求你,你不用考虑,赶紧答应他,晚了就被别的女孩抢走啦。"宋怡说。

"那么，去年你们第一次涨工资，妈月薪涨了八百，爸月薪涨了一千，也是席卓逸安排的吗？"阮静梨问。

"是的，之前不知道，最近才知道是他安排的，他真的是个好人。"阮中民在电话里说。

宋怡说："该说的我们都说了，总之你自己好好想想，我们先挂了。"

电话挂断之后，阮静梨陷入了长久的沉默。这一通电话，让阮静梨倍感压力。席卓逸说不逼她，但其实一开始就从她养父母身上下手了，先涨工资升职位拉拢她养父母的心，然后让她养父母打亲情牌逼她，还有，如果是因为她转的学，她不会感动只会压力更大。

她觉得，比起单纯的直来直去的岳皓森，席卓逸其实城府很深，谈感情都像做生意一样步步心机，步步为营。

3. 阮岳交往

独爱世间三物。昼之日，夜之月，汝之永恒。

答复席卓逸前，席卓逸知趣地没有来烦阮静梨了。

那年冬天，春节前夕，南方又湿又冷，下起了大雪。阮静梨感冒了，发烧了，她没有告诉郑柠，也没有告诉其他任何人，她以为就是一个小小的感冒，过几天就会过去，自己一个人能行，没有太在意。

那天宿舍的舍友都去上课了，阮静梨在药店买了点感冒药吃了，躺进被窝里，以为躺一躺能扛过去，但药没起作用，发烧越来越厉害。在宿舍烧得迷里迷糊、全身无力的时候，她胡思乱想着：天，这次感冒怎么这么严重？我是不是快烧死了？死之前如果还有什么遗憾，那就是岳皓森，我后悔没答应他。如果他再找我一次，我一定不躲了，一定接受他。

这个念头还没出来多久，宿舍的门就开了，有人推门进来了。她费力地在床上睁开眼睛，看到一个熟悉的高大的阳光的身影。

"是……岳……皓森吗？我……我是不是烧糊涂出现幻觉了？"阮静梨断断续续、有气无力地说。

"静梨，你没有出现幻觉，是我，我是岳皓森！我又厚脸皮地来找你了！之前来了两次都没见到你，这第三次总算是让我见到你了。"岳皓森飞快地跑到她的床前。

他真的来了？他是听到了她刚才的召唤吗？他来了就好。

但现在，她连话都说不出了。大脑和身体被高烧控制着，她的眼皮很重，又闭上了眼睛。

"静梨，你怎么烧成这样？"他用手碰了碰她的额头，烫得吓人。

"静梨，你怎么不说话了？你睁开眼睛看看我。"她这样子很吓人。

"静梨，静梨你醒醒，静梨你可不能死啊！你如果死了，我该怎么办？你如果死了，我活在这个世界上还有什么意义？你可以一辈子都不答应我的追求，但是你一定要好好地活着。"岳皓森以为她出了什么事，急坏了，一把抱住她，放声大哭，因为心急，冒出了这些话。

一个大男生哭得像个孩子一样，他滚烫的眼泪全部滴在她的脸上、颈项里，她那时候虽然昏沉沉地睁不开眼睛，但意识还是有一点的，她能听到他悲痛的哭声，能感受到他的焦急担心，在他的怀抱里，她好像没那么难受了。

她迷糊地想：如果我死了，有一个人能为我这么哭，也是很幸福的事情，这一辈子也算没白活了。

岳皓森边哭边慌乱地把她用被子紧紧裹住，连人带被子一起抱起来，送去了医院。阮静梨得救了。

在医院的这几天，岳皓森天天守着她，以前一直是她照顾他，现在换他照顾她。虽然他很不擅长照顾人，毛毛躁躁的，连帮她煮个粥都煮煳了，煮个鸡蛋也没煮熟，在医院又为了护着她冲动地跟别人发生冲突，但是他一直很努力很用心。

　　几天之后，阮静梨就退烧了，办了出院手续。

　　在病房收拾好东西准备出院时，阮静梨对岳皓森说："谢谢你这几天的照顾，你不用送我回农大了。我已经好了，郑柠待会儿会来接我，我跟她一起打计程车回去。出医院后，你就直接去机场回B市吧，回Q大去上课，你肯定耽误了不少课。虽然大学的学业没有高中那么紧张繁重了，但你也得好好学，要不然毕业后难以在社会立足。"

　　"喂，阮静梨，你不能这么无情吧？我可是才救了你一命，高烧如果医治不及时会死人的。你现在康复了，就过河拆桥，想赶我走了？哼，没那么容易！"岳皓森走近她，双手撑墙，把她堵在自己和墙壁之间。

　　"那你想怎么样？"阮静梨抬头看着他。

　　"嘿嘿，很简单，我要你以身相许来报答我的救命之恩。"岳皓森看着她，笑容灿烂如同太阳神阿波罗。

　　"好，那就以身相许。"阮静梨想都没想就飞快地答应了。这不是个轻率的决定，在发烧的时候她就对自己说过：如果岳皓森再来找她一次，她一定不躲了，一定接受他。所以，她只需要再等一次他的告白，然后马上接住他的话答应他，现在，她等到了，也接住了他的话。

　　"哇哇哇，太好了！我太开心了！你答应了我，你居然答应了我！哈哈，我现在是世界上最最幸福的人了！阮静梨，我爱你！"岳皓森狂喜地抱她离地，举得高高的，梦幻般旋转。

4. 想勇敢一次

你迎风奔跑的样子，真美。

阮静梨约席卓逸出来，答复他之前的告白："我考虑清楚了，抱歉，我没办法接受你。"

"为什么？是我哪里不够好吗？"席卓逸问她。

"不，你很好，只是，我心里已经有了人。"阮静梨说。

"他是谁，可以说吗？"席卓逸问。

"他叫岳皓森，你不认识。"阮静梨说。

"你们俩现在交往了？"席卓逸问。

"对。"阮静梨诚实回答。

"很羡慕他，有机会真想见见他。虽然我很难过，但还是祝福你们。"席卓逸压住内心强烈的酸涩，有风度地说，"以后我们还是朋友，对吗？"

"当然。"阮静梨笑得无比美丽。

几天后，宋怡突然打电话来，劈头就骂："死丫头，听说你拒绝席卓逸跟岳皓森交往了？你是不是瞎？有钱人也分有钱的和更有钱的，岳家不如席家有钱。人应该往高处走。岳皓森冲动暴躁不靠谱，一个十几岁的孩子懂什么，只是对得不到的玩具穷追不舍而已，如果玩腻了就会丢弃，到时候如果你被玩坏了看谁还敢要你，岳家的家庭又这么复杂，那个后妈凤紫鸢那么厉害，还在准备生孩子夺家产，你根本进不去他们家的门，如果你跟他一直交往下去，以后有你的苦头吃。"

"妈，你的耳朵可真灵，这些消息你是从哪里得到的？是席卓逸告诉你的吗？"阮静梨问。

"不是，卓逸那孩子什么都没说，只在我们面前说你的好话。是我自己打听到的。我要打听还不简单吗？打你们宿舍的座机，问你同寝室的其他女生就行了，我总有我的办法。"宋怡说。

"妈，谢谢您的关心，不过我已经成年了，我跟谁交往我自己有主意。我爱岳皓森，不爱席卓逸，所以我只会跟岳皓森交往。"阮静梨说。

"臭丫头死丫头，你真的是被猪油蒙了心！你不知道卓逸有多好，他虽然被你拒绝了，只说尊重你的选择，并没有拿我和你爸怎么样，没有降我们的职、减我们的薪，反而对我们更好。你说这么好的男孩子到哪里去找？还没做我们的女婿呢，就这么孝敬我们了。人是需要对比才能看出高低的，岳皓森哪方面都不如他。"宋怡说。

"我不觉得岳皓森差。"阮静梨说。

"你给我闭嘴！你还敢顶嘴？看我不撕了你的嘴！"宋怡怒了，大声说，"总之，我跟你爸已经达成了统一战线，我们的意思就是，希望你跟岳皓森分手，跟卓逸交往。我们认的未来女婿就只有卓逸这一个。我们不赞同你跟岳皓森交往。"

"妈，你这个要求有点荒唐了，抱歉，恕难从命。"阮静梨的声音不大，但很坚定。

"我们是你的父母，我们说的话你敢不听？我再问你一遍，你听不听我们的话？"宋怡在电话里沉声道。

"如果有道理的我当然会听，但是这个……抱歉，您再问我一遍，我的回答也是：恕难从命。"阮静梨说。

"呵，原来养了个白眼狼啊，父母的话都不听。虽然我们没生你，但是从领养你到现在，这么多年的时间，你居然这么不孝，不听我们的话，太让我们寒心了。果真领养的带不亲啊。我今天把话撂在这里了，你如果不听话,这几年的大学生活费我们就断了你的,你别想从我们这里再拿到一分钱了,看你怎么活!"宋怡最后甩出狠招。

"生活费断就断吧,我自己可以打工挣。"没想到阮静梨完全不受威胁,轻描淡写地抛出这一句。

"好,死丫头,是你自己说的,那就断了!从下个月开始,到你大四毕业,我们都不会再寄一分的生活费给你!我也不想再理你了,不孝女,白眼狼,以后干脆死在大学里别回来了!"这是宋怡的狠话。

"我跟你妈的态度一样,冥顽不灵没有眼光的蠢丫头,白眼狼,父母的话都不听,以后别回来了,我也不会再理你了!你爱死在哪里就死在哪里!"这是阮中民的狠话。他们两人说完,就狠狠地挂了电话。

阮静梨呆呆地看着手机,慢慢地红了眼。这是她的养父母跟她闹僵了吗?不是不难过的,就算没有生她,也没给她很多的母爱父爱,连拥抱都没有给过她一个,但这么多年的养育,还是有感情的。

然而,就算是这样,她还是不想妥协。阮静梨想勇敢一次,跟着自己的心走一次。爱情不是金钱买卖,不是谁钱多就选谁。她爱岳皓森不是因为他家有钱,五年时光的相处,点点滴滴,彼此早已慢慢镶嵌在对方的青春里,想抠都抠不掉了,这些珍贵时光所累积的感情不是用金钱能衡量的。希望有一天,她的养父母会明白这一点。

5. 初 吻

当嘴唇碰在一起,就像绵绵的糖果,春天来了。

阮静梨和岳皓森开始了甜蜜的交往。阮静梨被养父母断了大学生活费的事情她没有告诉岳皓森，怕他有心理负担。

虽然在南北方不同的大学异地恋，但只要足够相爱，异地恋也有异地恋的谈法。岳皓森每周都会飞到G市来看阮静梨，阮静梨有时也会飞去B市，寒暑假两人都在一起，不能见面的日子就每天视频、QQ、电话，各种通信工具都用上。

这个周末，岳皓森又从北方B市飞到南方G市，阮静梨带着梨花喵去接机，两人在机场甜蜜拥抱，然后，岳皓森一手抱起梨花喵，一手牵着阮静梨，去餐馆吃午饭。看起来，真像完美的一家三口，只是他们的孩子是只猫。

吃完午饭，岳皓森对阮静梨说："静梨，我们接下来去羽毛球场打羽毛球吧。"

"啊，"阮静梨迟疑了，"运动啊，你知道的，我喜静，不太爱运动，不喜欢出汗，出了汗之后黏糊糊的一身不太舒服。要不然，换一个安静一点的活动？"

岳皓森握住她的手，笑着说："亲爱的女朋友大人，你要向我学习，你看我这么爱运动，所以身体棒棒的，要型有型，要肌肉有肌肉。但是你，还是瘦弱了一点，上次你高烧就吓得我半死，我可不希望跟一个林黛玉交往哦，所以你要多做运动，强身健体。打羽毛球是多浪漫的约会呀，出了汗洗个澡就行了嘛。运动之后，会觉得一身轻松舒畅的。"

"好吧。"阮静梨被岳皓森说服了。

两人换了运动装到了羽毛球场，梨花喵自然也跟了去。两人拿着羽毛球拍对打，岳皓森是运动健将，羽毛球打得很溜，接球、发球如行云流水，无往不利，阮静梨则不太擅长打羽毛球，发球发得没什么水准，接球老是接不中，梨花喵在阮静梨边上都看急了，喵喵喵地直叫。

眼看着岳皓森打过来一个球阮静梨又接不中，梨花喵突然敏捷地跳起来咬住了球，看呆了阮静梨。

然后，岳皓森哈哈笑起来："女朋友大人，你也真是太强了，居然连一只猫都不如，哈哈哈。"

阮静梨红了脸，然后转念又笑着说："哈，没关系，梨花喵是我养的，它站在我这边，它接住了球就代表我接住了球。所以,我现在得了一分。"

"好吧，你要这样说也可以。"岳皓森灿烂地笑。

阮静梨蹲下来，把梨花喵嘴里的球拿出来，冲它竖大拇指："好样的，梨花喵！你接球比我厉害，接下来，我们这边就靠你啦，我们分工合作，我负责发球，你就负责接球好啦。OK？你听懂了吗？"

梨花喵用漂亮的蓝黄鸳鸯眼认真地看着自己的女主人，喵喵地叫了几声，仿佛是听懂了。

接下来，羽毛球场就出现了奇异的一幕，青春活力的一男一女在打羽毛球，男方会发会接会打球，女方只发球，每次男方打球过去，都由站在女方这边的猫接球，那猫跳起老高灵敏地接球，百接百中，看着很神奇又有趣，每每这时，女方欢呼雀跃，男方也笑得很大声，球场上气氛很好。

这样持续了一阵后，岳皓森对阮静梨说："喂，亲爱的女朋友大人，你这样耍赖也耍够了吧，你要自力更生，不能老是靠梨花喵了，现在，你让梨花喵休息下，自己来接球吧。"

"好吧。"阮静梨开始自己接球，依然老是接不中，不过纵使满头大汗战绩很烂她还是很认真地打，这个态度还是可以的。

"啊呀！"打着打着，阮静梨突然捂住了自己的额头——岳皓森打过来的一个球打到了她的额头。他是故意逗她的，打的力度也不重。

"你是故意的吧？"阮静梨生气了，放下球拍，坐到球场上，捂着额头说疼。

岳皓森连忙放下球拍跑到她那边帮她看额头："真疼啊？我记得我没怎么用力啊。你的皮肤也太娇嫩了吧？"

"哼，你果然是故意的。"阮静梨白了他一眼。其实也没多疼，就是打到的那一下有一点点疼，没有留下一点红印子。

"对不起，对不起，我只是想逗逗你嘛。下次你打我好了，打多重都没关系。这样，我现在给你施个魔法，你肯定就不疼了。"岳皓森说。

"什么魔法？"阮静梨抬头问。

岳皓森用一双俊美无比的眼睛认真地看着她，然后猝不及防地将自己的唇印上了她额头被打到的地方。

柔软温热的唇，带着淡淡的干净的少年清香，这是一个很短很短的吻，但触感却那么真实，仿佛真的自带治愈的魔法，阮静梨额头那一点点的疼痛顷刻消失。额头杀呀，带有魔法的额头杀，阮静梨的额头开始发烫，脸红了，忍不住地涌起了一阵羞涩。

她低下了头，用双手捂住自己的脸，害羞地小声说："现在不疼了。"

"不疼了？不对吧，怎么能这么快就好了呢？我才吻了你额头一下而已，起码要吻十下才能好。"岳皓森说着，又要去吻她的额头。

"我明白了，你是故意的！你这个大坏人！"阮静梨明白了他是故意借机吻她，害羞欲躲，岳皓森抓住她，对她坏笑着说："对，我就是个大坏人，不过我只对你坏。"

话音未落，岳皓森就准确无误地吻住了她的嘴唇。

阮静梨震惊地睁大了眼睛，心跳骤然加快，怦怦地狂跳个不停。这是她的初吻，也是他的初吻。明明是他们的第一个吻，她却有种被吻过一生一世的感觉。

她没有推开他，而是慢慢闭上眼睛，缓缓地承接他的亲吻。甚至到后来，双手搭上他的肩膀，尝试着青涩地回应他。

岳皓森虽然也是初吻，但是好像很熟练，他在梦里已经吻过她无数遍了，现在，终于可以真真实实地实践了，他等这一天已经等了好久。两人渐渐吻得深情，天地间仿佛只剩下他们俩，时间在两人剧烈的心跳声里过去。

"喵喵喵。"他们吻得忘了身旁还有只梨花喵，梨花喵在一边看着，吃起醋来，叫着要扑上去，岳皓森赶紧腾出一只手拦住它，边吻阮静梨边用手捂住梨花喵的眼睛，嘿嘿，少儿不宜。

阮静梨打工挣生活费的方式是开淘宝店，她最拿手的食物是梨花糕，做了个梨花糕品牌，叫爱情梨花糕，放在淘宝店里卖。

她做的梨花糕馅料足，分量大，气味芬芳，味道新鲜甜美，价格也便宜，大受顾客欢迎，加上她服务态度好，生意不错，上课和约会之外的时间她就忙着做梨花糕，远的就打包快递，近的就亲自送上门。只是很辛苦，休息时间很少。

后来通过郑柠，岳皓森知道了为跟他交往阮静梨被养父母断生活费的事情，他感动又愧疚，拿了一张卡给她，但她不要。

她说："你也是学生，自己没挣钱，那是你爸的钱，我不想靠你爸。我们每次约会都是你花钱，每周从 B 市飞过来看我的机票钱也很贵，我开梨花糕淘宝店除了赚够生活费还有节余，可以负担一部分我们约会的花销和机票钱。谈恋爱是两个人的事情，不能全部让你一个人出钱。"

岳皓森感动无言，帮着阮静梨一起打理梨花糕淘宝店。

阮静梨做梨花糕，岳皓森就负责打包送快递。

两个人会相互给对方擦汗，相互端茶倒水，这是工作中小小的浪漫。

相爱的人靠自己的劳动一起努力赚钱的感觉是很好的，纵使赚的是小钱，纵使很辛苦，月底算账看收益时也是幸福甜蜜的。

两人的感情因此更进一步。

Chapter 6

幸福：身心合一，爱无反顾

我希望有那么一天，微风不燥，繁花正开，你和阳光一同叫我醒来。
你安静甜美，穿着我的衬衫站在窗前，长发轻散，冲我微笑。
我光脚走过去，亲了你的额头，夸你好看。
你在镜前刷牙，我从身后抱住你。
你亲手做的早餐，我吃得一点不剩。
我们在午后出门，牵着手，漫步人来人往的街头。
在等红绿灯的空档，我们靠在一起，自然地接吻。
我认为，这就是幸福了。

1. 以好故事换好茶

一直以来，你才是我最大的梦想，只要你幸福，放弃什么都不可惜。

梨花盛开的周末，阮静梨飞到岳皓森所在的B市，这次没有带梨花喵这个小灯泡，而是让D大的好友郑柠帮她看养两天。两人手牵手一起去B市郊区的梨花林赏梨花，那是他们俩相遇的地方，两人在梨花林追逐嬉闹，顺便提着篮子采集一些新鲜梨花。

累了时，梨花林有古色古香的树墩做的桌子、椅子可以休憩，两人坐在梨花林的树墩上下棋、喝梨花茶，梨花茶是心细的阮静梨自带的，棋子则是岳皓森带的。

梨花林的守林人闻着茶香过来，问阮静梨："姑娘，这梨花茶是你泡的？"

"是的，我亲手泡的，怕口渴随身带了一壶过来，老爷爷您如果不嫌弃，就尝一杯吧。"阮静梨说着就给守林人满满倒了一杯梨花茶。

守林人先浅酌了一口，然后一饮而尽，点点头，摸着白花花的胡子说："嗯，这茶真好喝，梨花的原汁原味都泡了出来，恰到好处，我好久没喝过这么好的梨花茶了，看来姑娘你很懂梨花，是有缘人。"

"谢谢老爷爷的夸奖。既然喜欢喝，那您请坐，再喝一杯吧。"阮静梨礼貌地请守林人坐在树墩上，又泡了一杯梨花茶给他。

"不，我不能白喝你的茶，我是懂得投桃报李、礼尚往来之人，你请我喝茶，我给你讲故事，我用一个好故事换你这壶好茶。"白发苍苍的守林人和蔼地笑着说。

"好，我们求之不得，洗耳恭听。"阮静梨和岳皓森回道。

"看你们俩是恩爱的小情侣，我就给你们讲一个关于梨花的古老爱情故事吧。"守林人边品着梨花茶边说。

"好。"阮静梨和岳皓森认真地看着他。

守林人摸着白胡子开始讲故事：

"相传在很久很久以前，终南山上长着一株美艳无双的梨花树，她年年开花，花香四溢，花姿倾城，却一直孤独地站在那里，传说她是一位有着万年修为的花妖，被天上的花神收服后由花神掌管，因终南山有劫，花神安排她来守护终南山，守护的期限是五千年，五千年一到，她便能功成身退重返她来的地方梨花谷。

"她孤独地在终南山站了四千九百九十九年，在最后一年，她遇上了一个英俊的秦国将军蒙氾，他在战争中负伤倒在她的脚下，她摇落自己的花瓣落入他嘴中给他疗伤救活了他。蒙氾感恩梨花树的相救，以后日日来为她锄草，同她讲话。久而久之，梨花树爱上了蒙氾。

"五千年期限所到之日，梨花树不愿回梨花谷，恳求花神将她种在将军家的院子里，以便能守护对秦国有着重要作用的将军，助将军完成建设秦国社稷之大任，花神同意了。蒙氾一日早起，推开房门看到终南山的那株梨花树出现在了自己的院子里，又惊讶又高兴。

"梨花树用自己万年的修为化为人形，取名'梨花'，与蒙氾相恋，两人夜夜厮守，好不甜蜜，即使后来蒙氾知道了梨花是妖，依然不离不弃。然而好景不长，蒙氾在战场骁勇杀敌，助秦始皇统一六国后，秦始皇的一位女儿爱上了他，秦始皇赐婚，蒙氾为了梨花拒婚，大伤公主的心，秦始皇一怒之下要灭蒙氾满门，梨花用自己的命护蒙氾一家免遭于难。

"梨花死时，蒙氾院子里的那株梨花树当即枯萎，蒙氾伤心欲绝，第二年也郁郁而终。他死后，他的坟墓所在之处，长起了万亩梨花林，一层一层把他的坟墓包围了起来,雪白梨花灼灼开放,蔚为壮观。传说这万亩梨花林就是那梨花妖所化,为的是守护蒙汜,这一妖一人,死后终于能长相厮守在一起了。"

"好凄美的故事啊!"阮静梨和岳皓森感慨。

"好了,故事讲完了,茶也喝完了,我要走了,你们这一对小情侣好好约会吧。"守林人站起来,笑着走了。

"好,老爷爷再见。"两人还沉浸在那个故事中,半天才回过神来。

"听了那个故事,我觉得,两个人相爱真的不容易,所以,如果能在一起,一定要好好珍惜。"岳皓森紧紧地拉住阮静梨的手说。

"嗯,是的。"阮静梨深情地看着他。

之后,两人爬上一棵粗壮低矮的大梨花树,依偎着靠坐在结实的梨花树枝上欣赏梨花,岳皓森问:"静梨,你有什么梦想?"

"大学毕业后,我希望上几年班多存一点钱,然后就能早早结婚,生个孩子,去 G 市郊区承包一片梨花林,当个香梨果农,在梨花林里亲手建一处宅子作为家,一家人就住在那里,种香梨为生。春天卖梨花糕,秋天卖香梨,没有什么人打扰,过着简单平静犹如世外桃源般的生活,多好。"阮静梨说。

"为什么要去 G 市郊区承包梨花林?B 市郊区也有梨花林,比如我们现在待的这个。"岳皓森不解地问。

"因为 G 市是我的家乡,是我出生的地方,而 B 市不是,我还是想待在我的家乡,我更喜欢那里。另外,那里的梨花林承包价格和消费水平相比 B 市也更便宜点。"阮静梨说。

"你不用担心钱的问题,我有的是钱,在 B 市这样的大城市,纵使房价再高我也买得起房子。"岳皓森说。

"没什么好得意的,那不是你的钱,是你父亲的钱。"阮静梨说。

"我毕业后自己会赚钱的,我发誓,我肯定不会用我父亲的钱买我们的婚房。你看我这么聪明,学的又是热门的计算机专业,毕业后我会成为一个伟大的游戏开发工程师,一年就能赚很多钱的,我对我自己很有信心的!"岳皓森自信地笑着说。

"嗯,我对你也有信心,不过我们结婚时不用买婚房,我刚刚说了,就在承包的梨花林里建一个房子就好了。"阮静梨靠着岳皓森的肩膀说。

"既然你想这样,那我支持你,我都听你的。你的梦想我会全力支持的。"岳皓森紧紧握着她的手说。

阮静梨听他这么说,又开心又忧伤,问道:"如果我们结婚后,住在G市郊区梨花林那么清寡的地方,你这么爱玩的人会不会觉得无聊?你如果做了游戏开发工程师,那里离你上班的游戏公司肯定很远,游戏公司都在市区,你上班也会不方便吧?"

岳皓森摸了摸她美丽的小脸,深情款款地看着她说:"静梨,一直以来,你才是我最大的梦想,只要你幸福,放弃什么都不可惜。"

阮静梨很感动,主动吻了一下他的嘴,岳皓森受到鼓励,搂住她,热烈亲吻她甜美清润的嘴唇。

两人在高高的梨花树上深情相吻。绵绵的情意在唇间流淌,心里的涟漪泛起一圈又一圈。

地老天荒,地久天长,海枯石烂,这些隆重的词语好像越来越接近。不论以后会怎样,起码这一刻,他们是幸福的。

2. 施舍者与被施舍者

人生是一场相逢,人生又是一场遗忘,最终我们都会成为岁月中的风景。

在岳皓森和阮静梨浓情蜜意时,席卓逸是失意的。

自从阮静梨拒绝他,他心情灰暗了好一阵,虽然表面上装得跟没事人似的,但心里的难过无人能明了,难过之余更是挫败:岳皓森就是个毛小孩,什么都不如他,凭什么能获得女神的心?

有一天,席卓逸独自开车外出散心,遇到了丁美萱,这是他们俩第一次见面。

彼时,席卓逸读大学,丁美萱读小学,但她经常逃课,她没有零花钱,她需要逃课去赚点零花钱。

初遇场面是不寻常的,宽敞的马路上,没多少车,席卓逸开车开得很稳,也不快,前面突然冲出一个小女孩对着他的车就撞过来,他反应灵敏赶紧刹车,车子并没有撞到小女孩,还有十几厘米时停了下来,但小女孩依然倒在地上大叫疼痛,并且爬过去抱住车头。

席卓逸下车看着她,长得很漂亮的小女孩,眼神里透着聪明狡黠劲儿,长长的自然卷有点凌乱地披散在肩头,洋娃娃般的精致长相,衣服很破旧,脸和身上都脏兮兮的,还背着个书包,但她并无任何伤,那喊声有点假:"哎哟,疼死了,疼死我了!你撞了我,你这个坏人,我被你撞伤了,哎哟哎哟,我要去医院,你不付医药费不准走!"

小女孩看席卓逸过来了,一把用力地抱住了他的大腿。

周围的路人都凑过来看热闹,有路人对席卓逸说:"先生,你可别被她给骗了,她一点伤都没受,她这是碰瓷,我经常看见这个小孩在这条路上碰瓷,专碰你这种不常出现的豪车,她是老油条了,你不要理她!"

席卓逸不傻,心里很清楚她是碰瓷,但他只是温柔地对小女孩说:"你放心,我会给你医药费,你先起来。"说着,他温柔地把她扶了起来,拿出皮夹,掏出一叠现金给她,起码有五千块。

丁美萱拿着那叠钱,呆了,她第一次见到这么大方的人,而且又帅又温柔,她对他生出一种莫名的好感和依恋。

在席卓逸准备上车时,丁美萱拉住了他的衣角。她说:"大叔,我现在很饿,还没吃午饭,你能不能请我吃一顿饭再走?"

席卓逸说:"我再给你两百元,你自己去吃饭。"

丁美萱看着他说:"我不要你的两百元,我只想找个人陪我吃饭,因为今天是我生日,但我找不到人陪我吃饭。"

她漂亮的大眼睛里可怜巴巴的光让席卓逸动容,原来她跟他同样孤独,连个一起吃饭的人都找不到。

他生出怜悯,对她说:"上车吧。"

丁美萱灿烂地笑了,雀跃着跳上车。

席卓逸开车带她去了一家五星级豪华餐馆吃饭,并给她买了个生日蛋糕,他给她点蜡烛,给她唱生日歌,让她许愿,丁美萱从未过过这么开心的生日,她很幸福。

在吃饭时,丁美萱边狼吞虎咽地吃着,边跟席卓逸说:"大叔,你知道吗?我来自单亲家庭,小时候我父母离婚了,因为我爸出轨。"

"哦,那你真是不幸。他们离婚后你跟了谁?"席卓逸说。

"我当然跟了我妈,我爸是个出轨的渣男,我怎么可能跟他,我恨他都来不及呢。但是我妈离婚后就一直郁郁寡欢,什么都做不了,后来进了精神病院,我爸出轨的事对她刺激太大了。我们家本来就不富裕,生了这些变故后自然越来越穷,幸好我外公外婆还在,我是由他们两个拾荒卖废品带大的。"丁美萱说。

"这样啊。可是我听你的语气,怎么一点都不伤感?"席卓逸说。

"哈哈,对啊,不伤感,因为我早已经习惯了,哈哈哈。"丁美萱笑得没心没肺。

席卓逸看着她笑,他完美的俊脸上表情淡淡的,几乎可以说没有表情。

丁美萱跟他说的这些家庭情况，他看似听得很认真，其实心不在焉。

席卓逸不听也知道这些出来碰瓷的孩子，家庭状况都不会好，幸福的家庭是相似的，不幸的家庭则各有各的不幸，无论是哪种形态的不幸，总归都是不幸。

而且这一类孩子善于撒谎，也许这个生日都是骗一顿饭的谎言，哪些是真哪些是假他也不想去分辨，听不听都意义不大。

他只是个施舍者，他不用记得被施舍者的任何东西。

饭毕，两人就分手了，也没有留下联系方式。

一个大男生和一个小女孩，以碰瓷认识，本来也不是什么好的开始，一看就是两个世界的人，又有什么理由再去联系？

再见，再也不见。

3. 这部电影为你而拍

虽然我并未追到你，但你依然是我青春里最美的记忆，没有之一。

日子像从指尖流过的细沙，在不经意间悄然滑落。

风轻花落定，时光踏下轻盈的足迹，卷起昔日的美丽悠然而去。

岳皓森和阮静梨交往的这三年，似乎没有什么忧愁和悲伤，只有留下的欢乐和笑靥在记忆深处历久弥新，散发着愈来愈浓的甜香。

他们和梨花喵一起，两人一猫，积攒了很多美好的回忆。

两人毕业时，庾司伏还在读大三，但作为终极好朋友，也跑来庆祝他们毕业，以前他还只是岳皓森一人的好朋友，但经过这几年的相处，与另外两人也成了好朋友。

四人在G市单独搞了个毕业聚餐，挺热闹的，只是没想到他们聚餐时，席卓逸过来了。

席卓逸变得更加成熟帅气、风度翩翩，他早两年就毕业了，毕业后就回B市当导演、拍片子。

B市演艺影视这一块很兴旺，席卓逸才华横溢，两年的时间他拍了两部叫好叫座的大片，已经成为著名导演，混得非常成功，据说他大学时还创业开了一家影视文化传媒有限公司，现在公司也做得很好，他拍的电影出品方就是他的公司，等于他不仅是导演，也是制片人，名副其实的钻石王老五，很受女孩欢迎，但他与她们都保持恰当距离，零绯闻。

席卓逸捧着一大束特别的花花绿绿的玫瑰花过来时大家都有点诧异，除了阮静梨，其他三个人都不认识他，岳皓森当即说："帅哥你是不是走错了包厢？"

"没有，我找阮静梨。"席卓逸看向阮静梨，阮静梨后知后觉地站起身来，她因为震惊而有点反应迟钝。

她没想到席卓逸会突然出现在这里，他们俩已经好久没见面了，平时的联络就是席卓逸每逢过年过节发条祝福短信给她，而她礼貌地回一下，他有时候也会在QQ上找她聊天，她会奉陪，但每次都不会跟他聊超过半个小时。在某些G市的大学生活动上两人偶遇会寒暄，仅此而已；是朋友，但在阮静梨的定义里，他们只是君子之交淡若水的朋友。

自从三年前她拒绝他的告白选择了岳皓森，她觉得他们还能做朋友，但不可能做太过亲密的朋友了。

"卓逸，好久不见，你怎么会在这里？"阮静梨微笑着走向他。

"静梨，我是特地来祝贺你大学毕业的。我本来去农大找你，你的室友说你今晚在这家饭馆聚餐，所以我就找过来了。是不是打扰了你们的雅兴？"席卓逸温文尔雅地笑道。

"没有没有。看到你我很高兴，谢谢你有心记得我毕业了，还特地来祝贺。你吃晚饭了吗？要不跟我们一起吃吧。"阮静梨腾出一张椅子。

然后跟在座的人介绍席卓逸："给大家介绍一下，他叫席卓逸，是我的一个朋友，我们是在我爸妈的公司认识的，他是我爸妈公司的少东家。他之前在我的邻校读导演系，比我大两届，我们一直都有联系的。"

"你好你好。"在座的三位跟席卓逸打招呼。

"你们好。我就不吃饭了。静梨，我只是来祝贺你毕业了，然后把这个送给你。"席卓逸说着，把那束特别的玫瑰花递到阮静梨手里，之所以说是特别的玫瑰花，因为那不是普通的花，仔细看，它是由很多张电影票折叠而成的。

"静梨，这束玫瑰花有999朵，是我用999张电影票折叠而成的，这部电影是我导的，叫《那一年的我们》，是为你而拍的，是送给你的毕业礼物。电影票送给你了，至于去不去看，随你了。"席卓逸说完就走了。

"哇，毕业礼物送一部为你而拍的电影，真的很有创意耶。"郑柠说。

"对啊，我听着都感动，我已经迫不及待要去看这场电影了。这个席卓逸送你这么有心的礼物，还有他看你的眼神，我一看就知道他暗恋你，是不是？"庾司伏打量着那束电影票玫瑰花说。

"他三年前追过我，被我拒绝了。"阮静梨坦白。

"哈哈，看来我猜对了。皓森，你要有危机意识了，我觉得那个席卓逸比你帅哦。"庾司伏搭住岳皓森的肩膀打趣道。

"帅个毛线球球呀？本少爷最帅！本少爷宇宙第一帅！不许反驳！"岳皓森把庾司伏横在他肩膀上的手臂啪地打掉。

"那这个席卓逸导的电影我们到底要不要去看？999张票耶。"庾司伏问。

"要去看，当然要去！看他导的是什么毛线球球！"岳皓森把阮静梨手里的那束电影票玫瑰花抢了过去。

四人吃完饭，拆了四朵玫瑰花，就直奔电影院。

电影院座无虚席，说实话，席卓逸的这部《那一年的我们》拍得挺好的，细腻流畅，真实感人，搞笑的地方很轻松，煽情的地方很扎心，观众们都看得很认真，笑过之后很多人流泪。

电影的结尾打出一段情深义重的大字：

谨以此片献给我的初恋女神阮静梨。这部片子上映时，应该正是她大四毕业之时，这部片子为她而拍，祝贺她大四毕业。静梨，我想跟你说，虽然我并未追到你，但你依然是我青春里最美的记忆，没有之一。谢谢你出现在我的生命里。

——《那一年的我们》导演席卓逸

看到这一段字，观众席上发出一片惊叹声，有很多人感动得流泪，纷纷议论：

"这个阮静梨是何方神圣，能成为著名导演席卓逸的初恋女神。席卓逸还专门拍片献给她，真是了不得。"

"好羡慕她，真希望我就是那个阮静梨。"

"钻石王老五席卓逸原来早已心有所属，难怪一直单身，拍这个片子是跟自己的初恋女神二次告白的节奏吗？女神会心动吗？"

那部电影，那些议论，都让岳皓森非常吃醋，他感觉心里打翻了十个醋坛子，都快要酸死了。又酸又愤怒。

他抱着剩余未拆的那995朵电影票玫瑰花，一个人跑出了电影院。

4. 怒吃电影票

我是个死心眼，最开始认定的是你，一辈子就是你了。

等到阮静梨、庾司伏、郑柠三个人找到岳皓森时，发现他正坐在台阶上狂吃电影票，整束电影票玫瑰花都被他撕得粉碎。

"喂，你在干什么？别吃了！电影票是不能吃的！"他们去阻止他，但是已经来不及，最后一张电影票进了他的嘴，他飞快地嚼着吞下了。

"岳皓森，你傻呀你，好好的吃什么电影票？你晚饭没吃饱吗？"阮静梨忍不住数落他。

"我就是气不过，我讨厌那个席卓逸，当个破导演有什么了不起的，没事拍电影表白我的女朋友干吗？你是我的女朋友，是我的！根本就轮不到他来觊觎！他的电影就应该没人看，所有电影票都要被我吃掉，一个人都不准去看！"岳皓森大声说。

阮静梨看着他那样，又好气又好笑："你怎么那么幼稚，因为讨厌席卓逸就吃他的电影票？你能不能想个高级一点的方法？你这样只会吃坏肚子的。"

"你说我幼稚？那是因为我爱你，你……啊！我肚子疼……"话还没说完岳皓森就捂着自己的肚子痛苦地大叫。

"别着急，我们马上送你去医院。"

三个人连忙一起把岳皓森送去了医院。

医生诊断，肚子疼是由于短时间内吃了大量的电影票造成的，医生给他开了一些药，治疗了一下，岳皓森才慢慢恢复正常。

在病房里，阮静梨对他说："皓森，以后别干这种吃电影票的傻事了，如果你心里不爽，你吃醋，你可以直接告诉我，我会帮你排解的。"

岳皓森说："好，我现在就要你帮我排解，你现在当着郑柠和庾司伏的面发誓：保证永远只爱我岳皓森一个人！"

"好，我发誓，我保证，永远只爱你岳皓森一个人。"阮静梨举起手毫不犹豫地发誓。"这样总行了吧？"

"嘻嘻，这还差不多。"岳皓森恢复了灿烂阳光的笑，但马上又担心起来，"静梨，席卓逸那么优秀，又对你这么痴情，为你拍部电影这种事情我没有能力做到，但他做到了，你真的不感动不动心吗？"

"说不感动是假的，但是不会动心，因为，我是个死心眼，最开始认定的是你，一辈子就是你了。所以，无论以后有多优秀的人出现，我都不会多看一眼的。"阮静梨很认真地对岳皓森说。

岳皓森眼睛亮亮地看着她，语带哽咽："静梨，我也是，我也是个死心眼，最开始认定的是你，一辈子就是你了。"

两人在病房里深情对视，紧紧相拥，塞了站在一旁的庾司伏和郑柠好大一波狗粮。

5. 第一次

水乳交融，身心合一，真正的完美无缺。

毕业后，阮静梨和岳皓森搬离学校，准备先租房子再找工作。

岳皓森在 G 市租了套房子，他家有钱但房产多在北方和 B 市，他在 G 市没房，房子是两人一起找的，原本阮静梨还想一人租一套，后来算下房租觉得划不来，才勉强同意岳皓森的主意，租个两室一厅一起住。岳皓森要出全部的房租，但阮静梨执意要出一半。

两人大学谈了三年异地恋，工作时不能再分开了。

岳皓森虽然回 B 市更好，岳天胤也希望他在 B 市工作，但阮静梨更喜欢南方，她的根在南方，她更适应南方的天气，以前待在 B 市是因为收养她的家庭在 B 市，现在她大了，想自由，养父母也不够亲，她是在 G 市毕业的，在 G 市更好找工作，所以岳皓森让着阮静梨。

他们俩的计划是，在 G 市工作三年，存够了钱就结婚，去 G 市郊区承包梨花林，过世外桃源的生活。

其实岳皓森现在就很有钱，他父亲给了他很多钱，但阮静梨执意靠自己，也告诉他不要啃老，自己劳动挣的钱花起来更有尊严，也能证明自己的价值。岳皓森觉得有道理，听她的。

至于郑柠，她不用找工作，养母郑曼让她回 B 市帮着经营酒吧，酒吧生意越来越好，已经开了一家分店，养母一个人忙不过来，郑柠就帮着她。

郑柠大学学音乐的，能在酒吧唱唱歌，酒吧那个地方也能找很多灵感，经营酒吧的同时她能自己写曲子准备出唱片，也挺好的。除了经营酒吧外，她以后还打算做创作型的歌手。

说是合租，只是阮静梨想合租，岳皓森是想同居的。他们俩已经谈了三年恋爱，阮静梨是个很传统的人，这三年阮静梨只允许他牵手拥抱接吻，更进一步的事情不准做，岳皓森在"身体欲望控制系"已经修了三年，忍得很难受，早就想毕业了。

现在既然有机会合租，岳皓森当然不会错过机会，于是，在合租的第一天晚上，岳皓森就端着两桶泡好的泡面去敲阮静梨的房门。

"静梨，你肚子饿吗，要不要吃夜宵？我泡了两桶泡面。你开一下门，我给你送进来。"

阮静梨早就把房门锁了，她还没睡，穿着睡衣靠坐在床上看书，她冲着门口说："不用了，我肚子不饿，我已经刷牙了，准备睡觉了，你也早点睡，少吃点夜宵，这种习惯不好。"

"你就吃点嘛，好香好吃呢，你闻闻这香味，人间极品。我都已经泡好了，泡了两桶，刚好你一桶我一桶，不吃浪费了，我手都端酸了，快点开开门好吗？"岳皓森继续在门口晃悠。

"不开门。你就把那两桶都吃了吧，反正你胃口大，我真不吃了。"阮静梨依然拒绝。

岳皓森只得一个人在客厅里干掉了两桶方便面。

然后他拿了本书，翻了一页，不死心地又去敲阮静梨的门："静梨，我在看书，有一页有点看不懂，想请教一下。你开开门。"

"有什么问题明天再说，我真要睡了，我关灯了。"阮静梨不上当，把在看的书合上，关了台灯，准备睡觉。

"扑通！啊呀！"就在这时，她听到门外一声巨大的重物落地的响声，然后是岳皓森的惨叫。

"皓森你怎么了？怎么了？"阮静梨立马从床上下来，飞速去开门，看到岳皓森摔倒在门口，整个人呈大字状倒在地上，表情很痛苦。

"你还是三岁的小孩子吗？怎么会摔倒？有没有摔疼啊？"阮静梨心疼不已，连忙去扶他，岳皓森被她扶起后艰难地说："我、我不小心滑了一跤，谁知道这地板这么滑。快，把我扶到你房间看看，看我这腰有没有摔断。"

阮静梨听话地连忙把他扶到自己房间的床边坐着，着急地开始隔着衣服检查他的腰："怎么样？这边痛不痛，那边呢？"

"痛痛痛，哪里都痛。哎哟。"岳皓森皱眉叫着，"你隔着衣服怎么能检查清楚？我把上衣脱了。"说毕，还未等阮静梨反应，他唰地一下脱掉了上身的T恤。

青年男子完美的上身就这么暴露了出来，结实有力的胸肌，块块分明的八块腹肌，健康有光泽的肌肤，若隐若现的人鱼线，充满了诱惑力，阮静梨的脸唰地红了，她是第一次看到他光着上身，没想到他的身材这么好，堪称男模身材。

她赶紧移开视线，从床边起身，背对着他："你……你自己检查腰吧。"

岳皓森站起身来，从后面抱住她："害羞了？"

"你……你的腰还疼不疼？没断吧？"阮静梨没法不害羞，又没法不关心他。

"现在不疼了，也没断，嘿嘿。"其实本来就没摔疼，是他故意假摔的，为的就是骗她开门好进她房间。不过这个秘密肯定不能让她知道了。

"我还舍不得让我的腰摔断，因为我还有很重要的事情没有做。"岳皓森说着，将阮静梨扳过来，让她正面对着自己，然后将她热烈地揉入怀里，低头，用自己的双唇封住了她的嘴。

……

事后，又疲倦又酸痛的阮静梨抱着被子却睡不着，她问岳皓森："说，在我之前，你是不是跟别人试过？"

"没有！我对天发誓，刚刚我也是第一次！"岳皓森很坚定很真诚地说。

"那你为什么这么熟练？"阮静梨问。

"哈！"岳皓森笑，"因为这是男人的本能，而且我不是一般的男人，我很聪明无师自通，在梦里也演习过很多遍了。"

"在梦里，你在梦里怎么演习？"阮静梨大惑。

"在梦里跟你演习啊，我演习的时候梦到的都是你。我告诉你一个秘密,我第一次梦遗就是梦到了你。"岳皓森笑得又帅气又坦荡,他以前也许还会不好意思,但现在已经成年的他并不会觉得那样的事情丢脸了。

阮静梨又惊又羞地睁大了漂亮的眼睛:"啊,原来我已经在你的梦里被你意淫过无数次了,你好恶心啊,你是个流氓,真流氓!"

"对,我是个真流氓,我不像席卓逸一样会装,我不喜欢装。"岳皓森说着,坏坏的笑容扬起,作饿狼状又扑了过去……

Each other's World

Chapter 7

执念：得不到，亦忘不了

执念是一种悲剧，对某一事物坚持不放，不能超脱。

执着的时候就会有怨念，唯有放下执着方能自在。

席卓逸对于阮静梨的爱，日深一日，终成执念。

这是爱情里最大的残忍：想爱的人，得不到，亦忘不了。

普天之下，万物如尘，唯你是我心头之珠。

渗我之骨，融我之血，割舍不得。

一见静梨误终生。

春梦是你，醒来才有绝望。

1. 你就是我最美味的早餐

我的理想可不是写出伟大的诗，做出伟大的事，而是每天都能拥抱我爱的人。

第二天早上，天气很好，晨曦拉开帷幕，微风和花香射穿薄雾从半开的窗户里溜进来，窗帘轻摆，细细碎碎的阳光洒在窗台上、地板上、床头柜上和岳皓森闭合着的漂亮眼睛上。

这是一个绚丽多彩的早晨，带着清新降临人间。

岳皓森还没有醒，被子盖在胸前，结实健美的手臂光裸在外面，俊美精致的脸上带着幸福的微笑。

他闭着眼睛一个翻身，想去搂住身边的人，却搂了个空。遂睁开眼睛，发现身边没有人。

他有点惊恐地起身大叫："静梨，静梨，静梨你在哪里？"

"皓森，我在这里呢。"阮静梨听到岳皓森的喊声，从厨房出来，走到自己的房间门口，冲着床上的岳皓森甜美微笑，她穿戴整洁，还系着围裙，想到昨晚的一夜温存，她的微笑里带起了止不住的娇羞。

"吓死我了，你在就好，我还以为昨晚的一切是一场梦呢。"岳皓森拍着胸脯松口气。

"你还没睡醒吧？我早就已经起床了，谁像你是个大懒虫。我习惯早起。我现在正在厨房给你做早餐，快做好了，就剩下最后一道菜了，你可以起床穿衣洗漱了。"阮静梨说。

"不要，我还没睡饱呢。早餐可以免了，我睡到中午起来再直接吃午饭吧。"岳皓森又在床上躺下来，懒洋洋地翻了个身，趴在床上，闭上了眼睛。

"不行，你这个大懒虫，不吃早餐对胃不好，快点起来啦。"阮静梨走到床前去叫他。

"那你拉我起来吧，我没力气起来了。"趴在床上的岳皓森冲着阮静梨伸出一只修长的手。

"好。"阮静梨不疑有他，真的伸手去拉他。

"啊！"她没有拉起他，反倒被他一用力拉上了床。

他顺势把她压在身下，在她的耳边吹着暧昧的热气："我好饿。"

"饿了去吃早餐……唔……"炙热的吻劈头盖脸地下来，阮静梨未说完的话悉数被岳皓森吞进口中。

"你就是我最美味的早餐。"令人脸红心跳的情话响在阮静梨耳边，岳皓森灵巧的舌头钻进她的嘴里，卷住了她的舌根，霸道热烈的气息充满她的口腔。

可爱的喵星人梨花喵乖巧地待在饭厅里吃自己的早餐，它的早餐是阮静梨提前弄好的，它吃几口偶尔会抬起头来轻轻地喵喵两声，表示对早餐的赞赏，很识趣地没有去打搅两个主人。远远看去，雪白的梨花喵毛茸茸的一团，要多萌就有多萌。

阮静梨和岳皓森就这样腻歪了一上午，吃完中饭、喂饱了梨花喵后，两人就准备出门去找工作，刚换了鞋正要出门呢，阮静梨的手机就响了。

一看来电显示，是她的养父阮中民，自从上次因为反对她和岳皓森恋爱而断了生活费后，他们就没有主动联系过她了，她偶尔跟他们联系，关心养父母的身体加报平安，但他们对她很冷淡。

这次突然主动打电话给她，她很惊讶，也很高兴，连忙飞快接了："喂，爸。"

"梨丫头，我跟你说，你马上把租的房子退了，今天就打包回B市，别在G市找工作了。"阮中民劈头就是这样一句话，语气还挺着急。

"啊，为什么呀？"阮静梨很是不解。

"你妈最近身体很不舒服，去医院检查，今天检查结果出来了，是重病，得了淋巴癌。"阮中民忧郁地说。

"天啊，我妈，我妈她现在怎么样了？医生怎么说的？治愈的希望大不大？"胸口突然好像被人揪成一团用根绳子扎紧了，又闷又痛又难受，喘不过气来，她一下难以消化这么突兀的坏消息。

虽然只是养母，也没有对她很好，但十几年的养育之恩，早已经视为亲人，这样的消息是她怎么样都不愿意听到的。

"医生说，幸好还在早中期，没有到晚期，还有比较大的治愈的希望。"阮中民回答。

"那就好，那肯定会治好的，无论花多大的代价花多少钱，都一定要治好妈。"阮静梨说。

阮中民说："那当然，治疗费你不用操心，你刚大学毕业也没钱。现在有一个问题，你妈需住院治疗以控制病情，还要动手术，住院的时间应该会很长，身边需要一个人长期照顾。我是没有时间的，我要上班。拜卓逸和亿能公司的提携，我现在已是亿能公司高层，公司还给我配了车，我在工作方面越来越风生水起，活得越来越扬眉吐气，正在事业黄金期，我这份工作绝对不能丢，公司是不允许请长假的。所以你妈只能让你照顾着，你不要找工作，先把你妈照顾到康复出院，再去找工作。"

"行，我知道了，爸。"阮静梨说。

百善孝为先，只能这样办了。她退掉G市刚租的这套房子，和岳皓森一起打包回了B市。

2. 重 病

岁月是神偷，是一场有去无回的旅行，好的坏的都是风景。

回到 B 市后，阮静梨和岳皓森第一时间一起去医院看宋怡，但没想到在病房里看到了席卓逸。

阮静梨有点惊愕："席先生，你怎么会在这里？"

阮中民连忙帮席卓逸回答："席先生是我和你妈公司的少东家，你妈患病了跟公司请了长假，这事自然全公司的人都知道了，席先生也不例外。多亏了席先生，是他安排了这家最好的医院和大夫，交了医药费，打点了你妈的一切治疗相关的事情。如果没有他，这家医院我们还进不来呢。梨丫头，你要好好谢谢席先生。"

"哦，原来是这样啊，谢谢席先生，我父母让你费心了。医药费多少钱，我会还你的。"阮静梨礼貌地说。

"对，不能要你的医药费，我这个男朋友会帮她还的。我现在包里有6万的现金，先给你，够不够？"岳皓森边说边从包里掏出了一叠人民币，朝席卓逸递去，但席卓逸拒绝了。

他优雅地微笑着说："医药费没有多少，不用还，宋阿姨是我们亿能的老员工了，她得了重病全公司都很担心，公司和同事们都很关心她，公司按相应政策会报销她的医药费的。"

"那太好了，谢谢公司，谢谢席先生。"躺在病床上的宋怡比以前憔悴了不少，也瘦了一些，不过总体看上去还算好，说话很流畅。

"亿能真是个好公司啊，这么体贴患病的员工，以后我会更加尽心为公司效力的。"阮中民感激地对席卓逸说。

"所以，席先生，你今天是代表你们公司来慰问患病员工的？"岳皓森问他。

"一半一半，一半是代表公司慰问员工，另一半是我跟宋阿姨、阮叔叔有点私交，他们有困难我怎么可能坐视不管。"席卓逸不卑不亢地回答。

他在亿能技术有限公司一直是占有股份的，他出生在商业世家，他父母在国内乃至国外开的公司大大小小有很多，他不会参与每个占股的公司的具体事务，可自从前几年在亿能遇到阮静梨，并得知她父母在那家公司，他就开始参与一些亿能的具体事务了，接着慢慢地接近她的父母，尽可能地在工作和经济上帮助他们，建立私交。

这是他爱屋及乌呢，还是为达目的刻意地拉拢人心？如果你了解一个天生的商人骨子里流的是什么样的血，你可能就会知道了。

"我跟你不同，我可是作为未来女婿来看望准岳母的。以后医院的事情就不劳烦你费心了，我这个未来女婿会把一切处理妥当的。"岳皓森故意这样对席卓逸说，还在"未来女婿"那四个字上加了重音。

"哦，这个还说不定吧？"席卓逸一副翩翩君子模样，很有风度地微笑着，走到岳皓森面前，低声道，"很多事情，如果没走到最后一步，都无法下定论的，毕竟，人生充满了变数。就像龟兔赛跑，兔子也许这段路还领先着，但下一段路就会被乌龟超越，不是兔子会轻敌睡觉，而是这只兔子可能会断腿，而乌龟可能会变成神龟。"

"席卓逸，你说我是会断腿的兔子吗？不带你这样拐着弯咒人骂人的！你是不是欠揍？"岳皓森的火一下就飙了起来，在病房里当着所有人的面大声说。

他本来就看不惯席卓逸，这个男人明显就是他的情敌，明里暗里地想要跟他抢阮静梨，还说得那么冠冕堂皇地去讨好他的准岳父岳母，虚伪得不得了，他怎么可能看得爽？

"岳先生，你理解错了，我不是这个意思。"席卓逸依然不卑不亢。

"你还狡辩，你明明就是这个意思！你看我不爽吗？我看你更加不爽呢！有本事的话出去打一架！"岳皓森少年气盛地撸起了袖子，阮静梨一脸尴尬地连忙把他拉出去："皓森，到饭点了，陪我出去给我妈买饭吧。"

岳皓森就这样被她拉了出去，阮静梨在外面温柔宽解他："你别去跟席卓逸置气了，他就是个外人，我爸妈喜欢他没有用的，我只喜欢你。他以后无论说什么，你少作声，因为你的嘴巴说不过他的。你只要想着，无论他多优秀，我只喜欢你就行了。"

"我知道你只喜欢我，可是我真的看他不爽，我看得很清楚，他虽然以前被你拒绝了，但是一直不死心，他摆明了就是想从我身边把你抢走。"岳皓森气鼓鼓地说。

"他抢不走的，你放心。难道，你对自己没信心吗？"阮静梨说。

"有信心，我当然有信心啦！"岳皓森立马很坚定地大声说。

"那就没事了呀。嘻嘻，开心点哦，我只爱你。"阮静梨温柔地笑着，给了他一个大大的拥抱。

"嗯。"岳皓森紧紧地回抱住软软香香的她，咧开了嘴，心情好多了。

3. 被 拒

等不到天黑，烟火不会太完美。

接下来，阮静梨就在医院全职照顾养母宋怡了。

岳皓森在B市的一家大型游戏公司找到了很好的工作，如愿当上了游戏开发工程师。

他在B市有数栋房产，都是岳天胤给他买的，他住了其中一处房产，并费了很大劲把房子布置成了阮静梨喜欢的风格。

布置完之后，他躺在漂亮无比的客厅里，打电话给阮静梨："亲爱的女朋友大人，我布置了一个好漂亮的家，只属于我们俩和梨花喵的家，风格是你最喜欢的那种，你同梨花喵一起搬过来，同我住吧。"

"啊，这个，我要跟我爸妈商量一下。商量完之后，我答复你好吗？"阮静梨说。

"你难道不愿意跟我同居吗？"岳皓森问。

"没有，我是愿意的，我人都是你的了，我们已经有了夫妻之实，同居没有什么不好的，跟爱的人朝夕相对很美好。可是，我现在是住在家里的，我妈又生着重病，要搬出去住总要跟我父母交代一下吧。"阮静梨说。

"那行，你跟你爸妈商量后立马给我答复，别让我等太久哦。"岳皓森说。

"好。"阮静梨点头。

阮静梨马上把这个事跟阮中民、宋怡说了，他们俩的态度很坚决："不同意！你们俩又没结婚，同什么居，太不像话了！你身为一个女孩子，知不知道自尊自爱呀？"

"爸，妈，皓森是个有责任心的男人，我相信他以后一定会娶我的。"阮静梨说。

"不害臊！总之我们不答应！时代不管怎么不同，礼义廉耻都是亘古不变的！我们本来就不喜欢岳皓森，以后你们九成会分手，同居的话吃亏的都是女孩子。娶什么娶，他以后就算愿意娶我们都不会答应把你嫁给他，我们就只认席卓逸这个准女婿。你妈现在生着这么重的病，你在这个当头还想惹她生气吗？"阮中民说。

阮静梨看了看躺在病床上憔悴的宋怡，低下头，不好再作声了。

阮静梨把这个结果反馈给岳皓森，岳皓森在电话里的声音听起来明显不开心了："什么，你父母为什么不答应？我费了这么大的劲把房子布置成你喜欢的风格，你却不搬过来，我一个人住这么大的房子有什么意思？你父母肯定是偏心席卓逸才不答应的，上次在医院里，他们对我比较冷淡，对席卓逸却很热情，看席卓逸和看我的眼神完全不一样，他们肯定觉得我不如席卓逸。我吃醋了，我真的好吃醋。"岳皓森说完就"啪"地一下把电话挂了。

"真是个大醋坛子。"阮静梨站在医院的走廊里，看着手机摇摇头。

"梨丫头，臭丫头，又死在外面干什么？在外面打鬼吗？赶紧进来给我削个苹果，我想吃苹果。"病房里，宋怡没好气地在叫她了。

"哎，妈，我来了。"阮静梨连忙把手机放进口袋里，进了病房。

晚上，待宋怡在病房沉沉睡着后，阮静梨收拾了宋怡换下来的一堆衣物，还有空了的保温桶，准备回家去睡。

托席卓逸的福，宋怡住的是 VIP 独立病房，一个人一间房，不用跟其他病人挤在普通病房，席卓逸还在这间病房里细心地安排了另一张床给阮静梨守夜时睡。阮静梨有时回养父母家睡，有时就住在医院守夜。

她今天计划回家睡，提着宋怡的那堆脏衣服和保温桶，静悄悄地走出了医院。

在公交车站，她改变了主意，上了去岳皓森家的那辆公交车。她去的是岳皓森独自一人住的那套房子，而非岳皓森父亲所住的岳家庄园别墅。

"叮咚，叮咚叮咚。"她按了门铃，按了好久，岳皓森才慢吞吞地来开门。

"咦，好大的酒味，你喝酒了？"一开门，阮静梨就闻到了一股浓重的酒味。

"你管我有没有喝酒，你干吗来了？你既然不愿意跟我同居，为什么还要过来看我？"岳皓森好像气还没消的样子。

"你搞清楚情况，不是我不愿意，是我爸妈不同意好不好？"阮静梨有点委屈地说。

"那你干吗那么乖，一定要听你爸妈的？你是成年人了，你就没有自己的主见吗？你就不懂得反抗吗？是不是你不够爱我？"岳皓森说。

阮静梨进屋："你真的很幼稚，我妈现在生了重病在治疗，我不能惹她生气，你明不明白？"

"阮静梨，我警告你，不准说我幼稚……哇，好香，你居然买了我最爱吃的红烧大闸蟹？"岳皓森的注意力转移到了阮静梨提来的那盒东西上，一揭开，真的是红烧大闸蟹。

"对，特意给你买的，花了我好多钱，心疼死我了。就担心你没吃晚饭。你还说我不够爱你？"阮静梨扯了一只最粗壮的蟹腿塞到岳皓森的嘴里。

"亲爱的，我刚刚说错了，你最爱我了。么么哒！"岳皓森含着美味的蟹腿，一把紧紧地抱住她。

两人又恢复了浓情蜜意，岳皓森也想通了，暂时不能同居是没有办法的事情，先忍忍吧，以后总有机会的。

看，爱情有时候就是这么简单。

4. 开水房谈话

如果情绪可以冬眠,那么我会不会不再受伤?

席卓逸经常大包小包地去医院看宋怡,宋怡每次看到他都很开心,但阮静梨有点尴尬。

这天,席卓逸又来医院了,和宋怡聊得很开心,阮静梨安静地坐在一旁削水果,没说话。

宋怡笑眯眯地对席卓逸说:"卓逸,我记得没错的话,你上次说,你是1985年生的,对吗?"

"是的,宋阿姨。"席卓逸的笑容迷人,彬彬有礼。

"呀,这年纪真好。我家梨丫头比你小两岁。你们两人的年纪很般配啊。"宋怡说。

"呵呵,您真会说话。"席卓逸欢喜地听着,一脸微笑。

"卓逸你之前谈过恋爱吗?"宋怡问。

"没有。我之前一直专心学业,大学毕业后又忙着导演片子。至今为止喜欢的女孩也就静梨一个,但是前几年跟她表白她拒绝了,没关系,她现在幸福就好。"席卓逸说着,有意无意地望了阮静梨一眼,但阮静梨从始至终没看他。

"你真专情,又重事业,有上进心,阿姨就喜欢你这样的男孩。你别说梨丫头了,她就是眼瞎!也不知道什么时候脑子才能开窍!我说啊,谈对象的话,这男孩子的年纪就应该比女孩子长那么几岁才合适,男孩子成熟的话才会更稳重更懂事更会照顾人，男孩子比女孩子小像什么话，又幼稚又淘气又嚣张，好像姐姐带弟弟一样，怎么看怎么不搭，是吧？"宋怡说。

"这个，萝卜白菜各有所爱，现在主张恋爱自由，不过您是长辈，长辈的话一般都是有道理的。"席卓逸微笑着说。

阮静梨却觉得很刺耳，说她眼瞎，说岳皓森又幼稚又淘气又嚣张，说他们的姐弟恋不搭？她坐不住了，站起身来，找了个借口："妈，开水瓶里没水了，我去开水房打一瓶水来。"

席卓逸也风度翩翩地站起了身："静梨，我去帮你打吧。开水瓶沉，你那么柔弱，我是男人力气大些。"

"不用了，席先生你是客人，怎么好劳烦你动手？"阮静梨的话又客气又疏离，边说她边从桌子上拿起了一个开水瓶。

"梨丫头，卓逸又不是外人，你那么见外干吗？两个瓶子都是空的，你们一人去打一瓶过来吧，去，快去。"宋怡说。

"行，宋阿姨。"席卓逸拿起了另外一个空开水瓶。

阮静梨不作声，快步一个人走出了病房，完全没有要等席卓逸一同前行的意思。

"快，跟上去，跟她多说点话，那丫头就是慢热型的，焐久了的话总会焐热的。别那么快回来，我这边好得很，不用担心我。"宋怡对席卓逸非常慈爱地笑着说。

"哎，我知道了，谢谢宋阿姨。"席卓逸微笑着跟了上去。

到了开水房，阮静梨看也不看席卓逸，只顾着自己打开水。

席卓逸在她身边的一个水龙头前站定，将瓶盖打开放在水龙头下接水，听着滚烫的开水哗哗地流进热水瓶里的声音，他转头看着她完美清冷的侧颜，卷翘浓密的睫毛，秀挺优雅的鼻子，弧度精致的下巴，在开水冒起的氤氲热气里，朦朦胧胧，如梦似幻，明明距离那么近，却感觉很遥远。

他忍不住感伤地问:"静梨,你最近怎么好像老是在躲着我?我们不还是朋友吗?"

阮静梨转过头看着他说:"对,我们以前的确是朋友,但现在,我觉得你更像是我爸妈的朋友,也更跟他们聊得来些。我很感谢你对我爸妈工作和生活上的照顾,尤其是我妈住院以来你给了我们家很大的帮助,但我跟你说清楚,你不要对我抱有什么希望,我没办法回报你什么的。你可以继续做我爸妈的朋友,而我跟你可能连普通朋友都很难做了,因为我男朋友是个大醋王,你的存在让他很吃醋,所以以后如果没什么事你别找我了,尽量别再跟我见面,我男朋友如果看到了会不高兴的。"

阮静梨的话很轻很淡,却像冰锥一样扎在席卓逸的身上,痛过之后是更深的冰冷。

"来医院看宋阿姨都不可以吗?"席卓逸低哑着嗓子问。

"可以,但是请尽量挑我不在的时候来看。"阮静梨说完,关好水龙头,塞上热水瓶塞子,提起自己那一瓶开水走了。

席卓逸站在原地没有动,他呆呆地看着自己的那瓶开水,它已经灌满了,然而他一直没有做出什么行动,眼看着水龙头里落下的开水源源不断地流出开水瓶,涌向水槽的两边,汇成一条汩汩的小河,热气形成的白色水雾在空中蒸腾。

玉树临风的席卓逸,就在这样的水雾里蓦然红了眼。谁能知晓他此刻的落寞和痛苦,像无声起伏的黑色的巨浪,一点一点将他吞没。

他想爱的人,得不到,亦忘不了。

5. 终于同居了

你的快乐，是我生命里的全部信仰。

宋怡和阮中民一有机会就给阮静梨灌输席卓逸如何如何好的话，说岳皓森如何孩子气如何没用、离开他父亲什么都做不了，岳家是有钱但不如席家有钱，无论是个人综合素质还是家世财力方面，席卓逸都强过岳皓森，让她重新选择伴侣。

阮静梨不好反驳，只能不吭声或找借口走开，少听一点念叨。

宋怡的淋巴癌动了手术，做了很多次化疗放疗，一年后，医生说基本治愈可以出院了，但这种病不排除复发的可能，所以宋怡以后不能工作劳累了，只能在家休息，并定期服一些药养着。

席卓逸开恩，让亿能公司给宋怡办了提早退休的手续，以后到了退休年龄她还是可以领退休金。公司还给她发了不少生病慰问金。这场病下来她没花多少钱，都是公司给报销的。

宋怡和阮中民很感激席卓逸，心底里早已认定他是自己的女婿，他们欠他的想让女儿去偿还。

阮静梨照顾了养母一年，现在养母治愈回家了，她可以找工作了，她在B市郊区的安丰生态农业科技有限公司找了份果树种植技术员的工作，市区寸土寸金，根本没那么多土地进行果树种植，这种农业公司一般都在郊区。

这份工作主要是负责项目区域内的果树种植和田间管理日常维护，

负责果树的病虫害检测与防治、基地现场维护与管理、生产计划安排、对相关人员进行技术指导等。

阮静梨找到工作后就开始在安丰公司附近租房子，岳皓森正好在安丰公司附近有处房产，对她说："你住我这套房子，我也搬过来，我们就能同居啦。"

"你又想同居？我爸妈肯定不会答应的。"阮静梨说。

"你傻呀，你别告诉你爸妈就行了，你就跟你爸妈说这是你租的房子，房子也只有你和梨花喵住，没有其他人。"岳皓森说。

"岳皓森，你这是在教我撒谎骗我爸妈，你这个坏人。"阮静梨说。

"亲爱的宝贝，这是一个美丽的谎言，撒谎的出发点是好的，是为了我们的幸福。你难道不想每天早上睁开眼睛就能看到无敌帅的你男朋友我吗？如果爱神知道了，也会原谅我们的。"岳皓森亲昵地搂着她说。

"好吧，我勉强同意了。不过，我要付给你房租，我们还没结婚，白住你的房子感觉不好。"阮静梨说。

"哎呀，亲爱的女朋友大人，房租不用你出，你负责我们俩的生活，平时你买菜做饭，我负责房子，这样就公平啦。"岳皓森帅气无比地笑着说。

"嗯，这样可以。"阮静梨想了想，同意了。

于是，两人一边工作，一边开始了甜蜜幸福的同居生活，当然梨花喵也住进来了。

他们一起做饭，一起给梨花喵洗澡，一起窝在沙发里看电视，一起搞卫生，一起洗车，在阳台上种各种盆栽。心灵手巧的阮静梨把这个房子布置得很漂亮，很有家的感觉，两人加班就相互陪着，也会交流彼此工作上遇到的各种事情，在家里的每个角落随时拥抱亲吻，两人还一起动手给梨花喵做了个漂亮的小猫房子，很幸福。

两人和庾司伏、郑柠偶尔也会聚聚。庾司伏今年大学毕业了，在B市找了工作，他大学学的是工商管理专业，毕业后在一家著名外企上班。四人都在B市，见面很方便，有时候在岳皓森和阮静梨的小窝里见面，小情侣一起做了饭招待朋友，四人围坐一桌，喝酒吃菜，谈天说地，聊得很嗨，很欢乐。

真正的好朋友就是如此，即使很久不见面也不会生分。比起爱情和亲情来说，友情是另外一种意义的存在，它有它的使命，不可或缺，不可遗忘。

你终有一天会明白，朋友，是在最后可以给你力量的人。

Chapter 8

风暴：人生绝非一马平川

人生里唯一可以不劳而获的是贫穷，唯一可以无中生有的是梦想。

人生有一半是残酷的，就像加利利海的风暴突然袭来毫无预兆。

就像你即使投胎很好，有一天家族突然破产，你顷刻间一无所有。

有些风暴是人为的，你可以怨恨，可以反击，但你首先必须面对这份磨难。

磨难是人生的一部分，一个没有风暴的人生海洋，那不是海，是泥塘。

磨难对于能干的人是一笔财富，对于弱者是万丈深渊。

人生绝非一马平川，也不会一直坎坷。

你只要愿意走，总有路。

看不到美好，是因为你没有坚持走下去。

1. 不能再温柔地等下去了

每个人心里都有一道白月光，在内心最深处，那么亮，却那么冰凉。

有些人什么都没做，所以白月光永远都是窗前白月光，有些人勇敢做了，白月光便落地成了温暖你的臂弯。

阮静梨跟岳皓森同居的事一直瞒着养父母，宋怡、阮中民几次想去看看她住的地方，阮静梨怕他们识破，找了各种理由推脱打发。

不知不觉，两人甜蜜幸福地同居了一年。

有一天，席卓逸像平常一样在片场做完了他一天的工作，正准备开车回家，电影的女一号金妍拦住他，巧笑倩兮地说："席导，你辛苦了。我们去吃饭吧，我请你吃饭，如何？"

"你也辛苦了，谢谢，不用了，我今天还有事，改天吧。再见。"席卓逸很有风度地礼貌微笑着，挥挥手，开车走了。

金妍站在那里，看着他的车走远，问身边的助理："小林，你说我是不是不够漂亮？"

"怎么这么问？姐你还不够漂亮的话那全天下就没漂亮的女人了，你漂亮，很漂亮，你在美女如云的娱乐圈也是艳压群芳的，男人一看到你都会流口水，你看那些娱乐报道都写你昨天如何美目盼兮，今天如何倾国倾城。在我心里，你是全天下最美的女人！"小林说。

"那为什么我请席导吃饭，请了两次，他都找借口拒绝了？席导不也是男人吗？我还真没见过这么洁身自好的导演。"金妍难掩落寞和失望。

"席导他不是一般的男人，席导他可能心有所属吧。"小林说。

"心有所属？呵呵，在娱乐圈这种地方讲专情？感觉就像一个笑话一样。他肯定就是个假正经。"金妍冷笑着说。

"姐，你别难过，娱乐圈这么多优秀的导演，我们换一个目标。"小林安慰她道。

"可是我就只喜欢他，家世、相貌、才能、智慧、谈吐、修为，他都是一等一的，他是豪门，是天生的贵族，娱乐圈其他那些导演怎么跟他比？"金妍大声说。

"可是人家席导他是白月光啊，他能找你演这部电影的女一号已经是你的幸运了，你如果对他有非分之想惹他不高兴了，没准他会把你这个女一号给撤掉的。姐，我们克制一下自己的情感，冷静想想，权衡权衡，在娱乐圈，事业比爱情更重要。"小林小声说。

"唉，也只能这么想了。"金妍沉默了好一会儿，才缓缓低语。

如果说席卓逸是金妍的白月光，那阮静梨就是席卓逸的白月光。

席卓逸开车走后并没有直接回家，而是先去了阮静梨上班的安丰生态农业科技有限公司。

他的豪车停在那家公司大门外，看着下班后的阮静梨亭亭玉立地走出来，和同事们有说有笑，跟他们挥手告别，她没有在附近的公交车站牌那等公车，因为她住的房子挺近的，徒步15分钟左右就可以到。

他开车缓缓地跟着她，却没有上去打招呼，他找不到打招呼的理由，也许就这样远远地看着她，也是一种幸福。

女神连走路的样子都那么美，美得让他心痛。风轻轻吹起她的裙摆和发丝，她的眼睛在夕阳暖红的颜色里闪烁着晨星一样的光芒，如此清新干净，所有的风景都不如她。

就像魔怔了一般，席卓逸缓缓地在后面跟着她，跟到了她住的房子门口。

阮静梨没有掏出钥匙开门，而是直接敲门，看来她家里有人。

才敲了两下，门就快速地开了，当席卓逸看到那个开门的人的脸，他原本温柔深情的表情僵硬在了脸上，开门的人居然是岳皓森。

岳皓森连衣服都没穿，身上就裹着一条浴巾，露出健壮年轻的身体，头发湿湿的，看来刚洗完澡，他开门一看到阮静梨，就高兴地把她搂进了怀里："亲爱的，你终于下班回来了，想死我了。"

"我也想你。"阮静梨深情地笑着回应他。

紧接着，岳皓森就热烈地吻住了阮静梨的嘴，舌头熟练地探进那个甜美至极的世界，阮静梨勾着他的脖子，也热烈地回吻他，岳皓森一边吻她一边将她腾空抱进了屋内，然后，啪的一声，门关了，席卓逸再也看不到门里的风景。

他铁青着一张俊脸，僵硬地坐在车内，直直地盯着被关紧的那道门，紧握着方向盘，手上青筋凸起，几乎要将方向盘捏碎。

原来阮静梨早已瞒着养父母和岳皓森同居了。当他意识到这一点，嫉妒、愤怒如蚁似蛆，一点一点啃咬着他，在他的心上啃咬出无数的血点。

"砰！"他用力地捶了一下方向盘，震得整个车子好像都摇晃了。

他觉得，他不能再这么温柔地等下去了。

2. 唱双簧

爱情本来就是一场华丽的冒险。

第二天晚上，岳皓森抱着阮静梨，阮静梨抱着梨花喵，两人一猫黏成一团正窝在沙发里边啃薯片边看电视,好不惬意。叮咚叮咚,门铃突然响了。

"呀,这会儿挺晚了,谁会来啊?我们这个房子,也就只有庾司伏和郑柠知道啊,不过他们俩前天才来过,不可能今天又过来吧?"阮静梨从岳皓森的怀里出来。

"可能是送快递的吧。我前几天在淘宝买了点东西,今天可能到了。你赶紧去开门吧。"岳皓森说。

"好。"阮静梨穿着拖鞋抱着梨花喵去开门,门一开,整个人就吓到了。

"啊,妈,怎么是你?你怎么知道我住这里的?"阮静梨边说,边本能地用力顶住门,朝里面的岳皓森使眼色,叫他赶紧躲起来。

"你别管我是怎么知道的。你干吗顶着门不让我进去?你这个死丫头,你让我进去!"宋怡用力一推,把门推开了,她冲进了房子,岳皓森要躲已经来不及了。

他只得挥手冲她笑:"嗨,阿姨,好久不见。今天看到您越发年轻了,自从您康复后气色是越来越好了,我真是太高兴了。呵呵,我只是来做客看看静梨,待会就走了。"

"你骗谁呢你,你来做客为什么穿着睡衣?"宋怡没有好脸色,冲进洗手间检查,牙膏、牙刷、漱口杯、毛巾、浴巾等都是成双成对的,再冲进卧室看,是双人床双人被,打开衣柜,里面除了阮静梨的衣服外,满是岳皓森的衣服,甚至比阮静梨的还多,她什么都明白了。

"好啊,你们俩居然背着我同居了。真是太不像话了!梨丫头你眼里还有我们父母吗?谁允许你跟他同居的?真是气死我了!"宋怡气得不得了。岳皓森,你这个流氓,你这个人渣,你小小年纪就不学好,脑子里整天就是男盗女娼的,谁答应你跟我女儿同居了?你跟我女儿交往我都是不乐意的,我跟她爸一直反对你们来往,我们当初为了阻止你们在一起都断了梨丫头的大学生活费,你们俩根本就不合适,她有更好的人来配,她值得更高的身价,只是这丫头自己犟!"宋怡一边骂岳皓森一边还用手打他。

"阿姨,您消消气。"岳皓森不还手,只是躲避着。

"岳皓森,你仗着我女儿喜欢你,霸占她的身与心,对她为所欲为,还撺掇她同居,撺掇她骗我们,你就是个魔鬼。我女儿虽然比你大三岁,但是她很单纯,你根本就不尊重她,更不尊重我和她爸,你哪点都不如席卓逸,以后如果让她嫁给你还得了,那你岂不是骑到我们头上去了吗?你马上给我搬走!给我滚!"宋怡一边用手打岳皓森一边使劲推他,要把他推出门。

阮静梨连忙去阻止:"妈,你不能赶他走,这房子是皓森的!"

"那就你搬走。你马上跟我去卧室收拾衣服,马上搬走。"宋怡拉着阮静梨要去卧室,阮静梨挣开她的手。

"妈,关于我和皓森同居的事情,我很抱歉撒谎骗了你,我在这里跟你说一声对不起,我不该骗你。可是,我已经长大了,成年了,步入社会了,我有权利决定自己的人生和感情。皓森爱我,我也爱他,我们想朝夕在一起,以后我们俩也一定会结婚的。请你理解我们,好吗?"

"还是那句话,我不同意。"宋怡突然捂着脸痛哭起来,"养到这么大的女儿不孝顺啊,翅膀硬了就不听妈的了。你这个没良心的丫头,如果不是当初我收养你,你不是在孤儿院饿死就是被其他小孩打死了,哪还能读了大学、健康体面地活到现在,果真是领养的带不亲啊,当初我就不该收养你。"

"妈,您怎么了?您别哭啊。有话咱们好好说。"阮静梨难过又为难。

"我就要哭,是你惹我哭的,我要大声地哭,我要让街坊邻居们看看,我养了一个什么样的白眼狼女儿。"宋怡敞开门哭,骂街似的,一骂就不停歇，还把附近邻居都喊来了。

"你们都来看看，我女儿不听我这个当妈的话，硬要跟这个小男生同居，我想死的心都有了啊。我拉她回去，她还不肯，还跟我讲道理。还没结婚就同居，多么不知廉耻。你们评评理，她这是多没心肝啊，现在做父母的好难啊，我命苦啊。我真想一脚跳进河里去。"

阮静梨很难堪，制不住养母，只得打电话让阮中民来。

阮中民来后，遣散邻居，把门关上，家事还是关着门讲好。

宋怡又哭闹了一阵，阮中民哄住了她："老婆子你先冷静一下，我来跟女儿说说。"

阮中民毕竟是个男人，比宋怡理智些，他对阮静梨说："丫头，我不是对岳皓森多有成见，只是不管你们俩多么相爱，婚前同居对女孩子始终不好，你现在还很年轻，很多事情可能想得没那么远，爸怕你以后会后悔，到时候就来不及了。你要明白一点，做爸妈的总不会想你差，虽然你不是我们亲生的，但我们就你一个孩子。"

岳皓森连忙说："叔叔，我一定会对静梨负责的，我们可以立刻去结婚。"

"胡闹，结婚是大事，怎么可以这么冲动。你现在还不到法定结婚年龄，让我们怎么放心把女儿交给你。"阮中民严肃地说。

"阮叔叔你是嫌我年纪小吗？年龄只是个数字而已，相爱才是重点。"岳皓森说。

阮中民直摇头："小伙子，你想得太简单了。"

阮中民对阮静梨说："丫头，我建议你还是先搬出去。我有个朋友最近出国了，正好有处房子空置，离你上班的公司是远了点，但有地铁坐，方便。那套房子的条件比这套房子好，比这套更大更漂亮，不要房租，只需要一个可信任的人看房，你一个人搬过去正好帮我那朋友看着房子。"

"爸，你什么时候交了这么有钱的朋友？"阮静梨觉得有点奇怪。

"你别小看你爸，你爸我不比以前了，我现在是亿能技术有限公司技术部的高管，也算是有头有脸的人物了，经常会有各种商业社交，认识几个有钱的朋友是分分钟的事啊。"阮中民说。

"可是我不想搬，我在这里住的挺好的，已经住习惯了。爸，妈，你们别劝我了。"阮静梨边说边紧紧地拉住了岳皓森的手，这阵势，两人是要统一战线来对抗父母了。

"死丫头，臭丫头，你真是个不孝女，榆木疙瘩，怎么跟你说你都不听，你能不能让我们俩省省心？我真的要被你气死了，我头痛死了，我……"宋怡边哭边骂，还没骂完就突然摸着额头晕倒在了地上。

"老婆，老婆你怎么了？老婆你醒醒。"阮中民赶紧跪地抱起宋怡，不停摇晃她。"这下好了，你妈被你给气晕了。她大病初愈你就这么气她，你是有多狠心呀？"阮中民难过地瞪着阮静梨。

"对不起，对不起，都是我不好。"阮静梨慌了，哭了，罪恶感很重。

"我们赶紧把妈送去医院吧。"阮静梨哭着要和岳皓森一起把晕了的宋怡送医院，阮中民推开他们："走开！我自己会送！既然说什么你们都不听了，又何必管一个老太婆的死活，就算她被你们气死了也是她命苦。"

阮中民说完，抱着哭晕的宋怡上车，开车走了。

临走前，他留下一句狠话："如果你还跟岳皓森同居，不搬去我给你找的那套房子，就别认我们这对父母了！"

3. 为 邻

爱情需要的巧合，比你想象中的还多。

坐在客厅里，阮静梨很难过，她沉默了很久，跟岳皓森商量道："我还是搬出去吧。"

"好，我理解你。如果足够相爱，我们不同居也没关系。我也反省了下自己，我现在确实还不够成熟，无论是在事业上还是性格上。我所拥有的都是我父亲给我的，包括这套房子，这肯定也是你爸妈不放心把你交给我的原因之一，我向你保证，今后我会努力打拼自己的事业，等我成功了，我一定会骑着高头大马来迎娶你，给你一个全世界最好的婚礼。"岳皓森非常真诚地说。

"嗯，我相信你。"阮静梨投入岳皓森的怀抱，两人紧紧相拥。

外面的马路上，阮中民抱宋怡上车后，车子开了一段路，宋怡就突然醒过来了，连忙问他："老头子，有没有骗到梨丫头他们？"

"嘿嘿，应该是成功了，看接下来的结果如何吧。我想，应该会不出我们所料。"阮中民边开车，边得意地笑着说。

"哈哈，那就好。刚刚我的演技怎么样？尤其是晕的那一下，扑通一声就倒地上了，摔疼了我也没露出破绽。是不是觉得奥斯卡差我一座小金人呀？"宋怡笑着说。

"你就吹吧你。你那演技也就60分。那两个孩子是比较傻的那种，才好糊弄。如果换个精明一点的孩子，你以为你能骗得住？"阮中民说。

"精明一点的，卓逸吗？是卓逸的话我就不用骗了，他对我们两个这么好，多贴心，我都快要把他当成我的半个儿子了。再说了，卓逸那不叫精明，叫聪明。"宋怡笑着说。

确实不出阮中民、宋怡的所料，阮静梨妥协了，带着梨花喵，一个人搬去了所谓阮中民出国的朋友空置的房子。

这套新房子豪华无比，比岳皓森的房产还豪华很多，但这些她都不在乎，她怀念她和岳皓森的那个小窝，那不是一个简单的小窝，是个温暖的家。

她在这个新小区里经常会遇到席卓逸。晨跑时会遇到他，上班出小区会遇到他，下班回小区会遇到他，在小区超市购物会遇到他，晚上在小区散步也会遇到他。席卓逸跟她打招呼，她才知道他跟她同住一个小区。

有时候，席卓逸看到阮静梨上班走路去地铁站，他会摇下车窗问她："静梨，早上好。上车吧，我顺路载你一程，你就不用挤地铁了。"

"不用了，谢谢。坐地铁挺好的，我很习惯，我反而不太习惯坐小车。"她礼貌一笑，客气地拒绝。

她总是拒绝他的接近，与他保持着很远的距离。

4. 阴谋开始

一个阴谋家具有的最大特点：潜伏，隐忍。

自从岳皓森参加工作以后，就很少回他父亲那个岳家庄园别墅住了，不过应他父亲的要求，他每周至少会回去吃一次饭。

虽然阮静梨搬离了他们曾同居的那个小窝，岳皓森还是一个人继续住在那里，那里有阮静梨的味道。

周五的晚上，岳皓森答应父亲要回来吃晚饭，岳天胤便早早地结束公司的工作回家了，一个劲地吩咐厨房的厨师："多做点少爷爱吃的红烧大闸蟹，做两大盆，还有油焖大虾和鲍鱼粥，都要挑最新鲜的，务必清洗干净。"

"知道了，老爷。"厨师回答。

他自己还不放心地亲自去厨房盯了几次。

"天胤，我有事跟你说，我们去客厅谈吧。"一副贵太太打扮的凤紫鸢将岳天胤从厨房里挽出来，往客厅走去。

坐到客厅的沙发上，凤紫鸢握着岳天胤的手说："天胤，我们结婚七年了我都怀不上孩子，试了那么多次都失败了。可是我一直很想要一个属于我和你的孩子。要不然，我们明天一起去医院做试管婴儿吧。"

"紫鸢，算了吧，做试管婴儿多受罪，而且就算做了也不一定能成功。你生不出孩子没关系，我们有阿森啊，我们有阿森就够了，你就把阿森当成你亲生的儿子来看待就好了。"岳天胤说。

"这不一样，阿森不是你和我共同生出的孩子，他是你前妻生的。而且，阿森一直不待见我，不喜欢我，你忘了当年他在婚礼上反对你娶我吗？如果不是那个姓阮的陪读女孩出来救场，我们俩非但成不了婚，我还有可能被他误杀了。就算我想把他当亲生儿子看，他也不会把我当母亲看。这七年来，我对他如何好你是看在眼里的，可他对我一直很冷淡，连叫我阿姨的次数都屈指可数，更别指望他以后会叫我妈了。"凤紫鸢难过地说。

"紫鸢，阿森其实是个心地善良的好孩子，只是他太爱他死去的亲妈了，他性子很固执，他还是个不懂事的孩子，你别跟他计较，时间一长，他以后肯定会对你慢慢亲近起来的。"岳天胤拍着她的手安慰她。

"老爷，烧香的时刻到了。"这时候，一个用人过来提醒岳天胤。

"行，知道了。"岳天胤松开凤紫鸢的手，起身，跟着托举着香炉的用人穿过长廊，去了相邻的一栋楼里大太太的房间，也就是岳皓森生母的房间。

这间房平时都是锁着的，里面有大太太生前的所有物件，还有大太太的遗像，遗像前有香炉，香炉里插着香，每周末岳天胤去烧香的时候会打开门，岳皓森想来看生母时也会打开门。

凤紫鸢从来不去这间房，她对这间房和这间房的女主人心存恐惧和嫉妒。

看着岳天胤前去烧香的背影，凤紫鸢心里更是生出一丝悲凉，岳天胤每周都会固定地往那栋楼走一次，她心里明白，性子固执的又何尝只是岳皓森，岳天胤其实也是一样的，他固执地对亡妻念念不忘。

傍晚六点半的时候，岳皓森回来了，岳天胤连忙欢喜地迎上去："儿子，你终于回来了。今天怎么这么晚啊？"

"堵车啊，老爸。我今天要上班，本来五点半能下班的，领导开了个会，拖了二十分钟，加上现在正是下班高峰期，我能这个点回来就已经不错啦。"岳皓森给了岳天胤一个热烈的拥抱，然后脱了外套，洗了手，坐上饭桌。

饭桌的菜品有几十道，全是他最爱吃的大菜，红烧大闸蟹弄了两大盆，脸盆那么大的瓷盆子摆在他面前，完全是太子爷的待遇。

岳天胤和凤紫鸢也坐上饭桌。

凤紫鸢讨好地亲手盛了一碗汤放到岳皓森面前："阿森，上班一定很辛苦吧，这是人参鸡汤，很补身体的，你多喝一点。"

岳皓森把那碗汤推回到凤紫鸢面前："我不爱喝这个，感觉是女人喝的汤，你自己喝吧。"

凤紫鸢温柔地笑着说："那阿森你喜欢喝什么汤？今天炖了好几种汤，里面肯定有你喜欢喝的，我给你盛。"

"不用了，你吃你的饭吧，不用管我。"岳皓森很直接地冷漠拒绝。

凤紫鸢相当尴尬。

"老爸，我跟你说，最近我们游戏公司在做一款新的游戏，可好玩了。"岳皓森边吃大闸蟹边笑着跟岳天胤说。

"哦，什么游戏？你跟我说说。"岳天胤一边帮儿子夹菜一边慈爱地看着他问。

"这款游戏是……"岳皓森眉飞色舞地讲起来，父子俩相谈甚欢，而凤紫鸢连一句话都插不上，她食之无味，感觉在饭桌上受到了冷遇。

饭毕，时间还早，岳皓森不急着走，和岳天胤兴趣盎然地下棋，父子间的相处很是温馨。

凤紫鸢亲手做了新鲜漂亮的水果拼盘和茶水给他们端过去。

之后，她一个人无聊地坐在客厅里看电视，时不时看一眼那对父子，他们根本就没注意到她，好像当她不存在一样。

下棋没多久，岳天胤就接到了一个重要的工作电话。

接完电话后，他跟凤紫鸢说："紫鸢，你现在出去帮我应酬一个大客户吧，是江氏集团的老板，他想跟我谈一个八千万的合作项目，我说我在陪儿子没时间，希望他下次另外约个时间，他就点名让你代替我去，我看你现在反正没什么事，我就答应他了。你应酬方面是最厉害的，你代替我去吧，你肯定没问题。"

"江氏集团的老板？我知道，之前在生意场上见过一面。他们公司是很有钱，业务做得很大很广，可是我对那个江老板印象不太好，他对我言语轻佻，上次就意图摸我的手，我不想去。"凤紫鸢说。

"听话，去啦，你这么聪明，当年是B市著名的商场女强人，只有男人被你耍的，哪有你被男人耍的时候，你还怕他会占到你的便宜吗？任何一个圈子都不是吃素的，尤其是有钱人的圈子，八千万的项目，你陪他喝喝酒，唱唱歌，都是正常的，关键是合同能签到手就可以。你在生意场上这么多年了，这些难道还要我教你吗？"岳天胤说。

凤紫鸾闭上眼睛，又睁开，低声道："你把他的联系方式给我吧。"

她心里纵然很不愿意，但还是听岳天胤的，去了。

她带了一个男秘书和男司机去赴约谈这个项目，在酒局上谈了几个小时，男秘书和男司机不胜酒力，先被灌倒了，她也被灌了很多酒，还被江老板摸摸搂搂地吃了不少豆腐，最后合同的条款谈得差不多了，江老板说去他家签合同，公章忘在家里了，江老板扶着半醉的她要上自己的车，凤紫鸾不愿意，江老板和他的下属就强硬地要拉她上车，凤紫鸾挣扎。

可是力量太悬殊，眼看着就要被拉上车，席卓逸正好在附近谈一个电影项目，碰巧看到了，和下属一起上去："你们干什么？放开她！"

"亿能公司的少东家，席涵尊的公子？对不住，误会一场，我们走。"江老板和他的下属认出了这是惹不起的席涵尊的公子席卓逸，便放下凤紫鸾，走了。席卓逸家在B市的财力势力更胜岳家很多，江老板有自知之明。

凤紫鸾被席卓逸救了，席卓逸和下属送他们三个回家。

凤紫鸾和席卓逸不是陌生人，以前见过几次，交换过名片，在席卓逸父母举办的商业酒会上有过几次交谈，彼此有一点了解，算是普通朋友吧。

路上，席卓逸坐在行驶的车内说："看来，岳天胤并没有多爱你嘛，本是养尊处优的堂堂岳太太，出身豪门，又嫁入豪门，却让你去应酬那种危险的人物，简直是放你羊入虎口。这个时候，他在哪里？他究竟是把你当他的妻子还是他的生意工具？"

听到这番话，凤紫鸾突然在车内捂脸痛哭。这个时候，岳天胤正在陪他的儿子下棋，哪里知道她刚刚经历的危险，他忘了，就算她再厉害，她也只是个女人而已。

"女人要对自己好一点，永远不要为了爱一个人付出你的全部，否则，如果哪天他离开了，你将一无所有。"席卓逸说。

"你说得有道理。谢谢你今天救了我。"凤紫鸢擦着自己的眼泪，"我现在算是明白了，在那个家，我的位置只能排第四，第一位是岳皓森，第二位是岳天胤自己，第三位是岳天胤病逝的那位妻子，第四位才是我。"

"所以，你现在后悔了吗？明明自己的条件那么好，为什么当初要找一个二婚的老公？婚姻本就不易，二婚更是难上加难。"席卓逸说。

"可是已经结婚七年了，我对这个家付出的太多了，想抽身都很难了，现在又有什么办法呢？"凤紫鸢说。

"有办法的，只要你有心改变你的生活，什么时候都不晚。"席卓逸意味深长地说。

"什么办法？"凤紫鸢求救般地看向坐在身旁的他。

"我可以告诉你是什么办法，不过我有条件。岳太太，不如，我们来谈笔交易吧。"席卓逸英俊非凡的脸看向跑车的后视镜，精致的嘴角微微上扬，在沉沉夜色里，露出冰冷的阴鸷的微笑。

5. 破　产

这世上最可怕的爱是什么？为了得到，去毁灭一切阻碍。

九个月后，凤紫鸢主动向岳天胤提出离婚，离婚原因是：七年时间她都无法融入他们父子俩，她身心俱疲，加上自己生不出孩子，岳天胤也不愿跟她一起努力生孩子，她对这段婚姻已经失去信心。

岳天胤是不想离婚的，虽然当初娶她有一半因素是利益，可也有一半是爱情，也许七年的时间消磨掉了很多爱情，还面临免不了俗的七年之痒，但亲情总归是有的。

岳天胤在挽回无效的情况下，选择了尊重她的意见，放手。两人和平离婚。

又过了三个月，岳天胤重金投资的新建的大型楼盘出事了。

建工局接到匿名举报，纪检监察部门查出使用劣质钢筋，有一栋还未住人已出现裂缝，楼盘被查封。

业主们纷纷要求退房赔偿，去岳家公司闹事又传出业主被岳家保安打伤的新闻，之后，媒体大肆报道这一事件，谴责岳家公司无良无品，让岳家公司的声誉大大受损，很多投资方和商业合作伙伴纷纷撤资，岳家公司股票大跌，岳家危在旦夕。

岳天胤想先尽量赔偿业主的损失，用钱把这个事压过去，却发现公司财务出现大亏空，调查之后发现，亏空的源头是凤紫鸢离婚前投资的很多项目亏损惨重，亏损的数字并不属实，实际上是巧立名目来转移公司财产的一种方式。凤紫鸢之前做了精密的假账他才没有及时发现。

岳天胤去找凤紫鸢对质："离婚的时候我把该分的财产都分给你了，我自觉并没有亏待你，你为什么要利用我对你的信任，在离婚前摆我一道，转移公司那么多的财产，你为什么那么贪心？"

凤紫鸢冷笑着说："我这不叫贪心，叫善待自己。岳天胤，我离婚前偶然在你的书房发现了你立下的遗嘱，你在遗嘱里把大部分的财产都给了岳皓森，留给我的很少。之前种种你对我的细节就已经让我失望，那个遗嘱更是让我的心凉到底。你根本就不爱我，你最爱的只有你那个儿子。我算是看透了，男人和爱情根本就不可靠，可靠的只有钱,所以我必须要对自己好一点,我没有爱人和孩子来保障我的下半生,只有钱了,钱越多越好,没有人会嫌钱多。"

"紫鸢,你怎么会变成这样?你知不知道,非法转移公司财产涉嫌职务侵占罪,是要坐牢的。"岳天胤又恨又痛。

"你可以告我呀,你告得赢吗?我钻了空子,何况,你有这个时间告吗?你现在都自身难保了。"凤紫鸢说。

凤紫鸢说对了,岳天胤还没来得及告她,就因为豆腐渣工程的事情被警方带走了。他被判了四年。

岳家公司没有被凤紫鸢吞并转移的财产很少,岳家所有房产、豪宅、豪车全部用来拍卖抵债,赔偿业主和其他一些撤资的项目,岳皓森现在住的房子、岳天胤住的老宅别墅都被法院回收拍卖,岳家公司破产,员工全部解散,岳家的用人也解散了,岳皓森变得一无所有。

席卓逸喝着红酒,看着电视里岳家公司破产的新闻,笑得又阴险又得意。他看着电视喃喃自语:"呵,我真是个伟大的天才,伟大的阴谋家,我只用短短一年的时间就搞垮了岳家。这就是我想要的结果:让岳皓森变得一无所有,然后,他跟阮静梨就离分手不远了。我当然知道阮静梨不是爱钱忘义的人,但就算她不嫌弃一无所有的岳皓森,宋怡、阮中民绝对会嫌弃,岳皓森自己也会自卑,一个从小顺风顺水的纨绔子弟怎么适应得了这种从天堂到地狱的家变,来自宋怡、阮中民的压力和岳皓森的自卑终究会打败他们的爱情。"

"我拭目以待。Cheers。"他朝着墙壁上贴的阮静梨的漂亮照片干杯,饮了那杯红酒。

Each other's World

Chapter 9

分手：爱的期限已到

这个世界上每天都有很多人分手。

分手的理由千千万，比如不爱了，厌倦了，出轨了，异地恋。

三观不同，八字不合，女方太作，男方幼稚，喜欢不对等，床上不和谐。

你们是怎么分手的？

如果可能的话，我希望自己永远都没有资格回答这个问题。

岳皓森的回答：我是你的软肋，却成不了能保护你的铠甲，所以我选择离开。

不是不爱了，恰恰是因为太爱，所以不忍拖累。

如果是这样的分手，我们期待它还有续集。

如果我失败了，就忘了我这个混蛋。

如果我能成功回来，定给你个地老天荒。

1. 我养你啊

丢了工作没关系,我养你啊。就算付出所有,我也要保护好自己爱的男人。

岳皓森变得一无所有后,阮静梨对他不离不弃。

原先岳皓森和阮静梨同居的屋子被法院拍卖抵债了,岳皓森无处可去,阮静梨让他搬到了自己住的地方,两人又一次同居了。

宋怡、阮中民知道后自然又反对,把阮静梨叫回家,开始说她:"死丫头你是不是摔坏了脑袋?岳皓森家现在这样了,破产了,他爸也坐牢了,别人见到他只会躲得远远的,你居然还护着他,还拉他进你的房子住。你知不知道,他只会给你添麻烦,只会连累你。你应该甩了他,把他赶出去。你们这样同居,以后万一怀孕了,孩子谁养?你们哪有钱结婚,哪有钱养孩子?现在卓逸那孩子还愿意等你,他不在乎你曾跟岳皓森同居过,他条件那么好,有多少女人望着他,你再这样糟践自己他不一定还能等你多久。岳皓森一直以来就是个吊儿郎当的公子哥,自身没什么能力,纯靠投胎好,现在他家破产了,你不能依靠他什么,他要来依靠你,你有没有替自己的以后想过,你这样下去以后该怎么办?"

阮静梨气不过,终于反抗了:"爸,妈,你们有没有良心?能别把话说得这么难听吗?别人好的时候你们就贴上去,别人有难了就躲得远远的?做人不可以这么势利,见死不救。这次不管你们说什么,我都不会听了！我没有糟践自己，我在跟我爱的人谈恋爱。我是不会甩了皓森的，他是我的男朋友，是我唯一爱的人，他家里出了那么大的事，他现在只有我了，我就算付出所有，也要保护好自己爱的男人！另外，我根本就不爱席卓逸，所以拜托你们以后别撮合我跟他了，我跟他是不可能的。不管席卓逸家世多好，他自己多有能力，不管他给了你们多少好处，不管他在你们的工作和经济上帮了多少忙，那都是你们跟他之间的事情，跟我一毛钱关系都没有，我不会用自己终身的幸福去还。还有，皓森也没有你们说得那么不堪，他有很多优点，只是你们看不到。"

宋怡鄙夷地笑着说："嚯，死丫头，你长大了，会顶嘴了？我告诉你，你以为你这叫深情，错，你这叫蠢！像你这种做法，只会出现在电视剧和小说里，而真实的世界是很残酷又很现实的，女孩子谈恋爱如果什么都不图，就只图一个'爱'字，万一以后那个男人不爱你了，你就一无所有了，而青春也消耗在那个男人身上再也找不回了。哼，你放肆去深情吧，我敢打赌，你们俩这段恋情肯定不会维持太久的。"

"我不相信你们说的！我跟皓森一定会天长地久的！"阮静梨捂着耳朵，跑出了养父母家。

她在街上游荡了好久，调整好了心情，才买了菜回到了自己住的花园小区5栋。

一回到家，一团雪白的东西就喵喵地叫着扑了上来，阮静梨抱住它，亲了它一下。"亲爱的梨花喵小宝贝，饿了吧？我买了你爱吃的猫粮。"阮静梨把一包猫粮撕开，放进梨花喵专用的饭碗里，让梨花喵到一边去吃。

"你的猫爸爸呢？"阮静梨又问它。

"喵喵。"梨花喵抬起头，望着书房的方向叫了两声。

阮静梨走进书房，看到岳皓森正在书房里对着电脑起劲地打游戏，窗帘关得严严实实的，屋子里一股浓重的方便面味，他穿的睡衣、坐的姿势，甚至头发的凌乱程度都跟她早上出门上班时一模一样。

她忍不住问他："皓森，你今天是不是又没去上班？"

"对啊。"岳皓森看都没看她，他俊美的眼睛始终盯在电脑屏幕上，两只修长的手在飞快地操纵着游戏键盘。

"中午就吃的方便面吗？"她问他。

"对啊。"依然是这两个字，依然是看都没看她一眼。

"你都两个多星期没去游戏公司上班了，你前天就答应过我的，要去上班，前天没去上，昨天也没去上，今天又没去上？你不能再这样下去了。"阮静梨走到他面前，看着他说。

"你能不能别逼我了，我不想去上班。"岳皓森突然推开游戏键盘，扶着额头说，"我们家破产了，我爸坐牢了，电视新闻上铺天盖地的报道，全世界的人都知道了，都在看我的笑话，你叫我哪还有心情和脸面去游戏公司上班？我现在连出门都没有勇气了。我很难过，我很痛苦，可是我无能为力，我现在没有能力将我爸救出来，我没有能力让岳家恢复以前的辉煌，我痛恨我自己，可是我什么都做不了，我只能像只鸵鸟一样整天躲在屋子里玩游戏，用游戏来麻痹自己。你能明白这种心情吗？"岳皓森说着说着，眼泪流了出来，打湿了他俊美瘦削的脸庞。

他的心在泣血，从小顺顺利利养尊处优的他，面对这人生的巨变一下缓不过来，他唯有逃避，然而即使在逃避中，那种痛苦和煎熬也如影随形地伴随着他。

"我明白，我明白。"看着流泪的爱人，阮静梨的心揪了起来，她用手帮他擦眼泪，然后一把将他搂进自己的怀里，"皓森，对不起，都是我不好，我不该逼你，我知道你家发生了那么大的事情你很难过，我也很难过。我希望你去上班是怕你那么久不去，游戏公司会对你有意见，甚至把你炒鱿鱼，你当初找到这份工作也不容易，这是一份很有前途的好工作，是你的梦想所在，我不希望你把这份工作给丢了。"阮静梨紧紧抱着他说。

"我知道，我知道静梨你是为我好，我答应你，等我再调整几天心情，我一定去上班。"岳皓森说。

"嗯，行，那你要跟公司请假啊，你之前两个多星期没去上班，有跟公司请假吗？"阮静梨将岳皓森从怀中拉出，看着他说。

"没有，我现在打电话给公司人事部请假吧，我就说最近生病了，再请四天的假就去上班。"岳皓森说着，拿出手机打电话。

电话接通后，岳皓森说："喂，你好，我是公司职员岳皓森，我最近生病了，想再请四天的假，四天后会按时去公司上班，麻烦请帮我登记一下。"

"岳皓森先生是吧？对不起，你的档案显示，近期你连续旷工14个工作日，且没有提前向公司请假告知原因，藐视公司纪律，公司根据相关规定，已经决定把你辞退了。本来是打算明天白天打电话通知你的，你现在打电话过来了，就顺便告诉你，所以你也不用再跟公司请假了，你以后都不用来上班了。"电话里传来公司人事部人员冰冷的声音，岳皓森呆了。对方说完，啪的一声挂断了电话，没有给岳皓森任何申辩的机会。

因为手机开的是外放，阮静梨也听到了。

"呵呵，真是屋漏偏逢连夜雨，我居然被公司辞退了，我的工作丢了，我这下连最后赚钱养活自己的饭碗都没了，你说我是不是真的很没用，很没用？"岳皓森笑得悲戚。

"别难过，工作没了就没了，反正你目前的情绪和状态也不太适合上班，那就索性休息一段时间吧。"阮静梨在他身边坐下来，捧着他的脸，安慰他说。

"可是我休息的话，就没了经济来源。我现在又没有存款，我爸之前留给我的那些钱都因为破产被法院和银行没收抵债了。我不工作的话哪有钱吃饭？"岳皓森忧愁地说。

"怕什么，我有工作，我养你啊。"阮静梨捧着他的脸，深情无比地说。

"你是要把我变成你包养的小白脸吗？"岳皓森拿开她的手说。

"嘻嘻，你要这么理解也可以啊，你这副盛世美颜的皮囊，有资格做小白脸的。"阮静梨捏了一下他俊美无比的脸蛋，调皮地笑着说。

"虽然我堂堂七尺男儿很不喜欢做小白脸，不过，如果包养我的富婆是美丽温柔的静梨你的话，那我可以考虑一下。"岳皓森佯装思考地笑着说。

"那就行了，小白脸，富婆我要去做晚饭了，你再玩会儿游戏吧，饭做好了之后我叫你。"阮静梨故意轻佻地勾了一下他的下巴，然后起身准备去做晚饭。

"等一下。"岳皓森突然伸手一拉，将她拉坐到了自己的大腿上。

"干吗？"阮静梨睁着美丽纯净的大眼睛，有点迷惑地看着他。

"富婆，既然现在我是你包养的小白脸了，那我可要好好地伺候你一下，否则，怎么对得起我这个称号呢。"岳皓森半开玩笑半认真地说着，坏坏一笑，深深地含住了她的嘴。与此同时，他的大手在她的小蛮腰间开始游移。

2. 来自朋友的力量

人生也有四季，严冬过后即是万物复苏的春天，暂时的失意不代表永远。

第二天下班后，庾司伏和郑柠提着几瓶好酒来到了花园小区5栋201，就是阮静梨和岳皓森现在所住的房子。

阮静梨做了美味的饭菜招待他们。

在饭桌上，岳皓森举着酒杯对庾司伏和郑柠说："自从我们家发生变故以后，所有的人都离我远远的，对我唯恐避之不及，只有你们两个经常来看我，安慰我，鼓励我，真是很够朋友，我很感动，谢谢你们。我敬你们。"

"这是应该的，我们是你永远的好朋友，无论发生什么事情，永远都不会离开你的。这句话也送给静梨。"庾司伏和郑柠跟他碰杯道。

"朋友不在于多，在于精，有你们两个就够了。"阮静梨说。

"对，我们也这样觉得。"庾司伏和郑柠说。

"兄弟，我看你最近瘦了很多，要多吃一点啊。想开一点，人生哪能一辈子一帆风顺，风浪是早晚都会有的，早一点经历未尝不是一件好事。我去监狱看过岳叔叔，叔叔还挺好的，他很乐观坚强，他让我转告你，要你挺住，等着他出狱，四年以后他就出狱了。"庾司伏看向岳皓森说。

听了这番话，岳皓森捏着鼻子红了眼："我想我爸，我真的想我爸了。在监狱里能过得有多好，他肯定每天都在吃苦。他一生光明磊落，我不相信他会做出那种昧着良心赚钱坑骗业主的事情，他一定是被人陷害的。"

"可是证据确凿，法院都判了，能有什么办法。我爸跟我说，常在河边走，哪有不湿鞋的，在商业圈，不管是你算计别人，还是你被别人算计，都是免不了的，胜者为王，败者为寇，就是那个圈子的法则。"庾司伏说。

"如果你不甘心，你就只能努力让自己变强大，这样，以后你才有机会替岳叔叔出头。"郑柠补充道。

"对，我要努力变强大。"岳皓森抹了一把眼泪，端着倒满的一杯酒一饮而尽。

"说是这么说，可是要变强大谈何容易。有时候我真的很颓丧，怀疑自己，怀疑人生，对自己越来越没信心了。"岳皓森转头看向阮静梨，"静梨，你真的不会离开我吗？我以前是有钱人家的岳少爷，就算我吊儿郎当也有花不完的钱，使唤不完的用人，有什么事情我爸都会在我前面挡着，但现在我一穷二白，我连工作都丢了，我爸这座大山也坐牢了，我成了废物，还有什么值得你爱的？"

"傻瓜，我当初喜欢你，也不是因为你家有钱啊。否则，席卓逸家更有钱，我怎么就没接受他呢？真正的爱情其实是很简单的，没有那么复杂，没有那么多利益掺杂，我爱的就是你这个人，你一无所有了我也爱你。你放心，我永远都不会离开你的。"阮静梨认真地对他说。

"静梨你太好了。"岳皓森的眼泪又要流出来了，"我真的很自责，但凡我有能力一点，能帮一下我爸的生意，我们家也不至于这么容易就破产吧？我妈病逝后我家的产业就靠我爸一个人撑着，后来我爸找了个得力助手凤紫鸢，而我却一直不待见她，她跟我爸离婚和我也有关系，如果他们没离婚，岳家也不至于成这样吧？有时候我猜，我爸坐牢是不是凤紫鸢的报复？昔日恩爱夫妻一旦反目成仇是很可怕的。"

"皓森你别多想了。"阮静梨握住他放在桌子上的手，"这场家变你一点错都没有，只是你父亲和你们岳家命里的劫难。古来富商之家家道中落的例子有很多，你们岳家不是第一个，东山再起的也有很多，三十年河东，三十年河西，人事的盛衰兴替，变化无常，岁月还很长，你不要太悲观了。"

"是的，就像这水瓶中插的梨花。"郑柠指着饭桌中央摆的一瓶新鲜梨花说，"梨花谢了，第二年春天又会开花，人生就像梨花有四季，严冬过后即是万物复苏的春天，暂时的失意不代表永远。"

"对，这也是我想说的话，郑柠你帮我都说出来了，我折了梨花插在家里的水瓶里养着，就是给皓森打气用的。"阮静梨说。

"皓森，其实你很富有，你有静梨这么好的女朋友，对你不离不弃。这一点，我们都很羡慕你呢。所以，希望你能早日走出阴霾，振作起来。来，我们三个敬皓森。"庾司伏举起酒杯。

"敬皓森，希望你能早日走出阴霾，振作起来。"四只酒杯碰在一起，碰撞中，杯中美酒微微漾了几滴出来。

"谢谢大家，我会努力的。"岳皓森一口气干了那杯酒，三人也都喝干了自己那杯。

梨花喵一直在岳皓森脚边蹭，时不时喵喵两声，眼睛直勾勾地望着他的酒杯。

岳皓森低头笑看着它："梨花喵你也想喝酒吗？那我给你喝一点吧。"说着就拿了个新杯子，倒了点酒喂它，它尝了几口，然后舔着舌头喵喵喵地叫，似乎在说好喝。然后就霸占着那个杯子，用爪子抱着杯子一直舔着喝。

后来梨花喵就开始张牙舞爪、摇摇摆摆地跳舞，还挺有节奏的，那模样太逗了。

四人看着它，乐坏了："哈哈，小猫咪喝醉了，耍酒疯啦。"

3. 岳皓森变了

打败你的往往不是生活，而是你自己。

生活并不是完美的，家变后岳皓森内心的变化，在他和阮静梨的生活中慢慢地显现了出来。

"静梨，我帮你炒菜吧，我也不能整天无所事事啊。"

"不用了，你又不会炒菜，去厨房外面等着吧。"

"就让我炒一道试试嘛，凡事都有第一次。"

"那皓森你就炒这道最简单的白菜吧。"

"好……炒炒炒……啊！锅子起火了，厨房着火了！怎么办？静梨快过来。"他炒个菜要把厨房给烧起来了。

"咳咳咳。"好不容易扑灭火之后，两人被厨房的烟呛得难受。

阮静梨无奈地说："我说了你不会炒菜，这下好了，锅子都烧坏了，幸亏灭火及时厨房还没烧坏。你先出去吧。我记得家里还有个备用的新锅，我找出来重新再炒一道蔬菜。"

"你这是在怪我吗？我知道我没用，可是我也是想帮你分担一点家务。"岳皓森皱着眉头说。

"我没有怪你。"阮静梨开始到处找新锅。

"可是你的表情那么严肃，连笑都不笑一下，你的表情出卖了你，你分明就是在怪我。没准你心里还在嘲笑我，对不对？"岳皓森拦在她面前，看着她的脸说。

"我没有。你能不能不要这么敏感？难道在你烧坏了锅、差点把厨房烧掉之后，我还要对你高兴地笑着拍掌说'烧得好，烧得妙，烧得顶呱呱'吗？"阮静梨绕开他，继续去杂物间找新锅。

"阮静梨，你就是在嫌弃我。别找锅了，还找什么新锅啊，不用炒菜了，不用吃饭了，我现在已经完全没胃口了。"岳皓森又难过又生气，大手一挥，把灶台上阮静梨之前已经炒好的那盘土豆红烧肉扫到了地上。

"砰！哗啦！"盘子碎在地上，盘子里的土豆红烧肉狼藉地撒了一地。

梨花喵吓得喵喵直叫，跑了过来。

阮静梨看了一眼地上，又看了一眼岳皓森，什么都没说，转过身，沉默地去了房间。

这还只是一件事，还有其他的。

有一次阮静梨把床上的被套拆下来清洗，发现被套不显眼的地方有一个小洞，看得出来是被烟烫的，她问岳皓森："皓森，你是不是在床上抽烟了？这个小洞是不是你烫的？"

"啊，是啊，我只在床上抽了一次，烫了个洞吗？当时我也没注意。"岳皓森凑过来，看了看被套说。

"你以前是不抽烟的，你什么时候学会抽烟了？还在床上抽。这是多不好的习惯啊。"阮静梨说。

"我没有经常抽，你放心，我抽烟没有上瘾，我就是最近觉得很闷，才偶尔抽一根的。"岳皓森说。

"你如果觉得闷就出去走一走，你关在家里已经一个多月了。以后别抽烟了，抽烟对身体不好，梨花喵吸了二手烟也不好。把你的烟拿给我，我要没收。"阮静梨说着，朝他伸出手。

"别没收了吧，静梨，我抽完这包就不抽了。"岳皓森赶紧把自己口袋里的烟掏出来，藏到身后。

"不行，我要没收。"阮静梨要去拿他的烟，岳皓森推开她，突然发脾气了："阮静梨，你很烦啊！我很闷，我不想出去走，我只想抽烟，为什么不让我抽烟？你别冠冕堂皇地说什么是为了我和梨花喵的身体好，实际上，你是觉得抽烟浪费钱对吧？一包烟就几十块钱，能花多少钱？你太小气了。我现在是没赚钱，我以后赚了钱会还你的，你把这段时间我花你的钱一笔一笔都记到账本上吧，我绝不抵赖，你以为我愿意做小白脸，我最讨厌做的就是小白脸，做了小白脸之后连抽根烟都要看你的脸色。"

"皓森，我不是觉得你抽烟浪费钱，我是真觉得抽烟对你和梨花喵的身体都不好,家里也变得乌烟瘴气的。"阮静梨尽量心平气和地跟他说。

"你别狡辩了,你就是觉得我抽烟浪费钱,你就是个小气鬼守财奴!"岳皓森气愤之余,孩子气地把阮静梨刚刚拆下来的被套扔到了地上,还踩两脚。

"行,你抽吧,我不管你了。"阮静梨不想再跟他争辩下去,把地上的被套捡起来,拍拍尘土,去了洗衣房。

月底,阮静梨统计这个月的收入和支出,发现支出远远大于收入,光岳皓森支付宝的账单就有 2 万块。

阮静梨没有怪岳皓森,只是好声好气地跟他商量:"皓森,跟你商量个事情,以后你能不能少网购一点?你看你这个月光网购就花了 2 万块,我们现在经济不宽裕,要省着点花。那些不是生活必须用的东西,就别买了。"

"我只是花了两万块而已,这只是小钱,以前我还是岳少爷的时候,我每个月的网购有几十万上百万的花费,这两万块都不够我那个时候的零头。我知道我们现在经济不宽裕,我体谅你,所以我没有花几十万上百万,我一个月下来就花了 2 万块,你还嫌多吗?"岳皓森反驳道。

"我知道 2 万块不多,可是我现在一个月的工资才 12000 元,你这样的消费远远大于我的收入,都动用了我之前的存款,不是我们现在这个情况能负担得起的。"阮静梨说。

2011 年,一线城市 B 市,在安丰生态农业科技有限公司做果树种植技术员的阮静梨,转正后 12000 元的月薪,不算太低,这样的工资如果节约一点,一年还是可以存上几万的,但如果照岳皓森那种用法,只会入不敷出。

"我不开心,现在我们过的是什么生活啊,一个月网购消费了 2 万块都嫌多,这日子太苦了,想我还是岳少爷的时候,哪里把 2 万块放在眼里呀。"岳皓森痛苦地说。

"可是你现在已经不是岳少爷了，你现在只是一个没有工作的普通人，人不能一直沉溺在过去，要面对现实，你大手大脚花钱的少爷毛病应该改改了。"阮静梨说。

"你又在嫌弃我了，是不是连你也觉得，我离开岳少爷这个身份就一无是处了？"岳皓森红了眼。

"不是。"阮静梨回答。

"我不相信。"岳皓森说。

"你不相信的话我就无话可说了。"阮静梨低着头，不再作声。

"我最怕空气突然安静。你说话啊，你为什么不说话？"岳皓森抓着她的肩膀，摇晃她。

"皓森，我希望你振作起来，你答应过我和庾司伏、郑柠要振作的。"阮静梨沉默了一会儿，低沉着声音说道。

"你是想赶我出去工作吗？我现在还不想出去工作，我讨厌外人审视的目光，我没有信心能找到新工作，没有信心能做好一份工作。"岳皓森说。

"我不是要你出去工作，我只希望你的心态能健康一点，在家里能快乐一点。"阮静梨说。

"我的心态哪里不健康了？我又没有精神病。还是你觉得，我离精神病人已经不远了？"岳皓森大声质问她。

"我上了一天的班回来，已经很累了，我不想再跟你吵了，我去洗澡。"阮静梨说着就要去浴室，岳皓森一把把她拉住，重重地压在书桌上："你别走，你倒是给我说清楚我心态哪里不健康了？有了什么问题你老是喜欢逃避，我真的很不喜欢你这种态度。"

"在逃避的人是你，岳皓森。你知道你现在变成了什么样子吗？你变得自卑、敏感、脆弱、偏执、暴躁，甚至有些不可理喻，你已经不复以前的阳光灿烂了。"阮静梨任由他压在书桌上，难过地说。

岳皓森听了这番话，突然放开她，捂着脸放声痛哭："我也不喜欢现在的自己，我也不知道我为什么会变成现在这个样子……"

阮静梨将头偏到一边，眼泪也慢慢流了出来，滴落在冰冷精致的书桌上。

两人会吵架，但是吵了没多久又会忍不住和好。岳皓森有时会撒娇式地道歉，道歉得到原谅之后，两人又会亲密地滚成一团，就像从来就没吵过架一样。

日子就这样磕磕绊绊又不舍不离地过着。

4. 伤人的真相

最残酷的不是真相所编织的谎言，而是真相本身。

岳皓森在家里关了半年之后，在阮静梨的劝导游说下，终于愿意出门了。

一个周末的黄昏，晚饭后，阮静梨陪着岳皓森出门散步，怀里还抱着毛茸茸的超可爱喵星人梨花喵。

两人就在花园小区的林荫道上散步，这个小区的环境很好，设计美观，道路干净，绿树成荫，鸟语花香，风景优美，空气清新，久未出门的岳皓森感到一丝久违的舒畅。

梨花喵也很享受地窝在阮静梨的怀里。阮静梨抱了它一阵后，有些调皮地把它塞给岳皓森："你的猫妈妈我抱累了，现在轮到你的猫爸爸抱你啦。"

"好咧，梨花喵小宝贝，猫爸爸让你待在我的肩膀上骑高高。"

岳皓森笑着，把梨花喵举高放到了自己宽阔健壮的肩膀上。

"喵喵。"梨花喵舒服地趴在他的肩膀上，满意地叫了两声。

"皓森，怎么样，这个小区还不错吧？你虽然已经在这个小区住了半年了，不过你搬来的时候在特殊时期，心情太差，我估摸着你肯定都没认真打量过这个小区，今天就以散步的名义好好打量打量吧。"阮静梨边慢慢地散着步，边对岳皓森说。

"好咧。"岳皓森回应。

两人一猫走着走着，就遇到了高大英俊的席卓逸。席卓逸脱去了笔挺的西装，一身灰色的休闲运动装很合身很显气质，更显得他帅气逼人，鹤立鸡群。

席卓逸很自然地微笑着跟阮静梨打招呼："静梨，好巧，你又在散步？"

"嗯，席先生你好。"阮静梨礼貌地微笑着回应他。

"岳先生，你好，好久不见。"席卓逸又看向一旁的岳皓森，礼貌地微笑着跟他打招呼，还伸出手意欲跟他握手。

"好久不见不如不见。"岳皓森并没有跟他握手，他对席卓逸没有什么好脸色，他搂住静梨，一脸警惕的神情看着席卓逸，"你怎么会出现在这里？这也未免太巧了一点吧？我记得你们席家别墅和你的公司都不在这附近哦。你不会是特意跟踪了我们家静梨吧？"

席卓逸优雅地放下手，微笑着转向阮静梨："静梨，你难道没有告诉你男朋友吗？我们是同住在这个小区的邻居。"

"哦，呵，我还没来得及告诉他。"阮静梨有点慌张地笑了一下，然后转向岳皓森，"皓森，我现在告诉你，席先生也住在这个花园小区，比我更早搬过来，这里有他的房产，他住在6栋，和我相邻的一栋，以前我们俩都不知道，后来在小区经常遇到，才发现这个情况。"

"什么？你们俩竟然同住一个小区？"岳皓森震惊之后是不悦。

"是的。"席卓逸故意强调,"说来很有缘,我和静梨经常会在小区里遇到,之前没有约好但就是会经常突然地遇到,还一起晨跑过。岳先生,你觉得这是不是一种心有灵犀呢?"

"什么?静梨,你还跟他一起晨跑过?你从来没跟我晨跑过!"岳皓森醋意翻腾,用俊美的眼睛瞪着阮静梨。

"那次不算吧,我一个人在晨跑,突然遇到了席先生,他也在晨跑,我们两人跑的路线是一样的,所以看起来好像是一起在晨跑,但其实没有约好,只是凑巧同路。至于没跟你晨跑过,不是我不想,是因为你每天太懒起不了床。"阮静梨急忙辩解。心里在骂席卓逸:干吗说这些让人误会的话?

"那,为什么这么久了,你从来没有告诉过我你跟他同小区的事情?"岳皓森问。

"我刚刚不是告诉你了吗?"阮静梨抿着嘴,低着头说。

"呵,刚刚?如果不是我跟席卓逸碰到,不是他提起,不是我询问,你是打算一辈子瞒着我这件事情吗?"岳皓森说。

"怎么可能会瞒你一辈子,我不可能在这里住一辈子。我之前瞒你,是怕你多想,因为你是个大醋王,你一直吃席卓逸的醋,所以多一事不如少一事,现在,果真吃醋了吧?"阮静梨说。

"我吃醋是因为我太爱你了,你瞒着我就是欺骗,就是你不对。"岳皓森说。

"好,是我不对好吧,对不起了,对不起,我保证以后再也不骗你了,我们走吧。"阮静梨一边好言好语哄着,一边挽着岳皓森的手往前走。

"再……"席卓逸抬起手想跟她招手再见,她已经转身走远,留下一个清冷纤美的背影。他的手僵硬地定在空中,心痛就这样慢慢地涌上来,渗入席卓逸的五脏六腑。

爱一个人和不爱一个人的差别,真的好大呀。

散完步回去以后，岳皓森越想越不对劲，觉得太巧合，阮中民朋友的房子怎么跟席卓逸的房子在一个小区？去物业一查，惊呆了，物业的记录显示，阮静梨住的这套房子房主是席卓逸。

他把这个事实呈于阮静梨面前，阮静梨也惊呆了，连忙摆手说："这个我也不知情。当初是我爸带我来这套房子的，说是他一个朋友的房子，我相信了。如果我知道这套房子是席卓逸的，我绝对不会住的。"

"你要我怎么相信你？你还有多少事情瞒着我？你是不是背着我跟席卓逸有交往，是不是脚踏两条船？"岳皓森用沉痛和猜疑的眼神看着她。

"你别胡说，我绝对没有。你不相信的话我可以找我爸过来对质，我现在就联系我爸。"阮静梨说着拨通了阮中民的电话。

"喂，爸，我现在有很重要的事情跟你说，你现在方便来一趟我这里吗？"阮静梨在电话里说。

"可以，我马上就过来。"阮中民随后就开车过来了，一同前来的还有宋怡。

"爸，我现在住的这套房子是不是席卓逸的？你不用瞒我了，我都已经从物业那里看到了房主的名字。你为什么要骗我说是出国的朋友的房子？你说清楚，你别让皓森误会我。"阮静梨焦急地对阮中民说。

"我没有瞒你没有骗你啊，我自始至终都没骗过你，我一开始跟你说的就是这房子是卓逸的，卓逸想让你免费住进来，也想追求你，你同意住了，也同意了会考虑卓逸的追求。事情就是这么简单。"阮中民眼也不眨地说。

阮静梨睁大了眼睛，一脸恐慌，不可置信："爸，你当初不是这么说的，你当初明明跟我说是出国的朋友的房子，你现在怎么又是另一番说辞？"

"我从来没有那么说过，女儿，你可别诬蔑你爸。"阮中民说，"现在既然在岳皓森面前东窗事发了，你就别找借口了，你就承认吧，你就承认你脚踏了两条船，这也没什么错，你们又没结婚，婚前多一些选择是没有错的，免得婚后后悔。"

"现在是你在诬蔑我吧，爸，你在皓森面前睁眼说瞎话。我根本就没有脚踏两条船。爸你怎么可以这么说？"阮静梨着急地转向岳皓森，"皓森，你要相信我。我爸说的这些都不是真的。"

岳皓森现在的脑子很乱，这么多的信息他需要好好消化，他还没来得及说什么，宋怡就抢先开口了："梨丫头，你没必要祈求他相信你，他相不相信你根本就不重要。"紧接着，她转头看着岳皓森，一脸严肃地说："岳皓森，别怪阿姨接下来的话难听，阿姨就是想跟你说一些事实，即便残酷，但忠言逆耳，你以后就会明白，这是对你好的，也是对静梨好的。阿姨想跟你说的是，你们家现在破产了，你父亲坐牢了，你也没有工作，你目前的情况说多惨就有多惨，我虽然很同情你，但你要明白，你连你自己都养不活，你凭什么给我女儿幸福？现在是我女儿在养你，你吃她的，住她的，用她的，你以为她这是爱你所以她愿意付出，大错特错，她其实是在可怜你，因为她善良，就像可怜那只小猫咪一样，她可怜你。"

"妈，别说了！"阮静梨大声喝住她。

"不，我还要说，我还没说完。"宋怡不罢休，声音的分贝更大了，"岳皓森，说得好听点，你现在是我女儿的男朋友，说得难听点，你现在就是我女儿养的一条流浪狗，如果没有我女儿，你只能睡大街。可是你是个男人，你不可能永远这样下去。但凡你有点自知之明，但凡你还有点骨气，你就应该马上离开我女儿，去努力奋斗，去自力更生。否则，不但我看不起你，她爸看不起你，全天下的人都会看不起你。"

"妈，不带你这么伤我男朋友的，谁没有个落难的时候，你这些话让我听了都很生气，你先出去好吗？"阮静梨要拉宋怡出门，这时，沉默了很久的岳皓森终于发声了："该出去的人是我。"

他说着，握住门把打开门，咬紧牙关，红着眼，风一般冲了出去。

"不！皓森！皓森你别走！皓森你回来！"阮静梨尖叫着，意欲去追，却被宋怡和阮中民死死地拉住了。

"让他走，你追什么追？他走了正好！"

"不，他不能走，我爱他，我不能让他走！他没有错，是你们在伤害他，凭什么让他走？你不说那些话他不会走的。他不应该走。"阮静梨嘶吼着，眼泪狂涌了出来，挣脱养父母的钳制要去追，宋怡把她推到沙发上，狠狠地甩了她一巴掌："你清醒一点，别这么贱好不好？这样死死巴着一个男人，生怕他跑掉，是怕嫁不出去吗？你听妈的没错，让他走。如果他爱你，他成功了之后会回来找你；如果他不爱你，他就不会回来找你了，你也可以死了这份心了。"

阮静梨趴在沙发上，哭得很大声。

5. 我们分手吧

那些花儿，盛开了，散落了。

阮静梨知道岳皓森是冲动的孩子脾气，以前两人吵架了他也会跑出去，但没过多久就会自己跑回来，然后两人就和好如初了。

她以为这一次，他在外面消了气，冷静了又会跑回来，但她在家里抱着梨花喵等了一个晚上，等到天都亮了，岳皓森也没回来。

她打他的手机，关机。她想，要不是手机没电就是他还在睡觉，也许这次生气时间长一点，但他一定会回来。

她做了早饭和中饭，给岳皓森留了，写了便利贴："皓森，早饭和中饭都在锅里热着，你回来了记得吃，你回来之后就别出去了，晚饭等我回来做，昨天的事等我下班了再跟你好好解释。"

下班之后阮静梨迫不及待地回了家。

一看，锅里的早饭和中饭都没动，她留的便利贴也没动，可是她知道，他回来过，因为他把自己所有的衣服和东西都带走了。

他还把这套房子的钥匙留在了桌子上，压在一张便笺上，便笺上是熟悉的潇洒笔迹："静梨，我想了整整一夜，我已经想得很清楚了。你妈说得没错，我现在什么都给不了你。我配不上你。我是你的软肋，却成不了能保护你的铠甲，所以我选择离开。我们分手吧。珍重。"

阮静梨呆呆地看着那张便笺，豆大的泪珠唰地就滚了出来，滴落在便笺上，模糊了上面的字。

分手？分手？以前就算是两人吵吵闹闹磕磕绊绊，但不管怎么样谁都没有提过分手，他们都知道那两个字是禁语，不能随便说，就算是闹脾气时也不敢说，因为怕一语成谶。他们曾经如此相爱。可是他现在说了，这是他第一次提，她知道他是认真的。

她一把揪住胸口位置的衣服，钻心般的疼痛感袭来，她忍不住全身颤抖，然后跌坐在了地上。

窗外，梨花开得正盛，这个时候正好又是一年春天，梨花开得那么白，那么香，那么美，却那么冰凉。

6. 弄丢了自己的爱人

有时候总觉得，人的成长，是一个失去幸福的过程，而非相反。

阮静梨不想分手，她不能没有岳皓森。

她过去十年的人生里只有他这一个男人。他早已经像她身体里的骨血一样与她融为一体，如果丢弃掉骨血，她会死的。

就算岳皓森现在一无所有，就算他一辈子不工作，就算他帮不上她任何忙，只会给她帮倒忙，但只要他好好地活着，健康快乐地活着，好好待在她身边，她每天早上睁眼能看到他，她就满足了。

一直以来，她以为在这场爱情里，岳皓森爱她爱得更多。因为岳皓森更依恋她，什么都要她照顾，如果她不在，他连自己的袜子都找不到，她又做女朋友又做妈妈又做姐姐。她觉得很安全，一个男人这么需要你，离开你他活不了，所以她觉得很安全。

但事实上，她发现自己爱得也一点都不比他少。离开他，她一样也活不了，她以另外一种形式依赖着他。只有他在身边，她才能证明自己的价值，觉得自己如此强烈地被人需要着。

阮静梨发了疯一样地出去找岳皓森。

她去找岳皓森的两个好友庚司伏和郑柠，他们都说岳皓森没找过他们。两人帮她一起找，能找的地方都找过了，没有找到岳皓森，岳皓森的所有联系方式全都联系不上了。

阮静梨去B城郊区的梨花林找了他几次，那是他们相遇的地方，是岳皓森跟她告白的地方,也是他们初次拥抱的地方,那里有那么多美好的回忆,现在正是梨花盛开的季节,那么美的梨花那么美的景色,却怎么看都是悲伤。

阮静梨知道岳皓森肯定躲起来了,他不想见她。

阮静梨足足找了他3个月。

这3个月里,梨花喵寄养在郑柠那里,因为她没有精力照顾它。

3个月之后,她终于放弃。

她曾经说过她不会弄丢他,但终于,终于她还是把他给弄丢了。

Chapter 10

套路：步步为营掠美记

现代人的爱情，套路越来越多，走着走着就会掉坑里。

俗语有云：我走过最长的路就是你的套路。

善良的套路是调皮的深情，邪恶的套路是疯狂的情谋。

席卓逸用的是情谋，不谋天下只谋她。

他爱她，爱得万劫不复，但他爱的方式是错的。

真正的爱情是两人相互迷恋产生的，发自内心深处，基于荷尔蒙又不止于荷尔蒙。

好的爱情没有所谓的尔虞我诈、步步为营、奇淫巧技，有的只是两个人的依偎前行。

爱情本身，就是忘记自己，拥抱彼此。

用情谋所得的爱情，就像戴着面具接吻。

终有一天，他会发现他的可悲。

1. 强　吻

想爱你，爱到心都痛了，即使你恨我，我也想留下回忆。

　　因为这 3 个月都在忙着找岳皓森，阮静梨没有时间和心情搬家，还是住在席卓逸的那套花园小区 5 栋 201 的房子里。
　　她第一个星期请了假找，后面没法请假了，就一边工作一边找。
　　现在，她已经放弃寻找了，认为岳皓森铁了心要分手，心灰意冷了，于是打算搬家离开，她在公司附近找好了一处面积不大、简朴清静的租屋，这次肯定不是阮中民介绍的房子了。
　　她搬家的那天是周末，正一个人在 201 收拾东西，突然听到笃笃笃的敲门声。
　　"啊，是不是皓森终于想通回来了？"这是阮静梨的第一反应。她赶紧欣喜地去开门，笑容却在看到门外人的那一刻僵在了脸上："席先生？怎么是你？"眼神里有着掩盖不住的失望。
　　"就不能是我吗？"席卓逸看着她说。
　　阮静梨转移话题："你是来收回你的房子的吗？我已经知道 201 是你的，我爸妈肯定早就告诉你了吧，你今天过来是知道我要搬家吗？"
　　"房子的事情我知道，但你要搬家的事情我还真不知道。"席卓逸惊讶之余是不舍，"我只是听说你跟岳先生分手了，所以来看看你。没想到正好碰到你在搬家。"
　　"你怎么知道我跟皓森分手了？"阮静梨问。

"你爸妈跟我说的，说岳先生3个月前就搬走了，消失了，你们有3个月都没联系了。"席卓逸说。

"这不关你的事。你如果没有什么事的话，请你走吧，我正在收拾东西要搬家，没有工夫招待你。等我搬了家，我会把201的钥匙给我爸，让他转交你，当初是他带我搬进来的，搬走的时候还是继续让他在中间交接吧。"两个人一直站在门口讲话，阮静梨并没有请席卓逸进来坐的意思。

"静梨，就这么着急赶我走吗？你搬家之后我们俩应该就很难见面了，今天是你在201的最后一天了，好歹曾经朋友一场，你就不能请我进屋喝杯茶吗？"席卓逸略带感伤又言辞诚恳地说。

"那，好吧，请进来吧。"阮静梨被他那番话说得有点心软了，想了想，放他进来了，她毕竟是个善良的姑娘。

席卓逸进来时，随手关了门。

阮静梨请他在客厅沙发上坐着，给他泡了杯好喝的绿茶，然后自己去整理东西，客厅里堆满了大大小小的储物箱，因为主人在收拾东西，看着很是凌乱。

"喵喵。"席卓逸突然听到猫叫，顺着声音望去，看到梨花喵趴在地毯上在望着他，他起身走过去想摸摸它，它似乎有些反感，喵喵两声一溜烟跑了，没让席卓逸摸到，跑到外面的阳台上，从阳台跳到隔壁的202去玩了。

202有只很漂亮的雌性猫，跟梨花喵一般年纪，它经常跳过去找它玩。现在，它们俩又玩到一起去了。

"你养的猫真可爱，毛茸茸、胖乎乎的，尤其是眼睛一只蓝色一只黄色很漂亮很特别，不过它好像有些怕生。"席卓逸说。

"它其实不怕生，要看来的客人它喜不喜欢。它也许不怎么喜欢你吧。"阮静梨边把东西放到储物箱里边说。

"也是，我是不怎么讨人喜欢。"席卓逸低头一笑，"静梨，要我帮你收拾东西吗？这么多东西你一个人收拾太辛苦了。"席卓逸走过去。

"不用了，谢谢，我的东西我最熟悉，我自己收拾才顺手。你赶紧坐沙发上去喝茶吧，待会儿茶都凉了。"阮静梨把席卓逸劝坐到沙发上。

席卓逸喝了一口茶，看着她整理东西忙碌的身影，突然说："你，能不能不搬？这房子空着也是空着，就算请你帮忙住在这里看房子好了。你可以在这里一直免费住下去，没有人会要你搬家。"

"不行，我一定要搬。如果当初不是我父亲骗我说这是他出国的朋友的房子，我根本就不会搬进来。"阮静梨加快了收拾东西的速度。

席卓逸起身走到她面前："这房子房主是谁有那么重要吗？是我的房子你就那么嫌弃？你到底是对这套房子不满意还是对我这个人不满意？"

"席先生，现在讨论这些还有意义吗？反正我都要搬家了。"阮静梨冷冷地看了他一眼，低下头，继续专心收拾东西。

席卓逸看着她说："静梨，我今天倒是想问问你，你的心是用什么东西做的？为什么一个人一心一意对你好你却总是要拒绝？我追了你七年你为什么还可以做到无动于衷？"

"每个人都有一颗心，我的心跟其他人没有什么不同，席先生，是你对我抱有一些不切实际的幻想，所以才会失望，如果你把这些幻想剔除，你会发现，我对你其实挺好的。"阮静梨说。

"静梨，别说得这么冷血。你现在已经跟岳皓森分手了，就不能给我一次机会吗？"席卓逸又痛苦又深情又渴望地看着她。

阮静梨停下手中的活儿，抬头看着他，很坚决地拒绝他："不能！我这辈子只爱岳皓森一个！就算我们现在分手了，但我依然很爱他！"

席卓逸又痛苦又嫉妒，这七年他从未对她失礼过，连她的手他都没有碰过，现在，他第一次抓住她的手问她："我到底哪一点不如岳皓森，你能不能告诉我？"

阮静梨皱起了眉头，连忙挣脱自己的手，除了岳皓森，她讨厌任何男人碰她。

她回答他："你很好，但我先遇见的是岳皓森。感情的事情很难讲，也没法做比较。"

"呵，那我只是输在了出场顺序吗？我真的不服。"席卓逸苦笑。他停顿了一下，深切地看着她，继续说："静梨，你要不要跟我试着交往一下？你跟我试着交往一下之后你就会知道，我其实比岳皓森更好。"

"不要！"阮静梨想也不想地大声拒绝他，"再这样纠缠下去就没意思了。席先生，你现在茶也喝完了，该说的话也说完了，请你离开吧，我真的没有时间再招待你了。"

阮静梨下逐客令了，她要去开门请他出去，但是席卓逸眼神一暗，突然拉住她，将她霸道地按压到了墙壁上。他一低头，吻就那样毫无预兆地下来了。他重重地吻住了她。

阮静梨震惊地睁大了漂亮的眼睛。

2. 占　有

欲望是一头野兽，出了栏就拉不住。

"唔……你放开我！"阮静梨真的没想到席卓逸一向绅士君子风度会做出强吻这种事，她本能地反抗。

"啪！"用力挣脱之后，她愤怒地打了他一巴掌。

席卓逸被打了脸，却并没有皱眉，也没有退缩，只是眼神更加晦暗邪恶，他直直盯着她，用力抓住她的两只手，把它们举过她的头顶按在墙壁上，整个人欺身上去，再次强吻她。

"不……不要……"阮静梨的眼泪流了出来，拼命挣扎。可是收效甚微，她只是一个弱女子，怎么抗得过席卓逸一个大男人。

压抑了七年的席卓逸，吻到阮静梨后就无法停止。

白色的窗帘被风吹起，日光趁机在窗前散落下一片斑驳的光点。暧昧的味道混合着风。粉红色的床单凌乱中混合着体温和泪水。

席卓逸把这七年所有的渴望、愤怒、嫉妒、怨恨、不甘和爱而不得都失控地发泄了出来。

君子了七年没有用，那他就试试小人的手段，就算事后她会恨他，但起码他也得到了她的身体，起码也好过他在她心里毫无痕迹。席卓逸满足地躺在床上睡着了。

而此刻的阮静梨，内心充满了绝望，身旁躺着的人，原来是个衣冠禽兽，干了最让她痛恨的事情。她感觉自己沉浸在泥淖里，双脚踩进去，深陷。黏稠冰冷。

心脏是黑暗的深海。蜷缩，用力地蜷缩起来。

"我没脸活下去了，没脸再见皓森。"她木偶般呆念着，万念俱灰。穿好衣服，打开窗子，流着眼泪从阳台上跳了下去。

3. 失 忆

命运的扭转，有时就在一瞬间，一见一念，就改变了人生。

扑通一声，阮静梨落在楼下停的一辆轿车上，脑袋重重地砸在上面，鲜血直流，然后就一动不动了。

席卓逸不久就醒了，在床上看不到阮静梨，就到处找她，从打开的窗户望下去，发现她死尸一般躺在下面的轿车顶上，种种迹象表明她肯定是因为刚刚的事想不开跳楼了，他赶紧开车把她送去了附近的圣民医院。

医生对她进行了救治，对席卓逸说："病人已经脱离生命危险了，没有性命之忧，身上都是一些皮外伤，只是头部受了比较严重的伤，所以一直处于昏迷中，过几个小时后应该会醒来，等她醒来后看看她的情况再说。"

"太好了，谢谢医生。"席卓逸一直紧绷的神经终于松了下来。

医生问他："你之前说病人是从二楼跳下，落到了楼下停的一辆轿车上，是吧？"

"是的。"席卓逸回答。

"这是不幸中的万幸了，幸好楼层低，她运气也好，跳下去的时候正好落在轿车上，轿车起了很大的缓冲作用，要不然情况可能就没这么乐观了。"医生说。

"是的。"席卓逸点头。他心里想：这也是阮静梨没想到的吧，她一心寻死，情绪冲动之时忘了她住在二楼，楼层这么低，正常情况下是摔不死人的。

几个小时后，头上裹着厚重纱布的阮静梨在病床上悠悠醒来，一脸的迷茫和懵懂，恍恍惚惚地问："我这是在哪儿？"

一直守在病床旁的席卓逸看她醒了，高兴又愧疚，心情复杂地上前："你在医院。你终于醒了，太好了。你的头还痛吗？"在她昏迷的这几个小时内，他早已做好她醒来后会恨他的心理准备，她醒来后无论怎么对他，他都会接受的。

但没想到阮静梨看到他，表情淡淡的，有懵懂，有迷茫，有陌生，有好奇，唯独没有恨，好像他们之前什么事情都没发生过一样。

"还有一点痛。"阮静梨回应了他的话，然后摸了摸自己的头，发现头上缠着层层纱布，有点惊讶地起床去病房的洗手间照镜子，看着镜子里那张美丽又憔悴的脸，她伸手摸了摸，眼神里全是懵懂和陌生：

"我是谁？我怎么了？我为什么会受伤？"

席卓逸震惊了："你忘了自己是谁吗？你忘了自己怎么受的伤吗？那你还记得我吗，我是谁？"

"你？"阮静梨转过身看着席卓逸，仔细打量着他完美无缺的俊脸，眼神里依然是懵懂和陌生，"你很帅，但我不记得你是谁了，我认识你吗？"

席卓逸深吸一口气，呆呆地看着她，然后说："你等一下，我去叫医生。"

医生很快就过来了，仔细检查了一下阮静梨的伤势，问了她几个问题，做了几个测试，然后下结论道："病人因为头部受重创，丧失了全部的记忆，什么都不记得了。简而言之，就是得了失忆症，它是由于脑部受创而产生的病症，特点主要是意识、记忆、身份或对环境的正常整合功能遭到破坏。"

席卓逸听到这个结论，心里跳了一下，表情复杂，不知道该高兴还是该忧愁。

高兴的是，阮静梨忘了他强暴她的事，也忘了她因强暴而自杀的事，她不会恨他，他在她心里是无罪的了，她心里也不会有阴影，因为她忘了所有的伤害。忧愁的是，这七年他对她所有的努力、追求和付出，她都忘了。不管恨与爱，嫌弃还是无感，他和她之间的一切现在在她的记忆里都变成了空白。

他甚至想，哪怕她恨他恨得牙痒痒，他也希望她记得自己用身体爱过她，虽然只有一次，也足够她记得他一辈子了。可是她现在什么都不记得了，他该怎么办？

他走出病房问医生："请问她什么时候可以恢复记忆？"

"这个很难说。如果你们不断地跟病人重温她过去的事情，带她去熟悉的场地，看一些熟悉的物件，用一些恢复记忆的方法，是有助于恢复记忆的，但也不确定。但如果病人不想记起过去，失忆的事不影响她正常的生活，那一辈子不恢复也没有关系，毕竟过去的都过去了，现在和将来才是最应该把握住的。"医生回答。

席卓逸独自坐在医院走廊的长椅上，沉着脸思考了很久，最后有了决定。他优雅的嘴角勾起一抹意味深长的笑："呵，失忆也未尝不是一件好事。我的机会来了。"

随后，他打电话给阮中民："阮叔叔，告诉您一个不幸的事情，静梨因为岳皓森跟她分手太伤心了，所以跳楼自杀了，我今天去看她正好发现了，及时把她送到了医院，幸好只是脑袋受伤，丧失了记忆。您和宋阿姨快到医院来吧，在圣民医院。"

"好，我们马上就来。"阮中民在电话那边说。

两夫妻急匆匆地赶到了圣民医院，看到阮静梨这样，又痛又怒，养了这么多年的女儿，就算没有血缘关系，还是有感情的。

"你这个死丫头，真没出息，为了一个那样的窝囊废小白脸跳楼自杀！幸好卓逸及时救了你，幸好你没翘辫子，万一你死了，我们就白养你这么多年了，你对得起我们吗？"宋怡冲着阮静梨劈头就骂。

"你是谁？他又是谁？"病床上的阮静梨看看宋怡，又看看阮中民，一脸懵懂。

"死丫头，你听着：我是你妈，他是你爸。你亲生父母早亡，你小的时候我们俩把你从孤儿院领养回来。我们俩是你在这个世界上最亲的人。死丫头，辛辛苦苦养了你这么多年，居然连我们两个都不记得了，真是气死我了，气死我了！"宋怡大声说。

"阿姨，您别着急，静梨她什么都不记得了，她也不是有意想忘记你们的，她现在有伤在身，我们让她休息一下。我们先出去，我有话跟你们说。"席卓逸礼貌地请宋怡、阮中民到病房外面说话。

三个人在外面聊了很久。

回病房后，阮中民对阮静梨说："女儿啊，有些无关紧要的事情你不记得了也罢，但最重要的一些事情我们一定要告诉你。你叫阮静梨，我阮中民和宋怡是你的养父养母，我们从孤儿院领养了你。你从小到大内向寡言，也没什么朋友，除了我和你妈，你来往最多的就是今天救你的这个人——席卓逸，他是你交往了多年的初恋，也是你的未婚夫，是你一直深爱的男人。"

"初恋？未婚夫？"阮静梨看着席卓逸那张成熟英俊的脸。说什么都不记得了，也不全是，脑子里还是有些许模糊的记忆碎片，模糊的记忆影子里她好像确实有个一直深爱的男人，高高大大的，认识很久很久了，笑起来很灿烂阳光，但是记忆里看不清楚那个人的脸，好像跟眼前这个人有点像，身形和长相都像，那就是他了吧，应该是他。

"我们俩已经订婚了吗？"阮静梨懵懂地问。

"对，你和卓逸已经订婚了，你早已经答应了他的求婚，你们俩快结婚了。不信你看，卓逸的手上戴着订婚戒指呢。"阮中民拿起席卓逸的手，他修长漂亮的左手中指上赫然戴着一枚亮闪闪的钻石戒指。

"那我的呢？我的手上为什么没有订婚戒指？"阮静梨伸出自己的左手看着，白皙纤细的手指上空无一物。

"你的订婚戒指在这里。"宋怡突然拿出一个漂亮的首饰盒，朝着阮静梨打开，里面真的有一枚闪闪发光的钻石戒指，跟席卓逸手上的同款，只不过更小巧一些，是女戒。

"真是的，梨丫头，连这个你也忘了呀。你们俩订婚后，你就把戒指取下来交给我保管了，你说戒指太贵重，怕丢了，所以平常一直都没敢戴。"宋怡说。

"哦，原来是这样。"阮静梨相信了。

"现在，静梨，我帮你戴上吧。"席卓逸把那枚戒指从首饰盒里取出来，努力按压住内心的激动，温柔地托起阮静梨美丽精致的左手，小心翼翼地、无比深情地将戒指戴到了阮静梨的左手中指上，他现在的表情那么神圣庄严，又幸福紧张，仿佛此时此刻才是他和她真正的订婚仪式。

阮静梨看了看手上的戒指，又看了看席卓逸，甜美地笑了。

他们私自给阮静梨换了新的手机和手机号，不想让任何旧友联系到她，还替她辞职了。有关岳皓森的所有东西，他们都扔了。那只梨花喵席卓逸交给阮中民，让他转交给了郑柠。

宋怡、阮中民和席卓逸都觉得，在阮静梨过去的记忆里，只要有他们三个人存在就可以了。

他们三个配合医生，帮她恢复了部分的记忆，一段时间后，阮静梨的头伤治愈，她出院了。

一出院，席卓逸就跟宋怡、阮中民商量和阮静梨结婚的事了，宋怡、阮中民同意，席卓逸买了一套特别大特别豪华的别墅作为婚房，阮静梨出院后就住在那里。

席卓逸给宋怡、阮中民买了套别墅，让他们搬离了原来的小房子，给了无比丰厚的彩礼，宋怡、阮中民乐坏了。

4. 悔不当初

如果时间可以重来，倒退回那一天，我不会选择分手，我会陪在你身边努力强大。

岳皓森提出分手半年后，他其实去找过阮静梨。

岳皓森留下分手的便笺离开后，独自振作起来，在更大的游戏公司找了份游戏开发工程师的工作，收入不错，他也很努力，颇受老板欣赏，有了一点小成绩。他对未来重燃希望，后悔跟阮静梨分手了，想再回去找阮静梨求原谅求复合，联系她，手机却换号了，上门去找她，她父母的家和她原先住的地方都没人了。

他把郑柠和庾司伏约出来，约在一家茶馆里，焦急地问："你们俩能不能告诉我，静梨在哪儿？为什么我怎么都找不到她？"

郑柠和庾司伏没好气地说："你这半年消失到哪里去了？是你自己先离开的，现在又回来找她干什么？"

"我去埋头奋斗了，我现在事业小有成就，后悔了，想跟她复合。求你们了，告诉我静梨在哪儿吧，她是不是在故意躲着我？"岳皓森用恳求的目光看着他们。

郑柠和庾司伏心软了，看他这副恳求的模样也不想再责怪他什么，只是说："我们奉劝你还是别去找她了。"

"为什么？"岳皓森很是不解。

"别问了，不好回答。"郑柠冷着脸说。

"到底是为什么？她是不是发生了什么事？有什么不能说的？是兄弟就别瞒我，好的坏的我都能承受，我现在已经快急死了。"岳皓森焦虑地追问不休。

"是发生了点事情，现在她已经成了席卓逸的未婚妻，住到了席卓逸的别墅里，听说他们俩快结婚了。"庾司伏咬咬牙，还是把这个残酷的事实告诉他了。

"什么？"世界仿佛炸开了一个雷，岳皓森震惊不已，不敢相信，他手一抖，原本抓在手里的瓷茶杯跌落在地，哗啦，碎了一地。他反应过来，赶紧从椅子上起身蹲到地上去拾茶杯碎片，冷不丁被碎片划破了手指，鲜血瞬间滴下来。手指却感觉不到痛，真正痛的是心。

"你干什么？你手划破了，你不要紧吧？"庾司伏和郑柠赶紧去看他，岳皓森却面无表情，毫无反应，他还沉浸在刚刚那个突兀的消息里缓不过神来。

庾司伏去拉他："别捡了，让服务员收拾吧。待会儿茶馆服务员会过来收拾的。"

岳皓森用带血的手抓住他的衣领，痛苦地大声吼："你告诉我，静梨怎么就突然成了席卓逸的未婚妻？她曾经明确告诉过我她不喜欢席卓逸，她不喜欢席卓逸！你是不是骗我的？"

"不是突然，距离你们分手已经过去半年了。兄弟，你清醒清醒。半年的时间很多事情都可以改变的。这半年里，我们不是没有去找过她，我们没有见到她本人，他父母和席卓逸转述她的话，她不想再见我们，说想跟过去告别，不愿跟我们再有来往，因为看到我们就会想起你。只要她现在幸福，我们也不好再多去打扰她了。"庾司伏说。

"对。"郑柠补充道，"促成和见证你们爱情的那只梨花喵，静梨也不要了，她托她父亲给了我，说不想养了，因为梨花喵身上全是她和你的回忆。现在梨花喵一直养在我家里。"

"为什么？为什么事情会变成这个样子？"岳皓森重新坐到椅子上，带血的手指插入发间，漂亮的眼睛发红，眼里全是晶莹的泪。被瓷片割破的手指还在流血，有几滴带到了头发丝上，却依然是一点都不觉得痛，因为现在心的疼痛早已经盖过了其他。

"岳皓森，事情怎么会变成这个样子不应该问你自己吗？"郑柠起身看着他说。"你们俩分手的事情静梨在半年前就告诉我了，是你提的分手，你为什么要提分手，是你先放弃了静梨，你知道你提分手她多痛苦吗？她那么爱你，你搬走后，她苦苦找了你3个月。她说你误会了她，她根本没有脚踏两条船，她也从来没有嫌弃过你，就算她父母怎么反对她都不会放弃你，她要的根本不是一个多么成功多么有钱的男人，只要你能好好陪在她身边就可以。"

"她对你们俩的爱情那么坚贞，无论多难的情况下都没有放弃过你，你怎么就先放弃了呢？你怎么就没认真想过，一个你一无所有了都还对你不离不弃的女人，怎么可能会脚踏两条船？你们两人认识了十年，你还不了解阮静梨的性格吗？有些话是不能乱说的，伤人至深的往往是最心爱的人说出来的那些话，她肯定是被你伤透了心才会投入席卓逸的怀抱。"郑柠继续说。

岳皓森的眼泪大滴大滴地往下掉，心如刀绞，抽痛无比，他狠狠地扇了自己两个耳光："是我不好，是我对不起静梨，我恨我自己。我很后悔，我真的很后悔。半年前那天是我太冲动了，无论那误会多逼真，我都应该选择相信她；无论她父母多反对，既然静梨都能坚持，我就不应该退缩；无论多自卑，既然静梨都没放弃我，我就不应该放弃自己，不应该放弃希望，不应该放弃我们的爱情。是我不好，是我辜负了那么好的女人。"

岳皓森哭得不能自已，星芒般的泪水滴落在他苍白的嘴唇上，一张俊美的脸瘦削而憔悴，他一下成了全世界最悲伤的人。

郑柠和庾司伏看着这样的他，也忍不住红了眼，不好再说什么。

5. 不如不见

在那一刻，我仿佛看见整个世界崩溃在我的面前。

郑柠和庾司伏把阮静梨现在住的别墅地址给了岳皓森，岳皓森便偷偷去看了她。

他发现她现在好像活得很好，面色红润，眼神安详，在自家花园的藤椅上安静地看书。她还是那么美丽，如瀑的黑发，如玉的肌肤，长刷似的眼睫毛，干净的气质，玲珑的身姿，如梨花仙子落入凡尘，岳皓森只消看一眼，便呆呆地挪不开眼睛。

席卓逸走过来，帮她轻拂掉肩头落下的一片叶子，她温柔小女人模样靠在他怀里，他抱住她，宠溺地吻了一下她的额头，时光流转，云水千年，两人看来如此恩爱般配。

岳皓森的心里如千万根针扎着，细密绵长地疼。

"谁？"这时，席卓逸敏锐地发现了偷看的岳皓森，岳皓森欲躲，席卓逸已经快步来到了他面前，拦住他的去路，"原来是你。"

"我只是偶然路过这里，没想到这是你的别墅。我要走了，再见。"岳皓森打算绕过他离开，席卓逸带着嘲讽地笑："你果真胆小，偷看我的未婚妻却不敢承认。"

"谁胆小了？我就是走上前去光明正大地看她又如何？我又没犯法！"岳皓森一股气上来，三步并作两步地走到了阮静梨面前，阮静梨却被他吓得后退一步。

岳皓森又走近一步，看着她，这次阮静梨没有再后退了，隔得这么近，他能闻到她身上熟悉的梨花香，思念和痛苦更加深重，他红了眼，痴痴地看着她，张开口想喊她，却一时间竟然激动地发不出声音来。

　　阮静梨看着岳皓森，她美丽的眼睛里毫无感情，只有陌生，还有懵懂，她扭头看向席卓逸："这位先生是谁？我不认识他。我困了，我们进屋吧。"然后她就亲密地牵住席卓逸的手进屋了。

　　岳皓森呆站在原地，看着他们俩消失在屋内的恩爱背影，如同被千年寒冰冻住全身，心里有个东西，哗啦一下碎了。

　　他被击溃了，被阮静梨刚刚陌生冰冷的眼神和话语击溃了。他以为她是故意装作不认识他，因为她恨他，恨他曾经出言怀疑她，恨他提出分手抛弃了她，恨他消失了那么久让她找不到他。

　　他怎么会知道，阮静梨是真的失忆忘了他。

　　他就去找了她这一次，自此以后再也没有去找过她。不是不想，而是没了勇气。他本来家变后就很自卑，面对她这样的态度，怎么可能还有勇气再去找她第二次。

　　他收养了梨花喵，原本养在郑柠那里的梨花喵，他抱了回来自己养，它本来就是他的猫，他是它的男主人，现在女主人不要它了，他怎么舍得再不要它。他会独自一人一直养着它。他在，猫在；他亡，猫亡。

　　"梨花喵呀，自此以后，我们爷俩儿相依为命吧。"他抱着猫，站在西下的夕阳里吹风，背影俊美修长，在冰冷的地面投下萧瑟的光影。

Chapter 11

改变：世界很大，勇敢向前

这世上唯一不变的就是改变本身。

不论好与坏，所有人都在改变。

岳皓森开游戏公司事业红火，这是改变。

席卓逸被寂寞侵袭开始找小三，这是改变。

结婚生子后的阮静梨慢慢恢复记忆，这是改变。

永远不要害怕改变，人生什么时候改变都不会晚。

改变就有契机，它会让你成熟，更了解自己的能力极限。

但希望你不要往错的方向去改变。

活着，即是一种修行。

变与不变之间都要记得，勿忘初心，方得始终。

1. 结婚生子，物是人非

风住尘香花已尽，日晚倦梳头。物是人非事事休，欲语泪先流。

2012年年底，席卓逸和阮静梨结婚了，岳皓森更没了去找她的理由。

阮静梨婚后在丈夫的带引下进入娱乐圈，当了演员，她的经纪约签的是丈夫的公司，只拍丈夫导的电影。她曾经当果农的梦想早随着失忆而忘记。

席卓逸大力捧她，他导演的电影都是她做女主角，她美丽不俗的外表、清纯淡雅的气质和自然不做作的演技也很有观众缘，渐渐声名鹊起。

第二年，阮静梨生下可爱聪明的儿子席帅帅，席卓逸更爱她了。孩子有保姆和公公婆婆带，她月子后就复出，两人经常在电视采访、娱乐节目里秀恩爱，被娱乐圈称为模范夫妻。

凭借席卓逸强大的资源和力捧，加上阮静梨自身的天赋和努力，经过三年的时间，阮静梨就跻身影视圈一线，经常和丈夫走红毯，出席各种晚会，名利双收，风光无限。之后的两年，她在娱乐圈更是顺风顺水，爬得越来越高。

托女儿、女婿的福，宋怡、阮中民过得很好，翻身进入上流社会，现在走路都趾高气扬的，宋怡、阮中民做梦都会笑出声来，他们觉得当初在孤儿院领养这个孩子算是押对宝了。

而岳皓森，自2012年和阮静梨分手后，就把对她的爱埋在心底，成长成熟，努力打拼事业。

他在游戏公司学到了很多东西，便辞职创业，自己开了一家游戏公司，他本来就擅长游戏这一块，在好友庾司伏和郑柠的帮助下，他的游戏公司开得风生水起，很快就赚了很多钱，他又变成了有钱人。

他想阮静梨的时候，就看看梨花喵，梨花喵是她留给他的唯一念想了。

2016年，岳皓森的游戏公司已经有了很大的规模，上市了，估值十几个亿，他成为商界的黑马新贵，虽然还远远比不上席卓逸的身价，比不上席家的资产，但已经很不错了。

岳天胤坐了几年牢，刑满释放出狱了，岳皓森给了父亲一笔资金，帮助父亲重新开了一个他擅长的房地产公司，东山再起。

岳皓森的事业稳定了，父亲也出狱了，他重新恢复了对自己和对人生的信心，以前那个阳光自信活泼开朗的岳皓森又回来了。

这个时候，他觉得自己应该放慢工作的脚步，做一些自己想做的事情了。

于是，他腾出很多时间，去了阮静梨出生的G市，在G市郊区承包下千亩地，在那里种了千亩梨花林，取名"静梨林"，并在梨花林里亲手设计修建了一栋很漂亮的木房子，环保、原生态、古色古香的木屋别墅取名"静梨居"。

他工作不忙时，就会带着梨花喵去"静梨居"住两天，借以思念自己最爱的人。

他抱着梨花喵，坐在静梨居的木质台阶上，摩挲着梨花喵柔软雪白的毛发，看着远方，一双俊眼深邃，嘴里喃喃自语："静梨，我记得在家乡承包梨花林、梨花林里有个家，这是你以前的梦想，我现在帮你实现了，可是你人呢？"

骤然起风了，梨花林里树影摇晃，花朵纷飞，一地雪白，岳皓森的栗色刘海被吹起，露出饱满俊秀的额头，梨花喵在岳皓森怀里冷不丁地打了个哆嗦。

"你冷了是吗？我们回屋。"岳皓森抱着它起身，一步一步走上台阶，进屋。

坐在客厅里，打开电视机，电影频道正在放阮静梨主演的一部电影，她的脸在电视机里美丽生动，一颦一笑间都是神采，声音也那么熟悉清澈，梨花喵看着电视屏幕，突然坐直身子，瞳孔放大了，然后"喵喵"两声，挣脱他的怀抱，扑向电视机，用爪子一个劲地去够电视机上阮静梨的脸。

"你认出了那是你的女主人吗？"岳皓森对梨花喵说。

"喵喵喵，喵。"梨花喵仿佛听懂了似的，转头朝着岳皓森回应几声。

"可是，她已经不要你了。"感伤的表情浮现在岳皓森俊美瘦削的脸上，他走上前，把抱住电视机的梨花喵抱起来，抱进怀中。

他将自己的脸贴在梨花喵温暖的身体上，忧伤地对它说："梨花喵，你知道吗？你的女主人，你的猫妈妈，她现在是个明星了，是个演员了，而且很红，她已经离她最初的梦想越来越远了。有时候，猫爸爸很想问问她：静梨你真的爱娱乐圈吗？你还记不记得你最初的梦想？"

2．有情人终相认

金风玉露一相逢，便胜却人间无数。

漫长的回忆到此结束。

车祸后的阮静梨同岳皓森一起为恢复记忆而做的回忆到这里为止，阮静梨丧失的记忆全部都恢复了。

一切回到开头，夕阳西下，彩霞满天，圣民医院的草坪上，穿着病号服、头上裹着绷带的阮静梨，还有帅气的阳光青年岳皓森，两人并肩坐在长椅上迎接这漫长回忆的句点。

没想到不知不觉就这样回忆了一整天。

如果不是故事开头丈夫出轨被狗仔偷拍的事上了娱乐版头条新闻，阮静梨可能还在催眠自己是幸福的。现在她全部想起来了，才发现她的人生早就错了。

她的养父母和席卓逸在她失忆后，给她编了一些假记忆，让她误以为她爱的人一直是席卓逸，已经跟席卓逸订婚，答应其求婚，才有了后面跟席卓逸结婚生子，才有了和岳皓森错过的这些年。

她根本不想当演员，不想进娱乐圈，席卓逸却仗着她失忆，忽略她真正的梦想，一手把她带入这个喧闹浮躁的圈子，安排了她的人生。如果她没有恢复记忆，她是不是还会被他牵着鼻子走下去？这太可怕了！

她真正爱的人原来是岳皓森！

她现在很恨席卓逸，是他毁了她的人生。然而，就算错了，她已婚的事实，这几年的夫妻感情，有一个共同的儿子，都是不能忽视的。接下来该怎么办？

她凝视着岳皓森熟悉又深情的脸，久久地凝视着，眼泛泪光，心里百感交集。

"静梨，你现在全部都想起来了是吗？"岳皓森问她。

"嗯。"阮静梨哽咽点头，钻石般的晶莹眼泪大滴大滴地往下落。

"想起来了就好，你哭什么？"岳皓森很开心她全部都想起来了，看到她哭又心疼，本能地伸出修长的手想去帮她擦眼泪，但是阮静梨躲开了。

"对不起，我现在是已婚妇女，我们要避嫌。"阮静梨自己擦着眼泪说。

"呵呵，是的。"岳皓森尴尬地一笑，"该说对不起的人是我，是我考虑不周。"

"不，最该说对不起的人是我，皓森，对不起，真的对不起，这五年的时光，我把你弄丢了，也把我自己给弄丢了。"阮静梨边说眼泪边抑制不住地往下掉。

"不，静梨，是我对不起你，当初我不应该提分手的，我应该相信你，也应该相信我自己，我应该坚持下去，我不应该误会你，也不应该被你养母的那番话打倒，这样席卓逸就不会有可乘之机。我后悔了，我真的一直很后悔当年提分手。"岳皓森的眼圈也红了。

"既然你后悔了，后面为什么不去找我？你提出分手后我找了你整整3个月都没有找到你。"阮静梨说。

"我去找过你，半年后去找过你一次，可是你那时候已经跟席卓逸订婚了，住进了他的别墅，你还说你不认识我。我现在才知道，你那个时候已经失去了记忆，彻底把我忘了。可是我当时那么蠢地以为是你故意装作不认识我，以为你恨我，所以我伤心地走了，再也没有勇气去找你。"岳皓森说。

"是的，我想起来了，我记得这件事，误会加席卓逸捣鬼，还有我养父母的谎言，我们错过了这些年，以后我不想再错过了。我会跟席卓逸尽快离婚，我前几天就跟他提出离婚了，他婚内四度出轨，让我忍无可忍了，可是他一直不答应，没想到几天后我就发生了车祸。现在记起了他对我做的所有坏事和欺骗，这段婚姻更加无法忍受了，不管离婚有多难，我离婚的心很坚决，我一定要离婚。"阮静梨又痛又恨地说。她看着岳皓森，有点忐忑地问："皓森，等我离婚后，你还会愿意要我吗？我这样一个有婚史，又带着孩子的女人，你还会愿意要吗？"

"我要，我当然要！这么多年,我爱的女人只有你一个！你结婚后，我一直单身，这五年，我没有找过女朋友，我心里一直只有你，没有其他女人能入得了我的眼！"岳皓森无比深情无比坚定地看着她说。

阮静梨幸福地笑了，此时此刻，她好想投入岳皓森的怀抱，尽情地感受他的爱与温暖，但现在，她还是已婚的身份，她不能让任何人抓到把柄，她只能忍着。

两人久久地深情对视，时间仿佛停止在这一刻，周围的一切都变成了陪衬的布景，只有暖红的夕阳将无限的温柔浪漫朝辽阔的天空缓缓播散开。

阮静梨说："皓森，我必须要跟你说一点，虽然现在我们两个相认了，但在我没成功离婚之前，我不能跟你在一起，而且我们相处的时候还要格外避嫌，不能太亲密，不能有肢体接触，我怕被狗仔拍到乱写我们的绯闻，我现在还在娱乐圈。"

"我知道，我都理解，你放心，我会注意。我会等你离婚。"岳皓森深深看着她说，"静梨，你现在别多想了，先好好在医院养伤，等你的伤治愈出院了，我们再从长计议，办离婚的事情。"

"嗯。"阮静梨点头。

3. 丁美萱

年轻人的故事，总是在晴朗的天气里，用最欢乐的口气开头，就好像讲故事的人，真的不知道结局会有多忧伤似的。但唯有她的故事是例外的。

蓝调酒吧。

装修漂亮，生意火爆，强烈的鼓点，喧嚷的人群，妖娆性感的女子和年轻疯狂的男人，即便坐在角落也充斥着酒杯的碰撞及失控的大笑。

闪耀的灯光迷离的音乐里，和气的服务生、帅气的调酒师、忘情歌唱的个性驻场歌手，成了这里最美的点缀。

夜色在这样的氛围里也自带醉意，渐渐沉下去，到深夜两点的时候，酒吧的热闹逐渐散去，客人们逐一满足地离开，驻场歌手们收好吉他等乐器准备回家，服务生开始清理一桌一桌的狼藉。

就在这时，丁美萱踩着高跟鞋噔噔噔噔地来了。

丁美萱正是青春无敌的年纪，皮肤吹弹可破，浑身上下满满的年轻活力，却走着这个年龄段女孩不常见的性感路线。海藻般的棕色长卷发，穿着时尚热辣，大红色的露肩露脐薄毛衣搭配蓝色的紧身牛仔破洞长裤，大长腿笔直细长，裤子破洞里白如玉的肌肤引发人的无限联想，脚踝处有文身，耳朵上打了好几个耳洞，耳钉闪闪发光，巴掌大的小脸上的妆容精致艳丽，尤其是口红颜色红艳不已，与上身毛衣同色系，娇俏又略厚的嘴唇这样涂色很是诱人，招摇中带着魅惑，很是打眼，男人们都忍不住朝她看过来，直勾勾的眼里满是本能的欲望。三月的春天还不算太暖和，她这样打扮还真是不怕冷。

她走到吧台前，对着正在擦拭酒杯的帅气调酒师说："嗨，帅哥，给我来杯酒，要最烈的那种。"

"不好意思，美女，我们这里快打烊了，你明天再来吧。"调酒师对她说。

"没关系，是个老朋友，你给她来一杯，我请客。"郑柠的养母郑曼突然冒了出来，接了调酒师的话。

没错，蓝调酒吧是郑曼开的。郑曼现在虽已年过五旬，但由于保养得宜，还是风韵犹存，比实际年龄显得年轻，就像一杯陈年的芳香葡萄酒。

"是，老板。"调酒师恭敬地应着，然后快速给丁美萱调了一杯上好的烈酒。

丁美萱喝了一口酒，用熟稔的语气问在身旁坐下的郑曼："曼姨，你那位个性十足的养女呢？怎么没看到她？"

"你说郑柠啊，她早就不在这里了，她去了我的一家酒吧分店，现在独立打理分店。不过她有时间还是会过来看看我，你今天是不凑巧没遇到她。再说，你也好久都没来这里了。小美，怎么那么久都不来看我？"郑曼看着她说。

"因为我最近很忙啊。"丁美萱调皮地笑。

郑曼是丁美萱的前老板，丁美萱以前在郑曼的酒吧做过一段时间的酒水销售员，需要陪酒的那种，后来她跟了别的老板做小三，赚更大的钱去了，就辞职了。

丁美萱是自愿的，她穷怕了，她很明白自己想要什么，也很明白自己在干什么。

因为郑曼这个前老板对丁美萱不错，所以两人一直有联系，丁美萱有时会过来给她的酒吧捧场喝喝酒，而豪爽的郑曼从来不收她的酒钱。

"很忙？忙着干些什么呀？"郑曼笑着看着她。

"忙着跟我爱的男人在一起。"丁美萱的笑容里带上了幸福的味道。

"呀，你有男朋友了？那曼姨要恭喜你了。"郑曼惊喜地说。

"现在还不算。我先给你看一样好东西。"丁美萱说着，从屁股后面的牛仔裤口袋里掏出一张纸给郑曼看，郑曼定睛一看，是一张怀孕检验报告，上面写着丁美萱的名字，显示已有两个月的身孕。

郑曼睁大了眼睛："你怀的是谁的孩子呀？这未免也太快了一点吧？不是说连男朋友都还不算吗？"

"曼姨，我怀的当然是我爱的男人的孩子。我高兴又忧愁，因为我爱的人是我的一个客户，有妻有子，现在还没离婚。"霓虹灯照耀在丁美萱年轻美丽的脸上，忽明忽暗。

"你真是傻，怎么会爱上有家室的男人呢？"郑曼的话语里充满了担忧和关心。

"爱情来了，谁都挡不住的。"丁美萱摇晃着酒杯里迷人的液体，痴痴地说。

"跟曼姨说说，你是怎么认识那个客户的？又是怎么爱上他的？"

"好啊。"

眼下，调酒师早已擦拭整理完所有的酒杯下班了，酒吧的服务生们搞完卫生也陆续下班了，蓝调酒吧里就只剩下郑曼和丁美萱两个人，灯光调暗了，音乐关小了，气氛绝对安静，正适合讲故事。

丁美萱边喝酒，边开始陷入回忆，讲她和那个客户之间发生的故事。

4. 寂寞的交易

寂寞，朦朦胧胧的，像雾，赶不走，反而将他包裹其中。

那个客户就是席卓逸。

当然，丁美萱并没有告诉郑曼客户的名字，她跟郑曼叙述时称呼席卓逸为客户，因牵扯到隐私，她不会透露客户的名字。所以，郑曼从始至终不知道客户是席卓逸。

丁美萱和席卓逸是在 2016 年初夏重逢的。

之所以说重逢，是因为他们早在九年前就见过面。丁美萱和席卓逸的相遇，以丁美萱碰瓷席卓逸的车开始，并不美好，但当时两人的心境是相同的，都是孤单得想找个取暖的人，于是席卓逸慈悲心大发陪丁美萱过了生日，两人的相处只有短短的几个小时，但那个生日蛋糕，那短短的几小时，却温暖了丁美萱整整九年。

那次分别后，丁美萱经常会想起席卓逸，可她连他的名字都不知道，她也没有理由、没有能力去寻找他，她只能祈祷，希望老天爷开恩，有朝一日他们还能重逢。

婚后，席卓逸开始感到寂寞，这种寂寞像阴天，死一般的沉寂，像藤蔓，冰冷地缠绕他，像困兽，在心里没有方向地乱窜，没有那么喧嚣和猛烈，却如影随形，一点一点地啃噬着他，让他逐渐窒息和抑郁。

和阮静梨结婚已有三年，他慢慢感觉婚姻平淡，无法再找到过去的激情，阮静梨现在是一线影星，工作越来越忙，两人的二人世界越来越少。工作之余好不容易有空闲，她还把精力放在儿子身上，越来越忽略他的感受，阮静梨的性格又偏保守，越来越无法满足他身体上的需求。

在心腹的建议下，他开始找小三来排解寂寞。

席卓逸找了第一个小三之后，就像上了瘾一般，停不下来了。

他瞒着阮静梨先后找了六个小三，每个玩几个月，玩腻了就换，这算出轨的一种，期间被阮静梨抓到两次，阮静梨选择原谅他，后面又被媒体拍到过一次暧昧照片放在新闻上，阮静梨还特意开了记者招待会说相信他，帮他化解了那次的公关危机。

丁美萱是席卓逸的第七个小三，也是席卓逸到现在为止处的最长的小三。

席卓逸是通过丁美萱老板赵瑟的介绍，跟丁美萱见面的。

丁美萱永远都忘不了那一天。

B市繁华的夜生活开始，城市霓虹闪烁，车水马龙，各家店铺、酒楼、商厦、娱乐城的楼面造型各异，光彩夺目，广场上，一道雪亮的喷泉冲天而起，散开漫天花雨，水池里的水不停地翻滚着，变换着，忽而蓝忽而红，异彩纷呈，人们纷纷驻足观望。

女老板赵瑟开着车，载着丁美萱从广场旁疾驰而过，赵瑟一边开车一边跟丁美萱交代待会儿见到了客人该注意什么之类的，丁美萱一个字都没听，看着车窗外一晃而过的喷泉，惊艳又感慨，喷泉再漂亮又有什么用，命运不过广场这一方天地，永无止境地散开又收拢。

就像她，再漂亮也不过是供他人娱乐的命运。

见到客人之前，她并不知道客人是谁，她只是像往常一样打扮得很漂亮，麻木地去赴这一场鱼肉之约。

这次客人约定的地点是一家隐秘的高级私人会所，赵瑟和丁美萱先到，坐在那里等候。

过了一段时间，客人出现了，他是一个人来的。

当丁美萱看到站在自己面前的他，只一眼，她就不能动弹了，睁大眼睛，微张着嘴，久久地回不过神来，只能听见自己窒息般的心跳声。

是他，九年前她碰瓷时给了她五千块的大叔，九年前请她吃饭、买蛋糕给她过生日的大叔，他保养得很好，依然年轻英俊，优雅不凡，九年的时间除了增长其成熟稳重的魅力，变化不大，很好认。

久违了啊，大叔，好久不见，真的没有想到会是你。

但席卓逸看着丁美萱的眼神是陌生的、平静的，他没有认出她。这完全可以理解，丁美萱女大十八变，九年前稚嫩的小女孩，现在是漂亮的大姑娘，变化很大，席卓逸当然认不出来。

丁美萱反应过来后，努力控制着自己心脏的狂跳，用力地冲他媚笑。她没有挑明自己以前见过他，装作第一次见他的样子。

席卓逸眼神锐利地打量了一下她，对赵瑟说："还不错，很漂亮，你开个价吧。"

赵瑟伸出手指，比了个数字，席卓逸很爽快地答应了："OK，同意。"

当晚，丁美萱就上了席卓逸的车。

他把她带到了比较隐秘的一处私人豪宅。

两人一前一后进屋，没有开灯，只有窗外微弱的星光能照见他狼一般的眼睛，他盯着她，如同盯着一只猎物。一手扯松自己的领带，一手霸道地将她推倒，欺身而上。他没有打算吻她，但丁美萱柔软炙热的双手缠上来，主动找到了他的唇，他闪躲了一下，而后接受。两人翻滚在一起，该做的事都做了。

丁美萱热情火辣，青春有活力，在床上给了席卓逸完全不一样的感觉，他很满意。

Each other's World

Chapter 12

小三：醒来，还是继续迷失？

小三是个让人痛恨的角色，破坏别人家庭，违背道德。

女人如果愿意当小三，无外乎出于追求财富、享受人生、报复男人、缺爱求爱等心理。

但一段婚姻如果小三能乘虚而入，绝不仅仅只是小三的问题。

牢不可破的婚姻是多强大的小三都插足不了的。

反之，没有小三亦会瓦解。

婚姻，需要一辈子的经营。

原本只想陪你短暂狂欢的过客，却一不小心动了真情。

原本以为与你重逢会了却一生遗憾，却为你住进这座更寂寞的城。

醒来，还是继续迷失？就差一个转身的距离。

1. 天生的情人

她是一朵罂粟，一朵缤纷艳丽的罂粟，他愿与她共谱情欲传奇。

席卓逸和丁美萱在这栋华丽宽大的私人豪宅里度过了很多畅快的欢爱时光。

丁美萱总是很主动，也很热情，会讨好他诱惑他，穿着各种漂亮制服故意在他面前走来走去，动不动就坐到他的腿上亲吻他，或者从背后突然抱住他，就算他在打电话的时候小手也会坏坏地伸到他的衬衫里面去。

她年纪轻轻，却是个调情高手。

席卓逸在浴室洗澡的时候，她也会突然像只狡猾的小狐狸一样溜进去，无比勾人地媚笑着对他说：〝亲爱的大叔，我来帮你洗吧。〞

她说着，就挤了一点沐浴露搓成泡泡摸向席卓逸健硕高大的身体，席卓逸抓住她的手：〝小妖精，你往哪儿摸呢？〞

〝大叔，你哪里觉得最舒服我就摸你哪里。〞丁美萱平时说话的声音还挺正常的，是好听的少女音，但面对席卓逸，她的声音就变成了很甜很萌的小奶音，嗲嗲的，听得席卓逸耳朵都酥了。

〝你真是个磨人的小妖精。〞他霸道地一把将她拉入怀里，用力地含住了她的嘴唇。

丁美萱立马搂住他的脖子，热烈地回应他。两人在热气氤氲水雾弥漫的浴室里缠绵。

只不过，不管在丁美萱这里多尽兴，席卓逸都不会在她身边过夜，他每天晚上都会回家，和阮静梨同床睡觉。他很清醒，家始终是家，外面的女人只是排解寂寞排解欲望的玩具而已。

有时候他回家比较晚，阮静梨不是一个人在他们的大床上安静地睡着了，就是在儿子席帅帅的儿童房里，因为给儿子讲故事而跟儿子一同挤着睡着了。这时候，他会把他们母子俩小心地分开，把阮静梨抱上自己的大床，帮她盖好被子，然后在她身边小心翼翼地躺下来，呆呆地看她很久，然后才闭上眼睛慢慢睡过去。

有时候他回家比较早，阮静梨还没睡，坐在床上就着昏黄的台灯温习第二天要拍的剧本台词，席卓逸洗完澡穿着浴袍过来的时候，她还在看，席卓逸便把她手里的剧本拿走，放到床头柜上，温柔地说："静梨，不要这么拼命了，早点休息，明天拍戏才会有好状态。"

"嗯，好的。"阮静梨温顺地轻声应道。

然后，席卓逸关掉台灯，侧身拥着她在床上躺下，嘴唇去咬她秀气玲珑的小耳朵，阮静梨被惊到了一般躲开，在黑暗里都能感觉到她脸红了，她低着头害羞地小声说："不是说要休息吗？睡吧。"

"算了。"席卓逸从她的身上离开，躺到旁边，单手反盖在额头上，遮住自己的眼睛，不再作声。空虚，寂寞，冷。

有时候他真怀疑自己枕边的妻子到底爱不爱自己，但这种猜疑一浮上来他就马上打消。不，不可能，她都已经跟我结婚生子了，她也失去了记忆，根本不记得以前的事情，不记得岳皓森，她身边又没有别的男人，不爱我的话还爱谁呢？也许是因为生育后性需求下降了吧。他只能这样安慰自己。

不久后，席卓逸借工作之名带丁美萱去夏威夷度假了。在国外的话狗仔偷拍到的机会小很多，相对来说比较安全。

两人住在夏威夷海边的一座海景别墅里，在金色的沙滩上拥抱，在适合游泳的浅海区亲吻，在驶入海中的豪华游艇上喝着红酒，然后欢爱。

游艇上只有他们两个人，剩下一个司机在船舱的驾驶室里专心驾驶游艇，没有人打扰他们。

当晚，他们俩就住在这艘游艇上。这是席卓逸和丁美萱交易这么久以来，第一次在她身边过夜。

第二天早晨，席卓逸被丁美萱吻醒，他悠悠睁开眼睛，仿佛还身在醉意中，身下游艇微微晃动，身边人年轻美丽不可方物，裸身坐在床上，完美的火辣胴体，完美的脸，俏皮又妩媚地冲他笑，他久久地看着她，他知道这个人与他的关系终究要无疾而终，但现在也难有其他念头。

"大叔，在想什么呢？"丁美萱热情地扑进他的怀里。

他缓过神，邪魅地回应她："小妖精，在想着怎么把你弄到下不来床。"

"嘻嘻，那来吧，我可不怕。"她妩媚性感地娇笑，主动坐上他的身子。

这是一种要命的快感，把席卓逸所有的寂寞空虚冷都赶跑了，把他所有的欲望都激发并且释放了出来。

丁美萱跟妻子阮静梨是完全不同的类型，阮静梨沉静内敛，丁美萱活泼爱笑，阮静梨保守传统，丁美萱玩得很开。

两人尽情地沉醉在情欲的天堂里，不知疲倦，流连忘返。

2. 不准你爱上我

你记住了，不准你爱上我，除了钱，我什么都给不了你。

在夏威夷度完假回国之后，席卓逸和丁美萱也经常见面。

有一次，两人躺在床上，丁美萱很是依赖地靠在席卓逸的怀里，席卓逸在抽烟，丁美萱夹过席卓逸嘴里的烟也抽了一口，她抽烟喝酒什么都来，慢慢就变成两人共抽一支烟，你一口我一口的，极尽暧昧。

边抽烟，席卓逸边问她："你年纪轻轻，大好青春，应该还在大学读书？"

丁美萱脸上的笑容褪去，黯然神伤地说："我16岁就高中辍学出来赚钱了。我来自单亲家庭，7岁时父亲出轨，然后离婚跟小三结婚，不要我和妈妈了，母亲受刺激进了精神病院，家里本来就不富裕，之后就越来越穷，我由外婆外公拾荒卖废品带大，他们很辛苦，一边要照顾我，一边还要照顾患了精神病的妈妈。我小时候过得很穷，没有零食、没有玩具、没有零花钱、没有布娃娃、没有漂亮的花裙子，被同龄的孩子嘲笑和嫌弃，于是很小开始就学会逃课去碰瓷赚零花钱。16岁那年，外公去世，外婆一个人更辛苦了，身体也越来越不好，我本来成绩也不好，读不进书，便索性辍学出来赚钱养家，不让外婆拾荒了，只专心照顾母亲。"

"你那样的家庭确实让人同情。你一开始就干这个吗，还是以前干过别的工作？"席卓逸说。

"以前还干过别的，在一个女老板开的酒吧干过一年的酒水推销员，那个女老板我叫她曼姨。为了推销酒水，我需要陪客人喝酒，甚至要忍受客人揩油，挺辛苦的，赚钱也不够多，在酒吧里卖酒水时认识了现在的老板赵瑟赵姐，被赵瑟一游说，就做了这个，现在已是第二个年头。"丁美萱说。

"做了这个之后，你的家庭状况有改变吗？"席卓逸问。

"当然。做这个赚的可比酒水推销员多多了，能让外婆和我妈过得挺好。我赚了钱之后，把我妈转院转到了一个条件更好的精神病医院，医生的资质和技术都更好，在那里一治，我妈现在的精神状况好多了，正常的时候还认得我，会跟我说几句话，最开始患病时她可是谁都不认的。这样治下去，我觉得我妈有一天一定会完全康复的。所以我还要赚更多的钱，把我妈早点治好。"丁美萱说到后面，眼里露出希望的光彩，一个女孩被世俗掩盖的纯真模样显现了出来。

席卓逸看着这样的她，蓦然生出一丝怜意。他伸出手轻轻摸了摸她的头发说："看不出你还挺孝顺的。可是，你不后悔吗？"

"我不后悔。我从小穷怕了，我很爱钱，高中都没读完也没什么文化，找不到体面又高薪的工作，我现在做的这个是我能力范围内能找到的最赚钱的职业了。我不会干这个一辈子的，等我赚够了钱，我就金盆洗手，去开一家店，带着我妈和我外婆安安稳稳地过日子。"丁美萱认真地说。

"你在我之前服务过几个客户？"席卓逸突然眯着眼，问了她这样一个问题。

"四个。"丁美萱伸出四根手指。

"还好，不算太多，再多一点的话我可能就会嫌弃你了。"席卓逸说。

"哈哈，大叔，你找小三还在乎这个吗？你应该知道谁出得起价我们就陪谁，如果你这么在乎这个，你应该去大学校园里找个处女。凭你的能力和条件，要找处女不难的。"丁美萱风情地笑着说。

"我不需要处女，我要的就是你这种娇媚性感能放肆浪的小妖精。处女类型的我已经有一个了，就是我妻子，我不想找跟她同类型的，那就没意思了。"席卓逸掐了一下她嫩得出水的小脸蛋说。

"哦。"丁美萱听到席卓逸说起妻子，声音里不知怎么的忽然带起了酸酸的味道。

"对了，你前面说的那一段身世我怎么听着有点耳熟？好像在哪里听过一样。"席卓逸说起了新的话题。

"哈哈，大叔，因为以前我跟你讲过那一段呀。"烟抽完了，丁美萱伸出莲藕一般的白嫩手臂搂住他的脖子。

"难道我们以前见过吗？"席卓逸仔细盯着她，想努力记起一些什么。

"对，我们曾经见过一面，那时候我还是个小女孩，跟现在的样子差别很大，你贵人多忘事，不记得我了也正常，况且时间已经过去那么久了。我第一次跟你讲身世的时候，是我生日，在餐厅吃饭，你那时还帮我买了蛋糕，那时候的你，就像天使一样，是个天使大叔。"丁美萱说。

天使大叔？席卓逸第一次听到别人这样形容自己。

"噢，被你这么一点，我想起来了，我们确实见过一面，你那时候还是个可爱漂亮鬼灵精怪的小女孩，现在已经出落成性感火辣艳丽逼人的尤物了，样子和风格都差别很大。你不说我真的不会想起来。"席卓逸说。

"大叔，真难得你想了起来。"丁美萱妩媚艳丽的脸上浮现惊喜，"那时候我碰瓷了你的车，看你的表情，我知道你识破了，你那么聪明，但你并没有点破，把我扶起来，问我疼不疼，要不要去医院，还给了我5000块钱医药费。那时候的你很温柔很优雅，阳光洒在你的脸上，闪闪发光，我都看呆了，觉得你就是隐匿了翅膀的天使。"丁美萱亲昵地搂着他的脖子，贴着他的脸，柔若无骨地靠着他。

接下来，她又在床上坐直身子，深深地看着他说："大叔，你知道吗？我真的很感谢老天爷让我们重逢，九年前我就对你念念不忘了，总想着什么时候能再见你一面，后来，赵姐带我约见你，我没想到那天的客人会是你，时隔九年我看到你的那一刻，我的心都快要跳出来了，我一眼就认出了你，你的样子我一直记得，现在能这么近地接触你，我真的很开心，感觉这一辈子都没有遗憾了。"她看着他的眼睛亮亮的，全是光，情深的光，然后她凑近他，在他的脸颊上重重地亲了一口。

席卓逸眯着眼睛盯着她，用开玩笑的语气说道："你这段话怎么听着像告白似的？你该不会是九年前那次初遇就爱上我了吧？"

丁美萱的眼神更亮了，漂亮妩媚的眼睛里仿佛燃起了两簇火苗，她贴近他的脸，定定地看着他，嘴唇对着嘴唇，就半厘米的暧昧距离，呼气如兰，艳丽至极的红唇里慢慢吐出六个字："如果，我说是呢？"

席卓逸的脸色瞬间就变了，他一把推开她，穿衣下床，背对着她，一边扣衬衫扣子，一边冷声道："你记住了，不管是不是都不准你爱上我！除了钱，我什么都给不了你！"

然后席卓逸就头也不回地走了，留给她一个冷酷决绝的背影。

丁美萱呆呆地望着他消失在门口的背影，眼里的火苗一刹那熄灭了，只剩下黯淡无光的黑。

3. 重获信任

如若心里有你，放手或不放手，都不可能自由，所以，不如抓久一点。

之后的一个星期，席卓逸都没找过丁美萱。

她发微信给他，他不回；她打电话给他，他不接；她去他导演电影的片场装偶遇，他避开她绕道走，并且叮嘱他的四个保镖不准她靠近。

她急了，打听到席卓逸开的星瀚影视文化传媒有限公司最近在为他的新电影招聘一名首席电影剪辑师，去应聘的人很多，席卓逸对这位首席电影剪辑师的要求很高，亲自面试挑选，应聘者先发简历到公司邮箱，由人事部和影视制作部筛选一遍，席卓逸再筛选一遍，三轮筛选下来的才能参加面试。

　　丁美萱花钱从一个优秀的电影剪辑师那里买了一份专业的简历和一些面试资料，把简历投到了星瀚传媒，果真混到了面试这一关。

　　面试这一天，被通知到的备选人才一个个在星瀚传媒公司的走廊长椅上排队等候。一个进去，出来；另一个进去，又出来。

　　"席导，下面来面试的这个剪辑师叫唐敏。"年轻干练的男助理跟席卓逸介绍，然后朝门外喊，"唐敏，轮到你面试了。"

　　"好的。"丁美萱连忙拿着面试资料小跑着进了导演办公室，男助理帮着关了门。

　　"唐敏是吧。请坐。"西装笔挺的席卓逸霸气侧漏，边说着边从电脑屏幕上移开眼睛，缓缓抬起头，一看到丁美萱的脸，整个人就惊呆了。

　　白衬衫，黑色过膝裙，裸色高跟鞋，高高盘起的发髻，一副都市白领的清简打扮，然而还是遮挡不住她火辣丰满的身材和性感妩媚的气质，陌生又熟悉的丁美萱。

　　下一秒，他走到她面前，掐住她柔若无骨的脖子，把她从座椅上掐起来："丁美萱，你冒充唐敏，穿成这样，跑到我的办公室来，要干吗？你不可能是真的来面试的吧？你对电影剪辑一窍不通。"

　　"我……咳咳……你先放开我……咳咳，你躲着不见我……我……我没办法了才想到这一招……我不想干什么，我就是想见见你，咳咳咳……"丁美萱被他掐得满脸通红，不住咳嗽，委屈又无助地抓着他的手。

席卓逸放开她，把俊脸侧到一边，冷酷地说道："你想说什么就快点说，在我没赶你之前，说完走人。"

"大叔，我不知道你为什么突然变了，是因为我上次说的那些话吗？如果是，我有必要澄清一下，你真的误会我了。"丁美萱喘过气来，看着他说。

"我误会你什么了？"席卓逸扭过头来看着她。

"大叔，你听不出来吗？上次我说的话只是个玩笑而已，我怎么可能会爱上你？你开不起玩笑的吗？你知道的，我们家就是因为我爸出轨才破裂的，从那时候起，我就不相信婚姻、不相信爱情、不相信男人，我只相信钱，要不然我也不会做这一行。你觉得做我们这行的会有真感情吗？做我们这行的只认钱。所以，我真的不可能爱上你的，你不要有任何压力和顾虑。"丁美萱说得那么真诚，言之凿凿的。

席卓逸仔细盯着她的眼睛，她的眼睛眨都不眨一下，那么无辜真诚，席卓逸没有窥探出撒谎的痕迹。他的心理防线松动了："真的？"

"真的，你不相信的话我可以发誓。"丁美萱边说边真的举起手做出了发誓的手势，"我发誓，我真的没有爱上你，如果我撒谎我就天打雷……"

"够了！""劈"字还没出口就被席卓逸喝住了，"我相信你了，没必要发毒誓了，我还不至于希望你死。"

丁美萱笑了："那我还可以继续和你在一起吗？"她一边对席卓逸妩媚勾人地笑着，一边走到门边，顺手把导演办公室的门反锁了。

"那就要看你的表现了。"席卓逸盯着她，笑得无比邪魅狂狷。

"我的表现一定不会让你失望。"丁美萱无比妖娆地走到他面前，扯住他的领带，踮起脚尖吻了上去。

4. 大叔，我爱你

无法形容这一刻的感觉，像心里有一个角落静默地开出了一朵花。

2016年年底，席卓逸在某著名电影大奖的颁奖典礼上拿了一个最佳导演奖，这部新导的片子票房和口碑都很好。

席卓逸在颁奖典礼上风光无限，镇定地说了获奖感言："能拿到这个奖，我很开心。我感谢我的公司，感谢参与电影制作和发行的所有团队成员，感谢所有支持我的人。尤其感谢我的太太，如果她没有当这部电影的女主角，我可能还发挥不出这么好的水平，她是个出色的女演员，更是个完美的好太太，幕前幕后都在无限支持我的工作。因为有这么多爱我的人和我爱的人，所以我会继续努力，谢谢大家。"

这天晚上，阮静梨也在颁奖典礼上，她盛装出席，同样星光熠熠，她获得了一个最佳女演员奖的奖项。她款款微笑，优雅致辞，谋杀了无数菲林。

他们这对夫妻在颁奖典礼上可谓出尽了风头，用温情的拥抱恭喜对方获奖，双方的致辞里都不忘感谢对方，夸奖对方，大秀了一把恩爱，被所有人羡慕着。

颁奖典礼结束后，阮静梨对席卓逸温柔地说："卓逸，走吧，我们去星月大酒店开香槟唱歌跳舞，跟公司的所有高层和这部电影的团队成员一起去庆祝。昨天就说好了的，我们俩谁得奖了都要去庆祝的，没想到我们俩都得奖了，大家都等着你呢。"

但席卓逸扶了扶额头说："对不起，我累了，我身体有点吃不消了，可能是因为昨晚熬夜工作的原因，我现在想回家睡觉了。静梨，你跟大伙儿去庆祝好不好？就当是代表我。你帮我说明一下我不能去的理由，跟大家道个歉。大家应该会谅解的。"

"好吧，那你回家好好休息。"阮静梨不疑有他，一个人跟大伙儿去庆祝了。

而席卓逸并没有回家，他去了专门包养丁美萱的那栋豪宅，因为她发微信邀请了他。这是一处阮静梨不知道的房产，席卓逸包养了丁美萱后，丁美萱就一直住在这里。

他每包养一个小三，都会给她们安排一栋豪宅暂时居住，方便他过去私会，等他厌倦了她们，就会让她们搬走。

走到门口，他正准备敲门，早已听见他脚步声的丁美萱就立刻打开了门，她今晚穿了性感隆重的红色晚礼服，热情地一把抱住他："大叔，恭喜你获得了最佳导演奖，我在电视上看了颁奖晚会的直播了。"

"谢谢，今晚邀我来是打算给我庆祝吗？"席卓逸说。

"对，噔噔噔噔，你看，我已经亲手做好了一大桌丰盛的饭菜迎接你。"丁美萱把他牵到饭厅。

果真是满满一桌子的美味佳肴，还热气腾腾的，散发着浓郁的香味，还有上好的红酒。

"我在家里经常做饭，但这是我第一次给你下厨，你从来没吃过我做的菜，你先尝尝，看好不好吃。"丁美萱夹了一筷子鲍汁海参喂进他嘴里。

"嗯，很好吃，咸淡适宜，又嫩又鲜，油而不腻。你怎么知道我喜欢吃海参的？"席卓逸尝了一口，露出满意的表情。

"嘻嘻，我猜的。你再尝尝这个鱼翅佛跳墙。"丁美萱又夹了一筷子喂他，席卓逸吃了，点点头："同样很美味。你又怎么知道我喜欢吃鱼翅佛跳墙的？"

"嘻嘻，也是猜的，也猜对了吗？看来我果然很聪明。"丁美萱露出调皮娇俏的笑容。

席卓逸扫了一眼桌子："我发现这桌子上摆的所有菜都是我爱吃的，你不可能全是猜对的吧？小妖精，给我如实招来。"

"哈哈，大叔，瞒不过你，你那么有名，是不同凡响的著名大导演，网上有一些你的粉丝扒出了你的资料，我因为好奇就搜了一下你爱吃什么，另外，我跟你家以前给你做饭的保姆打听了一下。只要有心，这些都不是难事啦。"丁美萱坦白。

席卓逸蓦然有些感动。他之前有过六个小三，都没有给他做过饭，丁美萱是第一个给他下厨的，并且还那么用心地去了解他喜欢吃什么。

他每道菜都吃了，都很好吃，味道不咸不淡，不油腻，很合他的口味。席卓逸很久没吃过这么好吃的饭菜了。

妻子阮静梨做的饭菜一向清淡，席卓逸其实喜欢味道重一点的，但他习惯了在阮静梨面前装完美，所以她做的再清淡他也不会提意见、照单全收，阮静梨也就误认为席卓逸喜欢吃清淡的，一直清淡地做下去了。

席卓逸跟阮静梨的生活习惯其实有很多差异，而丁美萱与他各种喜好都相投，他不用说，她就能迎合他的各种喜好，让他觉得很舒服。

好酒好菜，美人相伴，年轻妩媚，丁美萱看着他的眼里满满的崇拜和爱意，席卓逸这晚沉醉到有点忘形。

男人是需要爱和崇拜的。

而在阮静梨眼里，席卓逸看不到崇拜，甚至连爱也看得很模糊，不确定。也许因为阮静梨是他用谎言骗来的，阮静梨失忆了，他总感觉她的爱都不是那么真实强烈，他有时也担心如果阮静梨有一天恢复了记忆会怎样，东西既然是抢来的，就总感觉没那么踏实。

而在丁美萱这里，他不用有任何的担心。他觉得，如果没有先遇到阮静梨,如果跟这样一个女孩相爱,也是挺幸福的一件事情。

这晚,两人吻得缠绵悱恻,就像情侣一样。紧紧贴缠的身躯没有空隙,狂热厮磨的唇舌,吻出火苗。两人都出了很多的汗。当快乐到达极致的巅峰的时候,她艳丽的指甲在他健硕的背部划开一道道刮痕,嘴里失控地说出了一句话:"大叔,我爱你!"

这一刻,席卓逸有被震到。

结婚四年,妻子阮静梨从未对他说过一句"我爱你",但在一个小三嘴里,他听到了这么珍贵的三个字。无法形容这一刻的感觉,像心里有一个角落静默地开出了一朵花。

席卓逸没有说话,只是温柔地抱紧了她,算是回应。丁美萱在他的怀里笑得很幸福,这一次他终于没有推开自己了,她死而无憾了。

这一晚,席卓逸没有回家,他和丁美萱相拥着,在这栋豪宅过夜。这绝对是例外了,以往只要在B市,席卓逸完事后,不管多晚都会回家。

今晚,阮静梨因为庆祝喝了不少酒,是被女同事搀扶着回家的,回家后她迷迷糊糊地挨床就睡着了,并不知道席卓逸没有回家。

等阮静梨第二天醒过来,席卓逸早已经于清晨回家躺到了床上假寐,一切瞒天过海,滴水不漏。

5. 我希望他离婚

爱是自私的,我希望他离婚,然后,娶我。

那晚之后,席卓逸和丁美萱的关系迅速升温。

席卓逸虽然没有亲口说过他爱她，可他默认了她要求他做的一些事情，就是普通情侣间约会做的一些事情，一起去看电影，一起去游乐场坐摩天轮，一起牵手去买冰激凌，只是阳光下约会席卓逸要戴着墨镜帽子全副武装，因为他是著名导演，生怕被狗仔发现。两人约会也要偷偷摸摸的，不是很痛快，但挺刺激的。

可是纸终究包不住火，世上哪有不透风的墙，就算席卓逸再小心谨慎，时间一长，也总会被抓到把柄。

2017年2月中旬，席卓逸和丁美萱在酒店开房的视频被狗仔拍到，第二天就上了娱乐版的头条新闻："著名导演席卓逸被曝与妙龄女子酒店过夜，疑似出轨"，轰动一时。

这个时候，阮静梨在参加一个封闭式的真人秀节目，等到3月初结束节目回来，才知道这个新闻。于是她去席卓逸办公室找他对质，他供认不讳，而且完全没有意识到自己做错了，阮静梨想了想他之前的三次出轨，这第四次（真实情况又何止四次，她如果知道最真实的情况会气得吐血的）终于无法忍受，含泪向他提出离婚。

于是有了故事开头的那一幕。

回到深夜的蓝调酒吧，酒吧外更深露重，街上的行人已经愈来愈少，而酒吧内的客人也早散了，酒吧早已关了门打了烊，只有低沉的音乐和昏暗的灯光，酒杯里迷人的酒液倒映出两个女人的脸，一个年轻妩媚，一个年老风情。

到这里，丁美萱的回忆就讲完了。

她是这样给她的回忆收尾的，她跟郑曼说："我跟我的那位客户相爱后，做了一些普通情侣约会做的事情，那段时间我们很幸福很快乐，然而好景不长，有一次我们私会被客户的妻子发现了，客户的妻子便提出离婚，但客户不同意，我痛苦的点就在这里，我能感觉出客户是爱我的，但他同时又放不下他的家庭，放不下他的妻子和儿子。"

郑曼问她："那你现在想怎么样？"

丁美萱喝了一口酒，幽幽吐出一段带着凛冽酒香的话："爱是自私的，我希望他离婚，然后，娶我。"

"那位客户知道你怀孕了吗？"郑曼说。

丁美萱摇摇头："他还不知道，等到了合适的时机，我会告诉他的。"说完，她将杯中剩余的酒一饮而尽，起身，给了郑曼一个大大的热烈拥抱，在她的耳边说："曼姨，谢谢你今晚请我喝酒，我用我这么动人的爱情故事换你的酒，想来你也不吃亏，不过，我有个请求，希望你替我保守秘密哦，暂时，我还不希望更多的人知道我这个故事。"

"放心吧，小美，我会替你保密的。你要好好的，好好照顾自己。"郑曼慈爱又心疼地说。

"嗯，我们都好好的。曼姨，拜拜，我下次再来。"

"拜拜。"

Chapter 13

重生：置之死地而后生

有些事需要经过摧毁，才能获得重生。
就像人，
总要经过生死关头之后，
才能彻悟，生命中最重要的是什么。
不知生，焉知死。不知生死，焉知重生。
喜欢日出吗？再等待一会儿。
此刻的天是孤寂的，风是冰凉的轻语，时间就像在昨天一般。
原以为那起阴谋车祸是阮静梨生命的终点，却成为她重生的起点。
和过去的自己勇敢告别，去追逐内心真正想要的。
日出东方，蒲公英飞翔上空，我已无所畏惧。

1. 车祸真相

钥匙断了，城门为谁死守？

第二天，丁美萱坐在席卓逸包养她的豪宅里打电话给席卓逸，嗲嗲的声音里全是浓得化不开的情意："亲爱的大叔，你都好些天没来我这里了，我好想你啊，你今天过来吃晚饭好不好？我给你做你最爱吃的鲍汁海参。"

"嗯，你等着。"席卓逸低沉的声音从电话里传来，他此刻坐在导演办公室里，那张成熟完美的俊脸没有表情，犹如撒旦，周身都是冰冷气息，透着一股说不出来的诡异和危险。

一到丁美萱那里，席卓逸劈头就给了她一巴掌："我今天不是来吃饭的，是来找你算账的！"

丁美萱被他打蒙了，捂着疼痛的脸惶恐地问："大叔，我怎么了？我哪里做错了？你为什么打我？"

"你还给我装糊涂。上个星期的车祸，我只是让你派人撞我妻子的车吓一吓她，给她的逃跑做一点惩戒，让她知难而退、乖乖臣服于我，没有叫你把她撞伤撞死。我后来去车祸现场看了，现场惨不忍睹，我妻子开的那辆车基本废了，留下了大量血迹，那个卡车司机没有受伤，血迹肯定是我妻子的了，我问了卡车司机，他说你给他下的命令是撞死目标而不是惊吓目标，你好大的胆子，居然假传圣旨，妄想借刀杀人。"他声色俱厉。

"大叔，我没有，我怎么敢？我明明对卡车司机说的就是你的命令，吓一吓你妻子，绝对不能把她撞伤，更不能把她撞死。我后悔的是我找了个新手，那个新手司机肯定是没有控制好，不小心撞得过头了，误伤了目标，然后怕担责任，所以来污蔑我。"丁美萱瑟缩着，一脸的无辜和委屈。

"丁美萱，你是什么样的人我很清楚，你别在这里给我装无辜，你很年轻但是你混社会混得早，你并不单纯。我当时是气昏了头才会把那件事情交给你去办，我现在很后悔。不管是你们俩谁的问题，你们都脱不了干系，如果我妻子有个什么三长两短，我要你和那个卡车司机一起偿命！"席卓逸狠狠地盯着她，用力地捏住她的肩膀，然后把她重重地推倒在地上。

丁美萱被摔痛了，红着眼爬起来说："如果她真的死了，如果你觉得你一点责任都没有，我偿命就是。不过，你现在追究谁的责任没有用，当务之急应该是找到你妻子，你找到她了吗？"

"你看我像是找到了她的样子吗？我赶去车祸现场的时候她就已经不在那里了，只剩下撞毁的车子和大量血迹。我的第六感告诉我，她没有死，她应该还活着，应该被别人救走了。我已经派了很多人手去找她。"席卓逸说。

"大叔,你不要急,你肯定能找到她的。"丁美萱好声好气地安慰他。

"但愿如此。"席卓逸没有看她，只是呆呆地望着窗外，一副心事重重忧愁不已的样子。

丁美萱看他心心念念着他的妻子，内心不由地涌上巨大的悲伤，眼里一片潮湿。

2. 我还爱你

我还爱你，我不想离婚。用尽力气爱过的人，怎么舍得放手？

阮静梨在圣民医院恢复所有记忆时，席卓逸派出的人还在寻找她。因为岳皓森封锁了所有的消息，所以他们不可能那么快找到。

岳皓森得知席卓逸的人在找阮静梨，便告知了她，让她自己决定要不要被席卓逸找到，阮静梨表示现在不想被丈夫找到，不想见丈夫，那样会影响她养伤，于是岳皓森选择尊重她。

岳皓森已不是过去那个冲动的大小孩了，现在的他有财力，有人手，也比过去冷静睿智了很多，他找郑柠、庾司伏及其他一些人帮忙，努力封锁消息保护阮静梨，尽量让阮静梨在没康复前不被找到，不被打扰。

一个月后，阮静梨的头伤治愈，康复出院，她和岳皓森、律师三人去席卓逸开的星瀚影视文化传媒有限公司找他。

席卓逸看到阮静梨，像做梦一般，有一秒的恍惚，然后是巨大的惊喜。

他从办公椅上起身飞步走向她，因为激动还差一点摔倒。他的眼眶红了，声音里带着颤抖："静梨，是你吗？你回来了，太好了，你知不知道我一直在找你，我派了很多人找你，都没有找到。我好担心你，现在你健健康康地自己回来了，我真的很开心。你这一个月到底去哪儿了？"

"我能在哪儿，出了那么严重的车祸，当然是在医院养伤，我知道你一直在派人找我，我故意躲着，因为我不想你来打扰我，会影响我养伤。现在我伤好出院了,可以来见你了。"阮静梨冷冷地看着他说。没有夫妻重逢的喜悦,已经恢复所有记忆的她,有的只是对席卓逸的恨和寒心,看着他那张虚伪的脸她觉得恶心。

席卓逸转头看向站在阮静梨身边的人,当看清楚岳皓森的脸,他的脸色变得惨白。"他,为什么会在这里?你……认识他吗?"席卓逸强装镇定,努力抑制住自己发抖的身体。

"我当然认识他。席卓逸,对不起,要让你失望了,你担心的事情发生了,我已经恢复了所有的记忆。我出车祸后,是皓森救了我,我撞伤头部,想起了很多事情,借助皓森的帮助,恢复了全部记忆。席卓逸,你对我所做的一切,我不会原谅的。"阮静梨一字一句、非常清晰地说。

"我今天来找你,是来办离婚的,律师我带来了,离婚协议书已经拟好,在这里,你看过之后如果没有异议,签字就是了。"随同的律师把离婚协议书从公文包里拿出来,递给席卓逸,他不接,律师便把那份文件放在了他的办公桌上。

"你的财产我一分不要,我只要我当演员后自己挣的那些钱,还有,我要儿子。"阮静梨说。

席卓逸呆若木鸡,不相信这一切是真的。一切开始反转,而他还没有做好心理准备。

"静梨,我不同意离婚。我还是爱你的,你失踪的这一个月,我茶不思饭不想,夜不能寐,我才知道我有多在乎你。我收回3月1日你生日那天我说我不爱你了的话,我错了,那是我的错觉,你是我用尽全力爱着的女人,我在你身上付出的时光、感情和心意都是最多的,每个人身体里的爱都是有限的,我这一生不可能再这样去爱另一个女人了,没有任何女人可以替代你。"席卓逸深情地看着她说。

"这种爱不爱的话你应该留给你的小三说。"阮静梨冷冷地说。

"小三？那些只是我花钱找的，只是各取所需的交易。她们怎么能够跟你相比？我只是玩玩而已，不可能娶回家做老婆的。"就算丁美萱他是喜欢的，也不可能娶回家。

"我不想跟你多费口舌，我要离婚，你签字吧。"阮静梨说。

"我还是那句话，我不同意离婚，我承认我以前做过对不起你的事情，我很抱歉，很愧疚，我在这里跟你说对不起，你怎么惩罚我都行，我发誓我以后会尽量弥补以前犯下的过错，但是能不能不要离婚？我们的儿子帅帅都4岁了，那么可爱，你忍心他变成单亲家庭的孩子吗？"席卓逸说。

阮静梨不作声，席卓逸看向她身边的两个人："岳先生，律师先生，我想跟我妻子单独沟通一下，能不能麻烦你们先在会客厅等候？"

"行，但是你可别欺负她，办公室内如果有什么异常动静，我会第一时间冲进来的。"岳皓森没好气地对席卓逸说。

"放心，我不会，她现在总归还是我的妻子，还轮不到你一个外人来保护。"席卓逸回击的话也不中听。

两个男人对视，全是情敌交锋的杀气和火药味。

接下来，岳皓森和律师被星瀚传媒的行政人员安排去了会客厅，好茶、好点心、好果盘招待着，但两人神情严肃，一点都没有动桌上的东西。

席卓逸关紧导演办公室的门，和阮静梨说："我很嫉妒你和岳皓森相认了，我不想成全你们两个。静梨，我爱你，需要你，只有你能配得上我，只有你能给我一个温馨完整的家。我们结婚五年，还有了帅帅，不管婚前怎样，难道婚后没有夫妻感情吗？你不喜欢我的那些点，我会改。我发誓我以后会对你好。再给我一次机会，我们不要离婚，好吗？"席卓逸说着想去拉阮静梨的手，被阮静梨躲开了。

"但是我从未爱过你。如果不是你和我养父母趁我失忆联合欺骗我，说我的初恋男友是你，说我们已经订婚，我和你根本不会步入婚姻，不会有儿子。你说得再冠冕堂皇都没有用，一个强奸犯和骗婚者根本不配谈感情。你口口声声说爱我，但你根本不懂怎么样是真正爱一个人，爱一个人是尊重对方的意愿让对方发自内心的幸福，而不是为了自己的占有欲不择手段。还有你数次出轨，真正爱我会出轨吗？一个连忠贞都没有的人，有什么资格谈爱情？至于儿子，就算他成为单亲家庭的孩子，也好过在一场无爱的错误婚姻里消耗。没有幸福的完整家庭还不如温馨有爱的单亲家庭，别用儿子来找借口。"阮静梨的话一字一句，铿锵有力，句句坚定，句句在理。

"阮静梨，你是吃了秤砣铁了心要离婚吗？我告诉你，不可能！如果你坚决要离婚，我会让你一辈子都见不到儿子，让你一辈子饱受思子之痛，因为儿子现在在我那里，被我藏在国外，你找不到，我绝对不会让你得到儿子，我要儿子的抚养权。"席卓逸见软的不行就来硬的。

这次，阮静梨并没有被吓到，经过这次从鬼门关走了一遭的车祸，加上记忆全部恢复，她的心境很通透了，想明白了很多事情，整个人都变得更加成熟冷静。

她镇定地说："儿子未必会归你，既然协议离婚不成，那我们就法庭上见吧。"说完，转身打开导演办公室的门，冷漠又坚定地走了出去。

3. 揭开伤疤

过去再痛苦，也翻篇了。人要一直往前看，争取自己想要的。

接下来，阮静梨便向法院提出诉讼离婚。

席卓逸不久后就收到了法院送来的起诉状和传票，通知了开庭时间，让他做好开庭准备，等待开庭。席卓逸难过、愤恨又恼火。

在未离婚前，阮静梨不可能住到岳皓森那里，她也不想再回有席卓逸的那个家，她暂时住在郑柠那里，郑柠工作几年后和郑曼一起努力存钱在 B 城买了套小房子，她们就住在那套小房子里。

蓝调酒吧也有住的地方，但始终太嘈杂，郑曼习惯住酒吧很少回家。两人现在总共有两个酒吧，郑曼经营原有的老酒吧，郑柠经营酒吧的分店。

现在，阮静梨和岳皓森都忍住彼此的爱意，严格避嫌，严格保持距离。暂时对外宣称两人是老朋友老同学的关系。

席卓逸收到起诉状和传票的当晚，宋怡、阮中民就去找阮静梨了，阮静梨此时在郑柠的家里。

阮静梨看到养父母，心情有点复杂，但随即就猜到："爸，妈，是席卓逸叫你们来帮他说情的吗？"

"也不全是，我们也想来看看你啊。丫头，听说你一个月前出车祸受了伤，怎么不告诉我们？现在伤都全好了吗？还疼不疼啊？还有，闹离婚这么大的事也没跟我们说，如果不是女婿告诉我们，我们还不知道，你也没来找过我们，你心里是怎么想的呀？"自从阮静梨嫁给席卓逸飞上枝头当凤凰，宋怡、阮中民跟着沾光，日子好过了，对阮静梨的态度也好很多了。

阮静梨沉声道："谢谢关心，我的伤都痊愈了，不疼了，离婚的事我自己能处理好，你们就不用操心了。有句话我还是想说一下，之前你们联合席卓逸骗我结婚的事我不追究，我还敬你们是我的养父母，但并不代表我心里没有任何芥蒂。"

宋怡、阮中民惊愕："你的记忆都恢复了？"

"对。"阮静梨点头，"全部都恢复了，现在任何事情都记得很清楚，包括好的，坏的，所有。"

这下，他们俩有点心虚了，但还是厚着脸皮帮席卓逸说好话。宋怡说："骗婚的事情确实有些不地道，但情有可原，卓逸那孩子当初所做的一切都是因为爱你，既然你们两人已经结婚生子，木已成舟，就别闹腾了，女人离婚始终不是个光彩的事情，他是有出轨偷吃，可是男人都差不多，这世上哪有不偷腥的猫，岳皓森也是男人保不准哪天也会偷腥。"

阮中民说："你妈说得对，爱情是靠不住的，只有钱才靠得住，就算现在岳皓森翻身了，创业有所成就了，席卓逸的财力也是他十年都追不上的。丫头，你现在也是个当妈妈的人了，不比少女时代，不能光想着爱情了，你还得以母亲的角度去考虑一下你儿子的将来，要想下一代过得好，接受最好的教育，不是都需要钱吗？席卓逸是席帅帅的亲生父亲，如果帅帅跟他在一起，他肯定不会对帅帅差，如果你给帅帅找个后爸，怎么可能有亲爸待他好？"

"虽然是我们仨骗了你才得的这桩婚姻，可都是为你好，如果跟了岳皓森你这五年肯定不会过得这么好，你看看阴差阳错你跟卓逸也过了五年了，还有个这么可爱的孩子，这也是一种缘分呐，也许你们俩就是上辈子注定的孽缘呢？所以，打消离婚的念头吧，一辈子不长，凑合凑合就这么过完了，我跟你妈不就是这么过来的吗？"

"我不是你们，我没有办法跟一个我不爱的人勉强在一起。养儿子的钱我自己可以挣，至于后爸的事情我心里自有分寸。"阮静梨不为所动，态度很坚决。

"你这孩子，真是被猪油蒙了心。怎么咋说你都不听呢？我们是不支持你离婚的。女人不比男人，女人离了婚就成二手的了，再嫁可没那么容易。你是觉得你离了婚岳皓森肯定会娶你吗？那不一定的，他是头婚，就算他不嫌弃你，他父亲也会嫌弃你的，到时候万一他反悔了不要你，你到哪里哭去？你要我们怎么说才肯扭转心意？"宋怡和阮中民急了。

"爸妈，你们别扯上皓森，我离婚跟他没关系，我不是因为他才想离婚的，就算没有他，就算他不娶我，我也要跟席卓逸离婚。有件事我本来不想说的，不是什么痛快的事情，但我现在忍不住要说了，也许知道这个真相对你们比较好。"阮静梨说。

"什么真相？"宋怡和阮中民同声问。

"你们一直欣赏的完美女婿席卓逸其实是个衣冠禽兽，知道我为什么跳楼自杀导致头部重伤失忆吗？是因为席卓逸当年强暴了我，我万念俱灰才跳楼的，而不是他撒谎说的为失恋跳楼。"阮静梨的眼泪流了下来，那痛苦的一幕再次浮现在脑海里，现在想来还是噩梦，让她痛不欲生。

"什么！怎么会有这样的事情？卓逸怎么会干出这样的事情？真是不能想象！"宋怡和阮中民非常震惊。

"不信的话，你们可以去和他对质。他一直很虚伪，只是伪装得太好，所以你们没有识破他的真面目。"阮静梨哭着说，"爸，妈，我很感激你们这么多年的养育之恩，虽然我只是个养女，但你们养了我这么多年就对我没点感情吗？你们就不希望我真正幸福吗？钱难道比我的幸福更重要吗？你们忍心再把我推向一个强奸犯、骗婚者、出轨者？我也是有血有肉的人，我的尊严再也经不起践踏了。"阮静梨哭得越来越伤心，越来越可怜，那珍珠般的眼泪滴落在她瘦削苍白的脸上，让宋怡、阮中民看着忍不住心疼。

"看来，卓逸强暴你并编了跳楼原因的事，是真的了。他真不是个东西！害苦了你，还骗了我们。"宋怡和阮中民愤怒了。

阮中民说："丫头啊，我们养了你这么多年，对你当然有感情了。也许一开始收养你是出于私心，因为老婆子不能生育，为了养老，为了让你钓个金龟婿好跟着你飞黄腾达过上好日子，但这些私心，都盖不住多年在一起累积的亲情啊。我们想通了，我们也不劝你了，如果你真的不幸福，你就离吧，鞋子是你自己在穿，还要你真的感觉合脚才行。我们也都老了，也不知道还能陪你多久，希望有个人能真心对你好，能陪你到老。"说着说着，他们眼眶湿润了。

"爸，妈，谢谢你们。"阮静梨哭着拥抱住养父母。

4. 大叔，我怀了你的孩子

迷恋是一种吞噬。

翌日早晨，席卓逸早早开车去宋怡、阮中民现在所住的豪华别墅，还体贴地给他们带了丰盛早餐。问他们："爸，妈，你们昨晚劝说静梨的结果如何？"

宋怡和阮中民一看到席卓逸，想起昨晚静梨所说的强暴之事，心里就对他很是愤怒，但不好表现出来，席卓逸有钱有势有背景，他们不想正面冲突得罪他，而且现在他还是他们的女婿。

他们只能委婉地说："卓逸啊，我们昨晚尽力劝说了静梨，跟她说了很多你的好话，希望她能开窍改变决定，可她这次真的是吃了秤砣铁了心，坚决得很，完全听不进去。她心里还在怪我们当年联合你骗婚，她对我们俩都有意见了，说多了她不爱听，后面还冷着脸子把我们俩赶了出来。你说那丫头有多坏。我们俩也被她气死了。果真不是亲生的，带不亲，在她面前讲话也没分量。唉！"

"你别急，等她过几天心情好点，我们再试着去劝劝她吧。"宋怡又补充了一句。

"哦，这样，没事儿，还是谢谢爸妈帮我劝和。我再去想别的办法吧。"席卓逸虽然心里失望，但在二老面前还是很有风度，优雅礼貌地微笑，跟他们告别。

回到自己家里，他的郁闷就全部爆发了，让用人从酒窖里拿了很多瓶酒出来，关着房门喝了一上午。午饭也没心情吃，喝得半醉之后，让司机开车将他送去了丁美萱现在住的豪宅。

他趔趔着进屋，抓住丁美萱的肩膀，痛苦地问她："小妖精，你告诉我，有没有办法能让静梨不跟我离婚？她要跟我离婚，还让法院发了传票，她说她从未爱过我。你这么聪明，平时鬼点子多，能不能给我想一个办法出来？"

丁美萱妩媚娇艳地笑着说："她想离婚就离呗，既然都收到法院的传票了，那该怎么办就怎么办。"

"我不想离婚，因为我还爱她，我爱她。"席卓逸跌坐在沙发上，眼里是深沉的痛。

丁美萱跨坐到他的大腿上，凑近他闻了闻："大叔，你喝了好多酒啊，好大的酒气。你想开点吧，那个女人根本不值得你爱，离婚了对你更好。"

"你听不懂我说的话吗？我说我不想离婚。如果离了，老婆没了，儿子也没了，这个家就完了，我就算在外面玩得再凶，我还是希望回去后有个温暖的家，我那么害怕孤独，害怕老无所依。"席卓逸喷出的话里全是酒气，但他的意识还是清醒的。

丁美萱搂住他的脖子："大叔，你这么优秀，完全可以找到更好的女人重建一个家，没必要吊死在一棵树上。"

席卓逸醉醺醺地东张西望："更好的女人在哪儿？在哪儿？"

丁美萱用美艳的小手固定住他乱晃的头，让他正视着自己："在这里。"

席卓逸认真地看了她三秒："你说的是你吗？"

"嗯嗯嗯。"丁美萱用力地认真地点头。

"哈哈哈……"下一秒，嘲讽的大笑就喷到了她的脸上，明明气息是热的，她却感觉到了冰凉。他把坐在自己大腿上的她一把推开："丁美萱，你不配！你连静梨的一根头发丝儿都比不上！"

　　他喝了很多酒，所以说起话来很刺耳，丁美萱瞬间就被他的话刺伤了。她红着眼看着他："之前我们约会那么多次，那么恩爱，一起看电影，一起坐摩天轮，一起吃冰激凌，一起牵手逛街，就像天底下所有的普通情侣一样，那时候，我以为你已经爱上了我。"

　　"我之前有一段时间也以为自己爱上了你，但我现在才发现那是错觉，那是因为寂寞、空虚，因为婚姻生活平淡产生的错觉，我是喜欢你，但这种喜欢永远升级不到爱，如果阮静梨和你同时站在我面前，我永远都只会选择她。"席卓逸冷酷地说。

　　"可是阮静梨不要你了，她要跟你离婚，她不会给你任何选择的机会。你只是个可怜的婚姻失败者。"丁美萱笑着说。

　　"你给我闭嘴！"席卓逸啪地给了她一耳光，"静梨只是暂时受了岳皓森的蛊惑，我会想办法让她回心转意的。"

　　丁美萱反唇相讥："大叔，你太不了解女人了，女人一旦狠下心来其实比男人更坚决，很难有挽回的余地。你同时又太自信了，自信到自负，其实，并不是所有女人都会像我丁美萱一样这么爱你爱得死心塌地。"

　　"你给我闭嘴！你在胡说，胡说！"席卓逸又给了她响亮的一巴掌。

　　"席卓逸，你算什么男人，在你老婆那里遇挫了就只会来找我发泄。哼，你打我，我也打你。"丁美萱也生气了，开始打他，先是单手甩了他一巴掌，又双手捶打他，再后来又用沙发上的抱枕砸他。

　　"你个小妖精，你还没完了是吧？"两人在沙发上扭打起来，丁美萱再野蛮终归是个女人，哪里有席卓逸的力气大，席卓逸很快就把她双手双脚钳制住，整个人坐到了她的身上。

　　"呀！别碰到我的肚子，里面有宝宝了，别伤着宝宝！"混乱中席卓逸差点碰到她的肚子，丁美萱尖叫起来。尖叫完才发现自己说漏了嘴，她赶紧捂住嘴巴。

"你刚刚说什么？你肚子里有了宝宝？"席卓逸停下来，锐利地盯着她。

"对，既然说漏了嘴，我索性说实话好了，我怀孕了，怀了你的孩子。"丁美萱忐忑地说。她见席卓逸没有作声，又继续补充道："你跟阮静梨离婚，让她去寻找她的真爱，然后我跟你结婚，我为你把孩子生下来，我们就可以拥有一个完美的家，这样皆大欢喜，不是很好吗？"

下一秒，席卓逸的怒火轰地喷薄了出来，他锁住她的喉咙："我不相信孩子是我的，你就是个为了钱人尽可夫的婊子，也许是你跟哪个野男人的，不要把锅甩到我头上。"

丁美萱推开他的手，眼泪疯狂涌了出来："大叔，你什么事情都可以侮辱我，但就是这件事情不可以。我是孩子的妈妈，孩子是谁的我最清楚不过了。我虽然是个下贱的小三，但跟你来往之后，我就没有跟其他任何男人来往过。何况我早已经爱上了你，我怎么可能再接受别的男人？孩子就是你的！千真万确！"

"我素来是个很谨慎的人，每次都会做好保险措施，你怎么可能会怀上？"席卓逸依然不愿相信。

"因为……因为我在你的保险套上做了手脚扎了洞……"丁美萱低着头小声说。

"啪！"又是一巴掌，这次打得丁美萱有点昏天黑地了。"我从来就不是个好人，所以我想打人的时候不分男女我都会打！丁美萱，你好大的胆子，竟敢算计到我的头上来，真是反了你，老子的种不是什么女人都可以留的，我最讨厌别人算计我、欺骗我了。我现在正在打离婚官司，如果被人发现我的小三怀了孕，我更难打赢这场官司。"席卓逸冲她大吼，"这个孩子绝对不能留，你马上去医院把他做掉！"席卓逸的态度很坚决。

"我不去，我要把他生下来！孩子又不是你一个人的，凭什么你说做就做？"丁美萱死死地护着自己的肚子，泪眼婆娑，态度也很坚决。

席卓逸开始打电话："喂,你们两个马上到丽景别墅来一趟,用最快的速度!"

很快,两个人高马大的亲信跟班开车过来了,把丁美萱强拉上车,去了医院。席卓逸不能去医院,因为他是著名导演、公众人物,被人认出来又会上新闻。

5. 爱之幻觉

从始至终,他爱她,只是一场幻觉,一场烟火散落后的尘埃。

去了医院后,还未开始做手术,丁美萱就用计摆脱那两个亲信,逃跑了。

席卓逸得知后,怒火中烧,派人找了她几天,终于找到了。

他把一碗打胎药放在她面前："你自己喝下去。"

"我不喝!"丁美萱坚定地扭过头。

"我让你喝下去!"席卓逸皱起眉,捏起她的下巴,开始动手强灌。

"唔……唔唔……我不喝不喝不喝……"丁美萱挣扎着把碗打掉,哗啦,碗碎了,那碗药洒了。

她还激他说："我死也不喝!"

席卓逸瞪着她："你再说一遍?"

"我说我就是死也不喝!"丁美萱真的无比倔强地再说了一遍。

席卓逸彻底发火了,一个巴掌把她打倒在地,然后开始用脚踢她的肚子,一边踢一边骂："想死是吧?我成全你,成全你,成全你!我踢死你,踢死你!你去死吧,去死吧,去死吧!"

他整个人都失去了理智，仿佛被恶魔掌控，停不下来，就算丁美萱哭着挣扎求饶都停不下来，残忍地踢了她的肚子无数下。丁美萱的下身大出血，然后席卓逸面无表情地派亲信送她去医院。

丁美萱确实流产了，他那无数脚把她踢流产了，并且医生说，她以后再也不能生育了。

得知这个消息，丁美萱痛不欲生，哭得死去活来，想杀人的心都有了。她那么爱他，她只想给他生个孩子，为什么他却要毁了她？她以前一直欺骗自己说他是爱她的，到现在才醒悟：原来他真的不爱她，他只把她当成一个泄欲工具，从始至终都是她的一厢情愿、自作多情。

从始至终，他爱她，只是一场幻觉，一场烟火散落后的尘埃。

亲信回报席卓逸："回席导，丁小姐的孩子确定无疑流掉了，但医生说她以后不能再生育，那几脚踢得太重了，她现在在医院哭得跟鬼似的，看着还挺可怜的。"

席卓逸听完，没有作声，只是面无表情的脸抽搐了一下，没人知道他的内心悲不悲伤，愧不愧疚。

死寂地沉默了良久之后，他拿出支票写了一个数字，递给亲信："送去医院给丁小姐，告诉她，这是分手费，够她好好过一辈子了，让她去开家店，好好生活，过踏实日子，别再做那个职业了，也别再来找我。"

丁美萱拿到那张支票，看到上面的数字赫然是RMB100，000，000元，人民币一亿元。

亲信转述席卓逸的话："席导让我告诉你，这一亿是分手费，够你好好过一辈子了，让你去开家店，好好生活，过踏实日子，别再做小三那个职业了，也别再去找他。"

原本眼睛已经哭肿了的她，哭得更加悲伤，眼泪像天河决了口子，再也停不下来。

Chapter 14

结局：我守你百岁无忧

每个故事，每个人，都会有一个结局。

他们的结局由因而生。

种什么因，得什么果。

种善得善，种恶得恶。

天道轮回，苍天不会轻饶谁。

幸运的是，我们的生活中，每个结局都会变成一个新的开始。

我喜欢阮静梨和岳皓森的结局。

弱水三千情独钟，繁花碧落生死共。

除非黄土白骨，我守你百岁无忧。

1. 离 婚

走错了路，要记得回头。爱错了人，要懂得放手。

不久后，阮静梨和席卓逸的离婚官司开庭。

席卓逸请了最好的律师来辩护，列出了很多两人相爱的证据，说第三方因为动机不纯而有意挑唆、故意破坏他们的夫妻感情，说他并无出轨，说他如何爱原告，之前被狗仔拍到只是在对剧本，并无捉奸在床的证据，他坚决不愿离婚。

而阮静梨的律师把阮静梨想离婚的事实与理由也阐述得很详细很在理，并列出了一些证据，比如席卓逸婚内出轨的事实证据，比如阮静梨是在失忆状态下结婚的，而被告方用谎言骗一个失忆的人，是骗婚行为，与被告结婚根本不是原告的真实意愿，开出了2012年头部受伤失忆的医院证明等。

这场官司打得很激烈，难分胜负，法官很难判决。

后来，关键的证人来了，改变了这一局面，这个证人就是丁美萱。

丁美萱在法庭上理直气壮地说："我能证明被告席卓逸刚刚的辩词存在大量的谎言，因为，我就是他在婚内的出轨对象。"

此话一出，满庭哗然。

然后，丁美萱列出了种种两人亲密的证据，还有她和席卓逸的不少床照。

丁美萱又说："被告席卓逸并不是真的爱原告阮静梨，不愿离婚是想塑造一个完美好男人形象,他曾跟我说过枕边话,说有过伪造车祸把阮静梨撞伤的可怕想法,当然只是想法,并没付诸行动,但这样也挺可怕的了。你们想一想,一个你最亲密的枕边人要害你,不是很可怕吗?"

阮静梨和岳皓森在法庭上听着丁美萱说的话,联想到之前的那起车祸,不禁毛骨悚然。

丁美萱还在法庭上陈述:"被告故意把儿子藏起来威胁原告,他把儿子藏在美国。你们看这些,都是确凿的证据。"

席卓逸在法庭上看着丁美萱,表面上不动声色,眼神里却有恨意、恐吓和警告,而丁美萱却意味深长地笑着回敬他,那笑里充满了无畏和挑衅,又悲伤,又绝望。

因为丁美萱的助力,法院最终判决席卓逸和阮静梨两人离婚,夫妻财产一人一半,儿子席帅帅归阮静梨抚养。

阮静梨终于成功打赢了这场官司。

庭审结束后,席卓逸怒气冲冲地私下去找丁美萱算账,他狠狠地掐住她的脖子:"我真想掐死你!如果不是你开庭时做证,也许这场官司我就赢了,你这个恶毒的女人,你为什么要害我?"

丁美萱的眼泪汩汩地流出来,悲伤中带着浓重的恨:"我这是在报复你,报复你杀死了我们的孩子,报复你让我永远失去了做母亲的权利。你尽管掐死我好了,反正孩子已经死了,反正以后我也不能再生孩子,反正你也不要我了,我活在这个世界上已经没有意义了。"

席卓逸突然觉得她很可怜,跟自己一样可怜,他们俩原本就是同一类人,因为太害怕孤独,所以都想努力抓住自己的幸福,哪怕不择手段、丧失道德底线,结果过犹不及,到头来什么都抓不住,所有的期待终究成空。

他颓丧地松开手,失魂落魄地走了。

2. 余生，请多指教

谢谢你走进我的生命，让我看到幸福的样子。岳太太，余生，请多指教。

离婚手续办下来的同时，阮静梨解除了跟席卓逸的星瀚影视文化传媒有限公司的经纪约（这条也是写在离婚协议里的），她决定退出娱乐圈，去完成她最初的香梨果农梦想，本来这个圈子就不是她自愿进去的，就算现在是一线演员也没有任何留恋。

之后，岳皓森就牵着阮静梨的手去民政局领了结婚证。

两人带着阮静梨的儿子席帅帅，还有这个世上最可爱的喵星人梨花喵，去了阮静梨出生的老家G市。

梨花喵已经是一只十足的老年猫了。不过它被岳皓森养得白白胖胖的，身体还是十分健壮。

在G市郊区静梨林的静梨居，岳皓森和阮静梨举办了热闹的婚礼，庾司伏和郑柠来参加了婚礼。到场的还有阮静梨的养父母宋怡、阮中民，郑柠的养母郑曼，岳皓森的父亲岳天胤，还有岳皓森和阮静梨的一些高中同学、大学同学，岳皓森游戏公司的所有员工等。

宴请的宾客并不算多，婚礼也遵照阮静梨的意思从素从简，但却格外的温馨、唯美和动人。

婚礼现场是露天的，场地就是静梨居前的一大片宽阔的草坪，周围簇拥着一排排一行行梨花开放的雪白梨花树，树枝上还有莺莺燕燕欢叫着来观摩婚礼，这情景说有多美就有多美，说有多浪漫就有多浪漫。

结婚典礼上，欢乐动听的《婚礼进行曲》奏响了，阮静梨由父亲阮中民带入婚礼现场，她一袭白色婚纱，袅袅婷婷，衬得仙气飘飘，如同不食人间烟火的梨花仙子，惊艳了参加婚礼的一众宾客和一林子的梨花树。

她今天是最美的新娘。

而岳皓森早已在婚礼现场等候她了，他一身笔挺的黑色西装，高大帅气，阳光俊朗，眉目如画，神采飞扬，他的笑容像阳光一样，一笑起来，周围都跟着暖起来、亮起来。

他今天是最帅的新郎。

两人站在一起，虽然是隔着三岁年龄差的姐弟恋，且阮静梨曾经结婚生子，但是两人看起来像金童玉女一般般配，养眼极了。

这场婚礼的伴娘、伴郎是郑柠和庚司伏。席帅帅和梨花喵则扮成了婚礼的花童。席帅帅身穿打着领结的小西装，很帅气很可爱，梨花喵本是只雄性猫，因为没女花童，所以让它穿着小纱裙扮成女花童，还给它头上戴了个花环，竟然很漂亮，超级萌，不说的话不会有人知道它是只雄性猫。

一猫一小孩跟在新郎新娘后面，席帅帅用小手撒花，梨花喵的脖子上则挂着一篮子的花瓣，它挪动着胖胖的身子慢吞吞地走着，不时低头用嘴叼起篮子里的花瓣撒出来，那样子甭提多有趣啦，赚足了眼球，大家都乐坏了。猫花童成了本次婚礼上的一大亮点。

此次婚礼的证婚人是郑柠的养母郑曼，她今天穿得端庄大气，漂亮得体，实足一个证婚人的模样。她举着话筒，对站在她面前的岳皓森和阮静梨说：″两位新人，从今天起，你们的一只脚，将会从自由变成责任；从今天起，你们的一只手，将会从索取变成奉献；从今天起，你们的一只眼睛，将只能看到彼此。所以，想清楚你们将要失去的一切，然后告诉我，你们是否依然愿意在这个辽阔的世界里，只拥有彼此？″

"我愿意！"两人异口同声地坚定地说。

"很好，记住你们在这一刻的勇气。下面，请新郎、新娘说出你们的结婚誓词吧。"郑曼郑重地说。

阮静梨看着岳皓森干净俊美、亮如星辰的眼睛，深情款款地说："二人胜过一人，若两人同时工作，酬报丰厚。若两人同眠，都感温暖。若孤身一人，岂能暖和？哀哉孤独者，若他跌倒了，没有人扶他起来。我阮静梨愿嫁你岳皓森为我的合法丈夫，从今以后，无论环境顺逆，疾病健康，我都会永远爱护你，尊重你，连同你的缺点、你的喜好、你的家人、你的猫、你的过去、你的将来，我都会一并爱下去，从此我们手拉手，向着同一个方向走，心心相印，至死不渝。"

岳皓森听着很是动容，接下来，他也无比深情激动地对阮静梨说："我爱了你15年，终于等到了今天。这场婚礼在我梦里已经出现过很多遍了，而我始终想不出一句满意的誓词，因为我想不出任何一个句子能完整地表达我对你的感情。直至此刻，我站在这里，突然发现我最想对你说的话，其实只是一句谢谢，谢谢你走进我的生命，让我看到幸福的样子。中国俗称爱人为另一半，这是多么棒的描述，的确，在遇到你之后我的生命才真的完整了起来。你是我小时候种下，要等到长大后才能摘的果。你是我梦中梦到，要等到梦醒后才能见的人。你是我年轻时许下，要等到白发苍苍才能兑现的承诺。岳太太，余生，请多指教。"

两人深情对望，眼泛泪光，所有的爱，都在刚刚的誓词里，所有的情，都在此刻的眼眸中。

接下来，两人交换戒指，拥抱亲吻。

作为新人的父母，岳天胤、宋怡、阮中民都在婚礼现场发了言，给了祝福寄语。

岳天胤对岳皓森说："儿子，我坐了四年牢回来，你不但事业成功了，把游戏公司做得红红火火，还把这么漂亮的媳妇娶到手了，老爸我真没白疼你。你幼年丧母,没有完整的家庭,而今天起你成立了自己的小家庭,以后肯定不会觉得不完整了,我真心为你高兴。我发现,只要你好好的,我离婚也好、事业不顺也好、坐牢吃苦也好,都可以熬过去,只要你在我身边好好的。儿子,你是老爸的骄傲。老爸恭喜你们,祝福你们!"

宋怡说:"作为静梨的养父母,我们先要深刻反省一下,静梨一直很孝顺懂事,而我们以前却有一些对她不好的地方,她是个命苦的孩子,幼年亲生父母就因事故去世,我们收养她后却没能让她过什么好日子,反倒靠她给我们二老带来了好日子,我们以前有些事情真的做得不对,而这孩子不怨恨我们,以后,我们一定会把她当亲生女儿看待,视若己出,以她的幸福为重,不会那么势利了。静梨,爸妈祝福你,真心希望你幸福快乐。"

现在都还是单身的郑柠和庾司伏,作为新人的好朋友,也发了言。

庾司伏说:"静梨和皓森相识15年,是我和郑柠共同的朋友,我们见证了他们两人走过风风雨雨,两人吵过架,分手过,相忘过,人生几度浮沉,数载辗转,颠沛流离,能走到今天真的很不容易,替他们感到非常开心。也说明了真心相爱的两个人,无论多难多坎坷,只要坚持不放弃,总有一天一定可以迎来真正的幸福。我又相信爱情了。祝他们百年好合,永远幸福。"

郑柠则说得比较直接,她冲着岳皓森喊:"岳皓森,静梨和帅帅就交给你了,你一定要好好对他们俩,如果你欺负他们娘俩儿,我郑柠第一个不会放过你,会扒了你的皮抽了你的筋,我今天就在这里立下毒誓,说到做到!"

"呀,女英雄,我好怕怕啊。"岳皓森故意装作害怕的搞笑样子,继而无比认真地说,"你放心,我一定会好好对待静梨和帅帅的,他们两个是我一辈子要负责的人,如果他们娘俩儿过得不好,我第一个就不会放过自己,到时候不用你动手,我自己都会先扒了我自己的皮抽了我自己的筋。"

"嗯，这还差不多。"郑柠露出满意的笑容。

大伙儿也都笑了，啪啪啪啪地一齐鼓掌。

接下来，新娘扔捧花，郑柠幸运地接到了捧花，她又惊讶又欢喜，一直很中性、不知娇羞为何物的女汉子居然第一次脸红了。

3. 赎　罪

冤冤相报何时了，我不想带着恨活下去。我不恨别人，也是放过我自己。

丁美萱其实也来参加了婚礼，只是远远地观望着，不敢近前。她知道，作为一个破坏新娘之前婚姻的小三，她是一个不被欢迎的角色。

等到晚上婚宴结束，闹完洞房之后，宾客散尽了，只剩下新人身边的几个至亲，她才敢拿着礼物走进静梨居。

阮静梨和岳皓森看到丁美萱，很是意外。

"丁美萱，怎么会是你？"阮静梨说。在前夫席卓逸的出轨新闻上阮静梨见过她，在离婚官司的法庭上阮静梨也见过她，所以当然认得她的脸，自从她在法庭上做了一次证人，她和席卓逸那见不得人的关系等于是公告天下了。

"静梨姐，我今天来没有恶意，是来送祝福的，恭喜你和岳先生新婚。"丁美萱拿出一份包装精美的新婚贺礼递给她。

阮静梨犹豫了一下，还是接了："谢谢你。进屋坐吧。"她对丁美萱并没有多讨厌，觉得她也是个可怜的女人，另外，在离婚官司上，丁美萱也算是帮了她吧。总之，她都跟席卓逸离婚了，没有瓜葛了，所谓的小三，现在也就不存在了。

丁美萱进屋坐下，阮静梨倒了杯茶给她。岳皓森便去帮着岳父岳母收拾婚宴现场。

"你怎么知道我结婚的日子和地址的？我并没有通知你。"阮静梨好奇。

"是曼姨随口告诉我的，就是郑曼，郑柠的养母，我跟她是前老板和前员工的关系，一直有联系，关系还不错。"丁美萱说。

"哦，这样。曼姨跟我们很熟。她今天也在婚礼现场，还是我跟皓森的证婚人，不过现在已经跟郑柠回酒店去睡觉了，明天她们回B市。"阮静梨说。顿了顿，阮静梨又继续说："你今天大老远地从B市跑到G市，从北方跑到南方，又这个时候才出现，不光是送祝福那么简单吧？"

"静梨姐真聪明，我的心思都瞒不过你。是的，确实还有别的事情，我主要是来道歉的，有些事情一直憋在心里不好过，我觉得还是应该告诉你们，就算你们知道后会恨我，我晚上也能睡得安稳些。能把岳先生和岳叔叔都叫过来吗？这事情跟他们也有关。"丁美萱说。

岳皓森和岳天胤过来了，四人坐在一起。

丁美萱又愧疚又忐忑地说："我想告诉你们两件事情。第一件是，静梨姐出的那起车祸，不是交通意外，是我跟席卓逸有意合谋的人为车祸，席卓逸想惩罚你从家里逃出去，吓吓你，而我是嫉妒你霸占着我爱的男人。第二件是，岳家破产，岳叔叔身陷囹圄，是席卓逸联合凤紫鸢搞的鬼，凤紫鸢不满她的婚姻对岳叔叔进行报复，而席卓逸是为了拆散当时在热恋中的静梨姐和岳先生。第二件事情，是有一天席卓逸喝多了，在我的床上说出来的，他觉得事情已经过去多年了，说给我听也无妨。"丁美萱补充道。

"天啊！如果这是真的，太可怕了，简直难以想象！"岳皓森、阮静梨、岳天胤三人听到这些真相，非常愤怒。

"这是真的。其实，如果我不说，这两个秘密你们可能永远不会知道，我选择主动找过来，主动说出来，是为了求得良心的安宁。第一件事情，我做错了，我跟静梨姐道歉，希望你能原谅我；第二件事情，岳叔叔、岳先生，我代席卓逸跟你们说抱歉，他真的不该那么做，为了自己的爱情私心伤害了整整一个家。"丁美萱无比愧疚地低着头说。

"你觉得那些伤害这么容易被原谅吗？"岳皓森一脸愤恨地说。岳家破产时的凄凉，带给他的心理阴影，父亲坐牢的苦痛和他面对的冰冷嘲讽，他一辈子都忘不了。

"我知道很难原谅。我以后会多做好事来赎罪。至于凤紫鸢，我不认识她，我就不替她道歉了，不知道岳叔叔有没有听说你的前妻凤紫鸢最近的消息，我听席卓逸说，凤紫鸢离婚后投资失败，现在一个人过得并不好。"丁美萱将目光转向岳天胤。

"凤紫鸢转移财产陷害我的事情我是知道一点的，我还没来得及跟她算账，就被抓进监狱了，四年后出来时，我去找过她，她投资失败，过得还不如我们结婚时，一个女人孤零零的，很是落魄，我也就没跟她算账了，原谅她了，毕竟夫妻一场。"岳天胤说。

"所以，凤紫鸢好像为她当初所做的事情付出了代价。种恶得恶，种善得善，我失去了我的孩子，并且以后再也不能生育，席卓逸也跟我分手了，爱情也没了。我现在除了他补偿我的钱，一无所有。"丁美萱黯然神伤地说，眼泪不知不觉就流了出来。"我现在就怕席卓逸的报应会来，我恨他，但是更爱他，就算我挡不住我也希望这种报应能减轻一点，所以我来替他向你们道歉，向你们赎罪。"丁美萱说着，啪的一下双膝弯曲跪在阮静梨、岳皓森和岳天胤三人面前。

三人都因为她的这一举动而惊呆了。

"我向你们道歉，我也代卓逸向你们道歉，对不起，对不起，对不起！我不奢求你们能原谅我，但我请求你们原谅卓逸。要什么补偿我给，我现在只有钱，卓逸给了我一亿元分手费，你们要的话全拿去。我知道这一亿元补偿岳家的破产微不足道，但我只有这么多了。"丁美萱把那张分手支票拿出来，双手呈在他们面前。

阮静梨看着这样的画面，突然有点心酸，眼前跪着的这个女人也只是个可怜的痴情人。她连忙把丁美萱扶了起来："你别这样。钱你收回去。你的孩子没了，以后也不能再生育，现在无依无靠，你需要这些钱。那起车祸，我原谅你了，也原谅席卓逸了。冤冤相报何时了，我不想带着恨活下去。我不恨别人，也是放过我自己。"阮静梨对丁美萱说。阮静梨毕竟是个善良的人。

丁美萱妩媚的眼里眼泪直往外涌："谢谢静梨姐！"

"席卓逸当年对岳家所做的事情，我不可能原谅，但你放心，我不会去跟他算账、讨要巨额补偿费什么的。只是这个人，永远在我心里列入黑名单，以后如果有商业合作，绝对不可能再跟他合作的，也不会跟他有任何的来往和交集。"岳天胤说。

"我跟我爸的态度是一致的，席卓逸对岳家所做的事情，不可能原谅！"岳皓森一脸坚决地说。

"我知道了，还是谢谢你们。把心里的秘密坦白出来了，我心里痛快轻松多了。"丁美萱说。

4. 新婚之夜

我们对月起誓，永不相负。任凭世事百转千折，不改初衷。

新婚当晚，阮静梨和岳皓森甜蜜幸福地进了自己房间。

儿子席帅帅肯定不能当电灯泡，早早地在自己的房间睡着了，他不孤单，他抱着毛茸茸雪雪白的梨花喵睡在自己的儿童床上。

席帅帅很喜欢梨花喵，第一次看到梨花喵时就很喜欢它，把梨花喵当成了自己的好伙伴，而梨花喵好像也很喜欢他，一人一猫一见如故。于是，两个可爱的小家伙就愉快地玩耍在一起了，一直玩到睡着了才罢休。

现在，一猫一娃脸靠脸地睡在一起，完全没有隔阂，看着超级萌超级温馨。

岳皓森把阮静梨公主抱抱上床，深情无比地看着她说："静梨，我们终于可以合法地在一起了。"

"对，皓森，终于合法了。我好幸福。"阮静梨的笑容甜美温柔得让他胸口一阵酥软。

他深吸一口气，低下头，急不可耐地吻住了她水润娇嫩的嘴唇，双手开始热烈地爱抚她白皙柔软的全身。

阮静梨主动搂住他的脖子，情不自禁地张开嘴，让他火热的舌头探进来，她无比热情地回应他。

这才是她想要的感觉，那种五年前熟悉的感觉，与席卓逸给她的感觉完全不同。她五年前弄丢的人，现在终于找了回来。以后，她绝对绝对不会再把他弄丢了。

5．未知数

在罪恶中游泳的人，必将在悲哀中沉没。

席卓逸自从被狗仔拍到出轨后，公众形象大损，事业和生活受的影响都不小，很多合作伙伴和生活上的朋友都纷纷远离他，防备他，冷落他，他的周围一下子冷清了很多，他导的电影也票房大跌，因为形象毁了掉粉无数，风光不再。

之前让阮静梨帮他公关未果，现在两人离婚的事也公开了，阮静梨宣布退出娱乐圈的声明也发了，渣男的帽子戴在他的头上，需要很多时间去慢慢平息。

他已经无所谓了，没有那么在意外界的看法了，以前一直装完美，现在才发现挺累的，他想做回本真的自己，不想再装了。父母让他别再工作了，先休息一段时间。

深夜，席卓逸窝在空荡荡的席氏庄园别墅里独自喝酒。房子很大却很冷清，老婆和儿子都没了，除了用人，家里只剩下他一个。现在夜已经很深，用人也睡着了。

他喝了一些酒，躺在床上睡不着，失眠严重，他又服了一片安眠药，昏昏沉沉勉强睡下。

"卓逸……"睡了没多久，他感觉有人在叫他，幽幽醒来，看到前妻阮静梨和儿子席帅帅就站在床前微笑着看着他。

他很惊喜，马上从床上坐起来："静梨，帅帅，我好想你们。你们终于来看我了。"他高兴地扑上去想跟他们拥抱，结果扑了个空，前妻和儿子瞬间消失了。

他起床，跑出去找，找到三楼天台上，看到前妻和儿子就在前面对他微笑，他又高兴地扑上去，结果还是扑了个空，他觉得不对劲，低头一看，脚下空荡荡的，原来他已经扑到了天台外面，扑通，摔了下去。

第二天，席卓逸又上了头条新闻，占据了各大媒体的头条，标题是这样的："著名导演席卓逸深夜从自家三楼天台失足摔落，断了双腿成残疾"。

他离婚后因为思念前妻和儿子，经常失眠，每晚要服用安眠药才能入睡，安眠药服用多了有时候会让人短暂地产生幻觉，甚至短暂地精神错乱。他出现幻觉失足摔下，三楼不高，没摔死，但摔断了双腿，成了残疾人，以后要在轮椅上度过了。善恶终有报，也许冥冥中自有公断，这他屡次犯错付出的代价。

丁美萱不再做小三了，席卓逸的分手留言她听进去了，用席卓逸给她的分手费在B市开了一家母婴用品店，叫"美萱母婴用品店"。虽然她没了孩子也不能再生育了，可是开这样的店可以经常看到别人家的孩子，也能得到一些精神安慰，让她感觉自己不会那么孤单寒冷。

她暂时没有投入很多，没有招聘店员，就她一个人忙活，又当收银员又当店长。

"您好，这套宝宝衣服总共788元。"丁美萱将衣服条码扫入收银机，对面前推着一个摇篮车的新妈妈说。

她的穿着已经不是热辣性感的风格，端庄多了，符合店长的身份，只是那张妩媚明丽的脸，依然是遮挡不住的惊艳。有人的性感是刻在骨子里的，丁美萱就属于那种。

"好的。"新妈妈给了她800元现金。

"收您800元，找零12元。"丁美萱从收银的抽屉里拿出12元零钱笑容满面地递给那位新妈妈。

"衣服帮你装好了，您拿着，慢走，欢迎下次再来光顾。"丁美萱又热情又礼貌地送别客人。

客人走时，丁美萱又忍不住看了看摇篮车里被保护得很好的小宝宝，才1岁大的女宝宝，嘴里含着奶嘴，大眼睛东张西望的，对这个世界充满了新鲜和好奇。

"唉！"一直到新妈妈和摇篮车消失在她的视线里，她才叹口气，将目光重新放回店里。

现在店里暂时没有新的客人，她可以休息一下喘口气了，她拿起杯子喝了口水，从口袋里拿出手机开始刷新闻。马上就看到了席卓逸那条头条新闻，很是醒目："著名导演席卓逸深夜从自家三楼天台失足摔落，断了双腿成残疾"。

她心里一震，一阵痛感袭来，马上拿起包，关上店门，将"今日暂停营业"的牌子挂在门把上，背起包飞快地往外跑。

她要赶去席卓逸所在的医院，至于他们两个能不能在一起，未知数。

6. 全家福

家，是天底下最温暖的地方。

静梨林里，千亩雪白梨花开放，花香四溢，灼灼其华，犹如仙境一般，景色非常美丽壮观。

阮静梨和岳皓森一起拿着锄头挖坑种梨树苗，边上有盛满水的水桶、肥料之类，席帅帅也在，还有梨花喵。

梨花掩映中，不远处是他们的家，静梨居。

席帅帅早已经接受了岳皓森这个慈爱的年轻继父，唤岳皓森为"爸比"，叫阮静梨"妈咪"。

他们先后种了三棵梨树苗，席帅帅抱着岳皓森的腿喊："爸比，爸比，哪棵梨树苗是我的？"

岳皓森蹲下身来，非常慈爱地看着席帅帅，一一点着树苗跟他解说："帅帅，爸比告诉你，最大的那棵梨树苗代表爸比，第二大的那棵代表妈咪，最小的那棵梨树苗就代表帅帅你哦。"说完，岳皓森宠溺地刮了一下他可爱的小鼻子。

　　"呀，好开心！这棵梨树苗是我的哟，我有自己的梨树苗啦！我要在它的身上刻上我的名字。"席帅帅听了岳皓森的话，屁颠屁颠地跑过去抱住自己的梨树苗，开心得不得了。

　　"喵，喵喵，喵喵喵。"这时候，原本一直安静地在玩梨花的梨花喵突然开始冲着他们叫了。

　　"哈哈，这只淘气的老年猫，它在叫什么呀？又要整什么幺蛾子？"阮静梨和岳皓森笑了。

　　"爸比，妈咪，我猜到了，梨花喵肯定是在抗议，它在抗议我们三个都有一棵树，就它没有树，它也是我们家的一分子，他也要有一棵树。"席帅帅说。

　　"哈哈，既然是这样，那就帮它种一棵吧。"阮静梨笑着说。

　　于是，三人又帮着梨花喵种了一棵更小的树苗，梨花喵高兴地跑到它的树苗旁边，抬起两只爪子，抱着那棵树苗喵喵地叫。

　　三个人看着这样的萌猫，乐得合不拢嘴。

　　气氛很好，阮静梨触景生情："这么美的地方，这么好的天气，这么完整的一家四口，感觉自己活得好奢侈。"然后，她扭过头，吻了岳皓森的脸颊一下。

　　席帅帅马上吃醋："妈咪，你不能只亲爸比，我也要亲亲。"

　　"哈哈，好。"阮静梨又蹲下身吻了席帅帅一下。

　　梨花喵也吃醋地喵喵叫，阮静梨又抱起梨花喵亲了它一下。

　　"静梨，不如，我们在这静梨林里拍张全家福吧。"岳皓森笑着提议。

　　"好呀。"阮静梨同意。

　　"好呀好呀！我要拍全家福，我要拍全家福，爸比快点给我拍！"席帅帅拍着手掌欢呼。

于是，接下来，岳皓森抱着席帅帅，席帅帅怀里抱着梨花喵，阮静梨挽着岳皓森的胳膊紧紧依靠着他，岳皓森单手用自拍杆将手机举高举远。

　　"咔嚓！"照片定格，幸福美满的全家福生成。

（本书完）